クリストファー・パオリーニ
大嶌双恵＝訳

ドラゴンライダー4

Drgon Rider Series
Eldest

エルデスト

宿命の赤き翼《つばさ》

静山社

編集協力
リテラルリンク

ブックデザイン
鈴木成一デザイン室

ドラゴンライダー4 エルデスト

目次

ドラゴンライダー4 目次

ドラゴンライダー5 目次

ドラゴンライダー6 目次

ドラゴンライダー7 目次

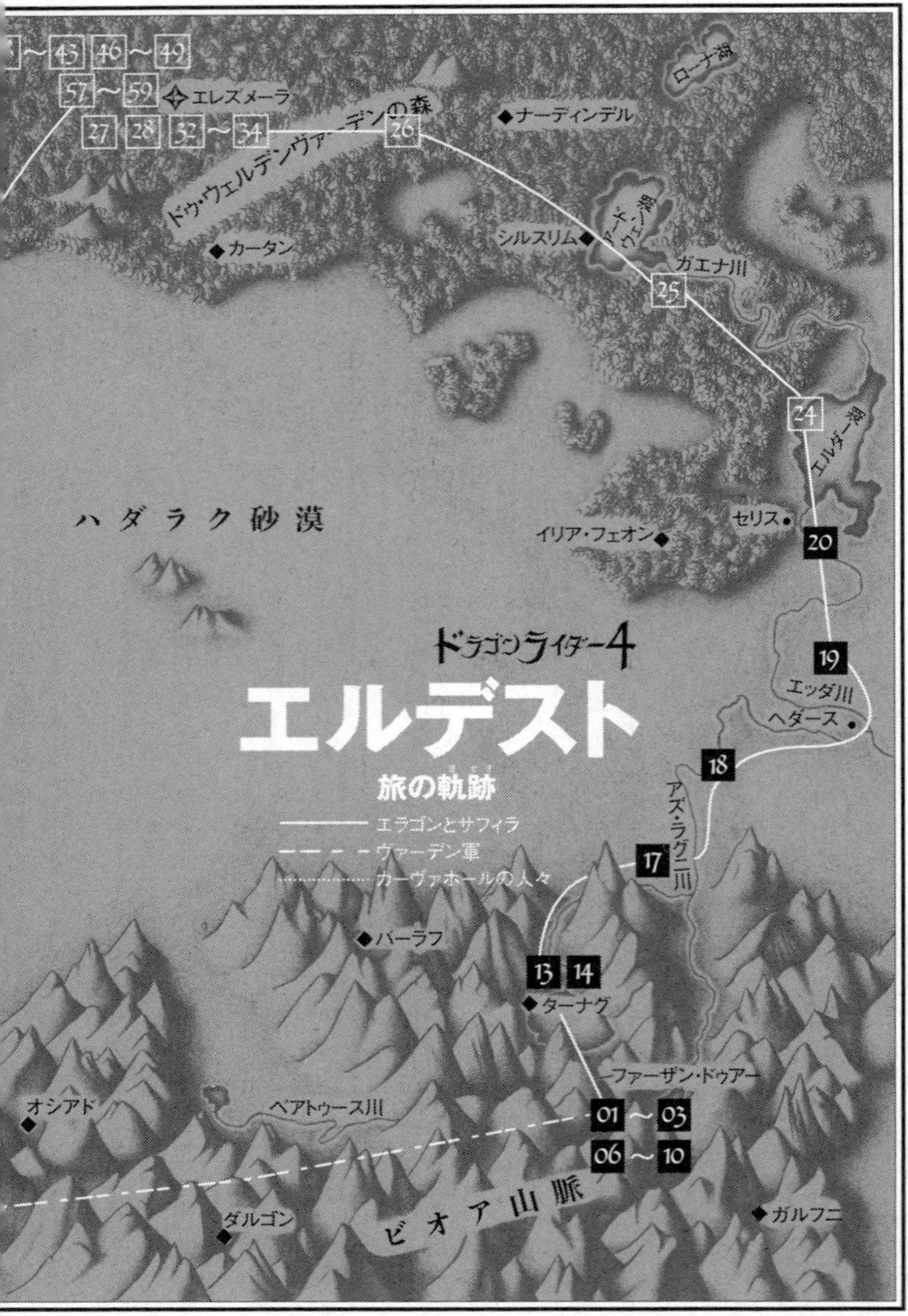

＊地図上の数字は、物語の「章番号」を示しています。1章でエラゴンは、地図上 01 のファーザン・ドゥアーにいます。

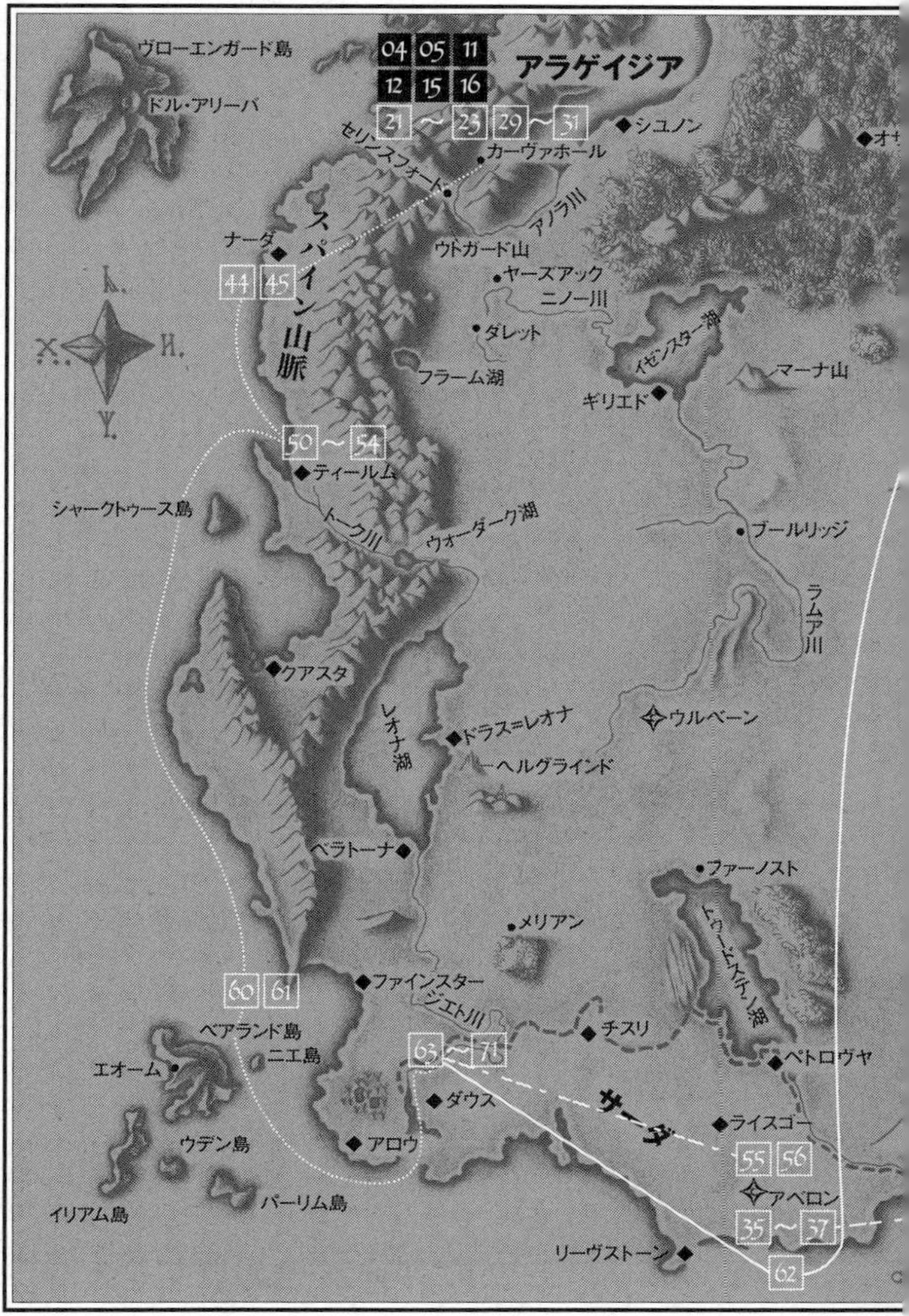

アラゲイジア
04 05 11
12 15 16
21 〜 23 29 〜 31
ヴローエンガード島
ドル・アリーバ
シュノン
オサ
セリンスフォード
カーヴァホール
アノラ川
スパイン山脈
ナーダ
ウトガード山
44 45
ヤーズアック
ニノー川
ダレット
イセンスター湖
マーナ山
フラーム湖
ギリエド
50 〜 54
ティールム
シャークトゥース島
トーク川
ウォーダーク湖
ブールリッジ
ラムア川
クアスタ
レオナ湖
ドラス=レオナ
ウルベーン
ヘルグラインド
ベラトーナ
ファーノスト
トゥードステン湖
メリアン
ファインスター
60 61
ジエト川
ベアランド島
チスリ
63 〜 71
ペトロヴヤ
エオーム
ニエ島
ダウス
サーダ
ライスゴー
55 56
ウデン島
アロウ
アベロン
パーリム島
35 〜 37
イリアム島
リーヴストーン
62

おもな登場人物

カーヴァホール村
スパイン山脈の山間

エラゴン……物語の主人公。父を知らず、母セリーナも行方知れず。伯父ギャロウに育てられ、今は帝国にねらわれる身。青き竜サフィラのライダーで、赤き名剣ザーロックの使い手。〝銀の手《アージェトラム》〟あるいは〝悪魔シェイドをたおした者《シェイドスレイヤー》〟とも呼ばれる

ローラン……エラゴンの従兄。帝国の刺客に父ギャロウを殺された

カトリーナ……肉店のスローンのひとり娘。ローランの恋人

ホースト……鍛冶屋。ローランの理解者。息子はアルブレックとバルドル

ブロム……語り部に身をやつしたドラゴンライダー。旅の途中、エラゴンにライダーの技の初歩を教えたが、殺害された

帝国アラゲイジア
首都ウルベーン

ガルバトリックス……帝国の支配者。優秀なライダーだったが、ドラゴンを失ったことで仲間を逆恨みし、ライダー族を滅ぼした

モーザン……〈十三人の裏切り者〉のひとり。マータグの父。その昔、ブロムの手で殺された

ラーザック……帝国の手先。黒マントに嘴《くちばし》のある怪物。空飛ぶ動物で移動する

ヴァーデン軍

根拠地
ファーザン・ドゥアー

アジハド……軍の指揮官。黒い肌の名将
ナスアダ……アジハドの娘。黒い肌に黒髪にアーモンド形の目
ジョーマンダー……アジハドの右腕で長老会議のメンバー
長老たち……ウマース(男)、エレッサリ(女)、サーブレー(女)、ファルバート(男)。
四人とジョーマンダーが、ヴァーデンの長老会議のメンバー

ドワーフたち

フロスガー……ドワーフのダーグライムスト・インジータム(鍛冶職人の部族)の長
オリク……フロスガーの甥《おい》。陽気で忠義心のある男。エラゴンの旅の仲間
ウンディン……ドワーフの町ターナグをおさめるラグニ・ヘフシン族の長
ガネル……ドワーフのクアン族の長

旅で出会った人々

アーリア……ドラゴンの卵を運ぶ密使。帝国側に囚《とら》われていたのを
エラゴンが救出した。エメラルドの瞳が美しいエルフ
マータグ……エラゴンとともにヴァーデン本拠地をめざした青年。
じつはモーザンの息子
嘆きの賢者……旅でその声を耳にした謎の人物。
エルフの国でエラゴンを待つという

00

これまでのあらすじ

アラゲイジアの北のはずれ、カーヴァホール村。

両親の顔を知らないエラゴンは、伯父ギャロウと従兄《いとこ》ローランとともに暮らしていた。人里はなれたスパイン山中で狩りをしているとき、美しい青い石が出現した。エラゴンはそれをこっそり家に持ち帰って棚に置いておいた。ある夜、石が割れ、青い小さなドラゴンが現れた。

ドラゴンは絶滅したはずなのに……。

邪悪な帝王ガルバトリックスが、ドラゴンライダー族をドラゴンもろとも皆殺しにしたと伝えられてひさしい。エラゴンは恐怖をおぼえながらも、幼竜の魅力に逆らえず、家族にかくれて育てはじめた。このドラゴンはどうやら雌のようだ。村の語り部ブロムから聞いた話にちなんで、エラゴンは竜をサフィラと名づけた。サフィラとエラゴンは心で会話するようになり、ふたりは分かちがたい絆《きずな》で結ばれた。

日に日に成長するサフィラがエラゴンの背を追いこすころ、ラーザックと呼ばれる黒ずくめの怪人が村に姿を見せた。ドラゴンの卵をねらう帝国がさしむけた刺客だ。家は焼き討ちされ、ギャロウは無惨な死をとげる。これ以上、竜をかくして村にとどまれないと判断したエラゴンは、ザーロックという赤い剣をくれた語り部のブロム、そして青き竜サフィラとともに、復讐《ふくしゅう》と逃亡の旅に出る。

旅のあいだ、ブロムは剣術から魔法のあやつり方までさまざまなことをエラゴンに教えた。じつはブロムは、ガルバトリックスをたおすために結成された反乱軍ヴァーデンに深くかかわり、カーヴァホール村に語り部として身をひそめながら、新たなドラゴンライダーの誕生を待ち続けていたのだった。

ドラゴンの卵は、選ばれた者のもとでしか孵《かえ》らない。エラゴンはためらいながらも、自分のドラゴンライダーとしての運命を少しずつ受けいれていく。

一行はやがてラーザックの根城をつきとめ、ドラス＝レオナにむかった。町のそばで、ラーザックが待ちぶせていた。エラゴンを守ろうとして、ブロムは深手を負う。襲撃に居あわせたマータグという若者に助けられ、あやうく難をのがれたが、看病の甲斐《かい》なくブロムの命はつきた。いまわのきわ、ブロムは自分もかつてはライダーだったと打ちあける。ガルバトリックスが謀反《むほん》を起こしたとき、サフィラという自分のドラゴンを殺されたのだといって息をひきとった。

導き手のブロムを失ったエラゴンとサフィラは、自力でヴァーデン軍と合流するしかない。謎めいた若者マータグも旅の連れとなった。

ギリエドの町で、エラゴンは帝国と同盟するアーガル軍にとらえられた。ガルバトリックスの右腕の悪魔シェイド（名はダーザ）のもとに連行され投獄されるが、マータグの手引きで脱出に成功。そのとき囚《とら》われていた黒髪のエルフ、アーリアをも救いだした。

何度も命を助けてくれたマータグとエラゴンのあいだには、いつしか友情がめばえていた。

エルフのアーリアは、協約によりエルフ族とヴァーデン軍のあいだを往復しているドラゴンの卵を守る密使だった。任務の途中でダーザの襲撃を受け、魔法で卵を安全なところへ移動させるしかなかった。サフィラの卵が山中でエラゴンの前に出現したのは、その瞬間だったのだ。アーリアは、ヴァーデン軍の薬がなければ助からないほど弱っている。エラゴンたちは、アーガル軍の追跡を必死でかわしながら、ヴァーデンの本拠地をめざす。

険しい山岳地帯に追いつめられたとき、マータグは、自分はモーザンの息子だと打ちあける。モーザンといえば、ガルバトリックスとともに謀反《むほん》を起こしたライダー族〈十三人の裏切り者〉のひとりだ。すでに戦いで命を落としている父を、マータグはいまだに激しく憎み、ガルバトリックスのもとを飛びだし、ひとり運命を切りひらこうとしているのだった。マータグは背中に走るひどい傷痕を見せ、昔、父にザーロックという剣を投げつけられてできたものだという。語り部ブロムがくれたザーロックは、もとは裏切り者モーザンの剣だったのだ！

迫りくるアーガル軍の手に落ちる寸前、エラゴンたちは岩のなかからとつじょ現れたヴァーデン軍に救われる。軍は巨大な洞窟の山ファーザン・ドゥアーを根城にしていた。そこには、ドワーフの壮大な地下都市トロンジヒームがあった。

エラゴンはヴァーデンの指導者アジハドに会い、ヴァーデン軍、エルフ族、ドワーフ族の取り決めについて聞かされる。「新たなライダーが誕生したら、まずブロムが指導し、さらにエルフの王国で修行を完成させることになっている。きみはこの取り決めにしたがうか？」

ドラゴンライダーとしての決断の時が来た……。

ファーザン・ドゥアー滞在中、アーガル軍がドワーフのトンネルを侵攻してきて、激しい戦闘がはじまった。この〝ファーザン・ドゥアーの戦い〟のさなか、エラゴンと悪魔《シェイド》ダーザの一騎打ちとなった。暗黒の力をあやつるダーザは、エラゴンを追いつめ、その背中を大きく切り裂く。だがそのとき、サフィラとアーリアが舞いおりてダーザの気をそらし、エラゴンは一瞬のすきをついてダーザの心臓をさしつらぬいた。ダーザは闇に消え、その呪文から解放されたアーガルたちはトンネル内へ撤退した。

戦いのあと、背中の痛みから意識不明におちいったエラゴン。夢のなかで〈嘆きの賢者〉と名乗る人物が語りかけてきた。

――エルフの国に来なさい。おまえを待っている。わたしがすべての答えをもっている。

01
災厄

死者の歌、それは残された者たちの嘆きの歌——。

　ねじれて切りさかれたアーガルたちの死骸をまたいで歩きながら、エラゴンは思った。ファーザン・ドゥアーには、血と泥にまみれた遺体の山から、愛する者の亡骸《なきがら》を引きずりだした女たちの絶叫が響きわたっている。サフィラが死体の山をよけながら、うしろをゆっくりとついてくる。薄暗い火山の空洞を満たす唯一の色は、その鱗《うろこ》の青いきらめきだけだ。

　ヴァーデンとドワーフ軍が、アーガル軍を撃退してからまる三日。ヴァーデン軍はこの戦いで、ファーザン・ドゥアーの中央にそびえる高さ一・五キロの円錐形《えんすいけい》の〈都市の山〉トロンジヒームを守りとおした。だがそこにはまだ、激しい殺戮《さつりく》のあとがまざまざと残っている。遺骸のあまりの多さに、埋葬作業は難航している。はるか遠く、ファーザン・ドゥアーの壁あたりで陰鬱に光る巨大な炎は、アーガルたちが燃やされる炎だ。彼らのためには、なんの弔いの儀式もなく、遺体に敬意がはらわれることもない。

アンジェラの治療を受け、意識が回復して以来、エラゴンは三度ほど、復旧作業を手伝おうとこころみた。そのたび、背中をつきぬける激痛に動きをさまたげられた。アンジェラはいろいろな薬を調合して飲ませてくれる。アーリアもアンジェラも、エラゴンの体は完全に回復したと考えている。それでも、傷の痛みはなくならない。サフィラでさえ、ただ意識のなかで痛みを分かちあうことしかできない。

エラゴンは目の上に手をかざし、ファーザン・ドゥアーのはるか上の、すすけた火葬の煙にかすむ星を見あげた。まる三日。ダーザを討ちとってから三日、人々にシェイドスレイヤーと呼ばれるようになって三日、ダーザの記憶のかけらに意識のなかを荒らされ、謎のオシャト・チャトウェイ〈嘆きの賢者〉に救われてから三日がたつ。彼の幻影のことは、サフィラ以外、だれにも話していない。ダーザと、彼をあやつる邪悪な霊と戦ったことで、エラゴンは生まれ変わった。それがいいことなのか悪いことなのか、自分でもまだよくわからない。ただ、その生まれ変わった肉体も意識も、わずかな衝撃でばらばらにくずれてしまいそうなほど、もろく感じられるのだった。

そして今、戦闘の傷跡を自分の目でたしかめたいというおさえがたい衝動に駆られ、エラゴンはここに来ている。いざ来てみると、そこには死や腐敗臭の不快な現実が立ちこめるだけで、英雄たちの歌にうたわれるような栄光はなにひとつ見あたらない。

数か月前、伯父のギャロウがラーザックに惨殺される前のエラゴンなら、人間やドワーフ、アーガルたちの残忍な戦いを目のあたりにして、発狂していたかもしれない。しかし今はもう、感覚が麻痺《まひ》してしまった。こうした苦痛のなか理性を失わずにいるには、行動するしかない。それはサフィラに教えられ、気づいたことだ。だがそれ以上に、アーガルの巨大種族、カルに引き裂かれる人間の体や、のたうちまわる人々で埋めつくされた大地、泥から靴底にしみこんでくる血を見てしまったあとで、エラゴンは、命に意味があることすら信じられなくなっていた。戦いにいくらかの誉れがあるとしたら、それは、だれかを守るために戦うことにしかない。

エラゴンは身をかがめ、泥のなかからだれのものともしれない一本の臼歯を引きぬいた。歯を掌の上でころがしながら、ずたずたにふみつけられた地をサフィラとともにゆっくりと歩いていく。はしまで来て足をとめたとき、アジハドの腹心の部下、ジョーマンダーが〈都市の山〉トロンジヒームから走ってくるのが見えた。

近くまで来ると、ジョーマンダーは頭をさげた。数日前のエラゴンには、けっして見せなかった態度だ。「エラゴン、ここにいたのか！」ジョーマンダーは手に羊皮紙の文書をにぎっている。「アジハドさまが帰還する。きみの出むかえを期待しているだろう。ほかの者たちはもう、西門で彼の帰りを待っている。急がないとまにあわないぞ」

エラゴンはうなずいた。サフィラに片手をかけ、門へと歩きだした。

この三日間、アジハドは、戦場から逃げだしたアーガルの残党を追って、ビオア山脈の下の岩盤をハチの巣状にめぐるドワーフのトンネルを捜索していた。捜索のあいま、エラゴンがたまたま見かけたとき、アジハドは娘のナスアダのことでひどく憤慨していた。戦闘がはじまる前、ほかの女やこどもたちといっしょに避難しろと命じたのに、ナスアダがこっそりヴァーデンの弓矢隊にまじって戦っていたと知ったからだ。

マータグと双子もアジハドとともに捜索に出ていた。双子が同行したのは、こうした危険な任務において、ヴァーデンの指揮官を魔術の力で警護するためだ。そしてマータグが任務を買ってでたのは、ヴァーデンになんの敵意もないということを、よりはっきりと証明するためだった。マータグは、ガルバトリックスに寝返ってライダー族を裏切ったドラゴンライダー、モーザンの息子だ。だから、彼がいくら自分の父を憎もうと、エラゴンに忠実であろうと、ヴァーデンたちは彼を信用しようとしなかった。そのマータグに対する、ヴァーデンたちの態度の変わりようはおどろくべきものだった。膨大な仕事が残っている今、だれもつまらない恨みごとにこだわっていられないのだろう。エラゴンは早くマータグに会いたかった。もどったら、戦闘のことをいろいろと語りあいたかった。

エラゴンとサフィラがトロンジヒームのなかをぐるりと通りぬけ、木造の西門まで歩いていくと、ランタンの光の下にすでに何人かが集まっていた。オリクとアーリアもいた。ドワーフのオリクは短い足をしきりにふみかえ、じれったそうにしている。アーリアの二の腕の包帯の白が、暗がりのなか、髪の毛先にかすかな光を反射させている。このエルフを目にしたとき、いつも感じる不思議な心のざわめきを、エラゴンはまたも感じていた。彼とサフィラの姿に気づいたアーリアは、一瞬、緑色の光る瞳を彼らにむけ、すぐにアジハドの出むかえのほうに注意をもどした。

エラゴンがダーザを殺し、戦いに勝利することができたのは、アーリアがイスダル・ミスラム――バラの形に彫刻され、天井にはめこまれた直径二十メートルものスターサファイア――を破壊したおかげだった。しかし、種族のもっとも貴重な財宝をこわされたことに、ドワーフたちは憤懣《ふんまん》やるかたない。今もトロンジヒームの中央塔の床にこんもりとした山となって積まれているスターサファイアの残骸の処分をドワーフたちはこばんでいる。エラゴンはその美しさが失われたことにドワーフたちと同じ悲しみを覚えながら、トロンジヒームのなかを歩いてきた。

エラゴンとサフィラはオリクの横に立ち、トロンジヒームからファーザン・ドゥアーのふもとまで、八キロ四方におよぶ廃墟《はいきょ》を見わたした。「アジハドはどこから帰ってくるの？」

オリクは数キロ先の、いくつものランタンでかこまれた大きなトンネルの入り口を指さした。「あそこから出てくるはずだ」

エラゴンはほかの者たちと、じっとそのときを待った。ときおり話しかけてくる声にはこたえるが、あとは心のなかでサフィラと静かに語りあうほうがいい。ファーザン・ドゥアーに満ちる静寂が、今のエラゴンにはふさわしかった。

三十分ほどたったころ、はるか遠い地下トンネルの入り口に、人影が見えてきた。男たちが十人ほど次々と地上に姿を現し、続いて、彼らの手を借りて同じ数だけのドワーフがトンネルからあがってくる。アジハドらしき人影が手をあげ、兵士たちは彼のうしろに二列の編隊を組んだ。号令を合図に、堂々と胸をはった兵士たちがトロンジヒームへと歩きだした。

五メートルほど進んだとき、兵士たちの背後になにかの動きが見えた。もうひとまわり大きな群れが、トンネルから飛びだしてきた。だが距離が遠すぎてよく見えない。エラゴンは目をこらした。

〔アーガルだ！〕サフィラがさけんだ。その体は弓の弦のようにぴんとはりつめている。

エラゴンはきき返しもせず「アーガルだ！」と声をあげ、サフィラに飛び乗った。ザーロックを部屋に置いてきたことが悔やまれてならなかった。駆逐したはずのアーガル軍がふたたび攻めてくるなど、だれも予想していなかった。

サフィラが淡青色の翼を大きくはばたかせて飛びあがった。スピードと高度があがると、エラゴンの背中の傷がズキズキとうずいた。眼下では、アーリアがサフィラにまけない速さで、トンネルにむかって地上を駆けている。オリクと何人かの男たちがそのあとを追い、ジョーマンダーは兵舎に駆けもどっていく。

　アーガルたちがアジハドの編隊に後方からおそいかかるのを、エラゴンはなすすべもなく見ているしかなかった。これほどの距離があっては、魔法もとどかない。怪物たちは兵士たちの不意をつき、あっというまに四人の体を切り裂いた。人間、ドワーフのべつなく、残る兵士たちが、指揮官を守るべくとっさにアジハドをとりかこむ。ふたつの群れがひとかたまりになり、剣や斧《おの》のかちあう音が響きだした。ふいに、双子のひとりから光が放たれ、アーガルがひとり、切断された腕をにぎったままたおれた。

　一瞬、兵士たちはアーガルの急襲をはねのけたかに見えた。だが次の瞬間、まるで薄い霧がそこだけにおりたかのように、衝突の場所が土埃《つちぼこり》に包まれて見えなくなった。埃がおさまったとき、そこに残っていたのは四人だけだ。アジハド、双子、マータグ。アーガルの群れが四人におそいかかり、ふたたび視界がさえぎられた。エラゴンはこみあげる恐怖をおさえ、必死に目をこらした。

やめろ！　やめろ！　やめろ！

サフィラがそこへたどりつく前に、アーガルの一団はいっせいにトンネルへと撤収した。あとには、いくつもの体が横たわっている。

サフィラが着地した。

エラゴンはその背から飛びおりるなり、深い悲しみと憤りに圧倒され、思わずたじろいだ。

ぼくにはできない……。わが家の農場で、瀕死《ひんし》のギャロウを見つけたときの記憶がまざまざとよみがえる。エラゴンは恐怖と闘いながら、息のある者をさがして、一歩一歩、歩を進めた。

そこは、さっき見ていた戦場と、不気味なほどよく似ていた。ちがうのは、流れでる血がまだ新しいことだけだ。

殺戮《さつりく》の場の中央に、アジハドがたおれていた。鎧《よろい》の胸あては無残に切りきざまれ、まわりには彼の討ちとったアーガルの死体が五つある。

アジハドはまだ、かすかにあえぐような息をしていた。エラゴンはかたわらにひざまずき、ずたずたになった指揮官の胸を涙で濡らさぬよう、頭を低くした。これほどの傷は、だれにも治すことができない。

駆けつけたアーリアが、はたと足をとめた。アジハドが助からないと知り、エルフの美しい顔に愁いの色が広がった。

「エラゴン……」アジハドの唇からその名がもれた――ささやくほどの声でしかない。

「はい、ぼくはここにいます」

「聞いてくれ、エラゴン……最後にひとつだけ、きみに命じておきたいことがある」

エラゴンは指揮官の最期の言葉を聞きとるため、身をかがめた。

「約束してくれ。ヴァーデンを……混沌《こんとん》のなかにおとしいれぬと。ヴァーデンは帝国に立ちむかえる唯一の希望だ……われらは強くあり続けねばならぬ。どうか、約束してほしい」

「約束します」

「きみの無事を祈る、エラゴン・シェイドスレイヤー……」最後にそういって、アジハドは目を閉じた。高貴な顔におだやかさがもどった。彼は息を引きとったのだ。

エラゴンはこうべをたれた。熱いものがこみあげ、胸がつまった。

アーリアは古代語で哀悼の言葉をささやいてから、歌うような声でいった。「悲しいかな、アジハドの死は多くの不和をもたらしかねません。彼のいうとおり、あなたは全力をつくして、権力争いをさけねばなりません」

エラゴンはこたえる気力もないまま、ほかの遺体に目をやった。ここ以外の場所にいられるなら、どんなことでもするのにと思った。

そのとき、サフィラがアーガルの死体を鼻先でつついた。〈まさかこんなことが起きるとは。卑劣すぎる。勝利をえて、安全であるべきときなのに〉サフィラはまたべつの死体を調べ、ぐるりとふり返った。〈双子とマータグはどこ？　どこにも見あたらない〉

エラゴンはあたりを見まわした。〈本当だ！〉体じゅうに血が駆けめぐるのを感じながら、エラゴンはトンネルの入り口へ走った。

トンネルのなかの傷んだ大理石の階段は濃い血だまりでおおわれ、いくつもの黒い鏡のように、まるくてらてらと光っている。血まみれの死体が何体も、引きずられていったかのようだ。

〈アーガルに連れさられたのか！　でも、なぜだ？　やつらが捕虜や人質をとるなんてありえないのに〕ふたたび絶望感がおそってくる。〔どっちにしろ、援軍がなけりゃ追うこともできない。おまえの体じゃ、穴にはとても入れないし〕

〔まだ生きているかもしれないのに、彼らを見すてる気か？〕

〔ぼくにどうしろっていうんだ？　ドワーフのトンネルは果てしなく続く迷路なんだぞ！　迷子になってしまう。それに、ぼくはアーリアみたいに走れない。アーガルには到底追いつけない〕

〔ならば、彼女にたのめばいい〕

〔アーリアに？〕エラゴンはためらった。その方法に飛びつきたいが、アーリアを危険にさらすようなことはしたくない……。それでも、ヴァーデンのなかでアーガルに立ちむかえる者がいるとしたら、それは彼女しかいない。エラゴンはうめくような声で、トンネルのなかで見たことをアーリアに説明した。

アーリアはきれいな弧を描く眉をひそめた。「どういうことなのか……」

「やつらを追ってくれますか？」

アーリアは沈黙したまま、エラゴンをじっと見つめた。「ヴィオル・オノ」――あなたのために。アーリアはさっと駆けだすと、手に剣をひらめかせ、地中へ飛びこんでいった。

心に焼けつくような痛みを感じたまま、エラゴンはアジハドのそばにあぐらをかいてすわり、その骸《むくろ》に目を落とした。アジハドが死んだことも、マータグが消えたことも、まだしっかりと受けとめることができない。マータグ――ガルバトリックスに手を貸し、ライダー族の体制を破壊した、〈十三人の裏切り者〉のひとりであるモーザンの息子。そして、エラゴンの大切な友だちでもあった。いなくなればいいと思うこともあった。だが、こうして無理やり引きはなされた今、エラゴンは思いがけないほどの喪失感にさいなまれている。身じろぎもせず、そこにすわっていると、オリクとほかの男たちがようやく追いついてきた。

アジハドの姿を目にしたオリクは、ドワーフ語で悪態をつきながら足をふみ鳴らし、地面にころがるアーガルの死骸に斧《おの》をふりおろした。

男たちはショックのあまり立ちつくしている。

オリクはたこのできた手から泥をこすり落とし、苦しげにうめいた。「ああ、これじゃもうスズメバチの巣がこわれたも同じだわ。ヴァーデンは平穏じゃいられん。バーズルン（なんとも不幸な）。めんどうなことになるぞ。エラゴン、臨終の言葉は聞けたのか?」

エラゴンはサフィラをちらっと見た。「ああ。でもそれは、まずふさわしい人に伝えてから」

「そりゃあそうだ。で、アーリアは?」

エラゴンはトンネルを指さした。

オリクはまた悪態をつき、かぶりをふりながら地面にひざをついてしまった。まもなくジョーマンダーが、六人構成の十二部隊を引きつれてやってきた。部下たちに惨状の外で待つよう指示すると、ひとりでアジハドに歩みより、身をかがめ、肩に手を置いた。「友よ、なぜこんなむごいことに? ファーザン・ドゥアーがこれほど広くなければ、もっと早く助けに来られたのに……勝利の絶頂のときに、逝ってしまわれるなんて……」

エラゴンは小さな声で、双子とマータグが消えたことと、アーリアのことを伝えた。

「本当なら、彼女を行かせたくはなかったが」ジョーマンダーは立ちあがった。「現時点で、われわれに打つ手はない。とりあえずここに見張りを立てておくが、トンネルを先導してくれるドワーフをさがすのに、少なくとも一時間はかかるだろう」

「わしが先導しよう」オリクが申し出た。

ジョーマンダーは遠い目でトロンジヒームをふり返った。「いや。きみはフロスガーのところへ行かなくては。ほかのだれかにたのもう。エラゴン、申しわけないが、きみたち重要な面々には、アジハドの後継者が決まるまで、ファーザン・ドゥアーにとどまってもらわねばならない。アーリアは自力でなんとかやれるだろう……どのみち、彼女に追いつくことなどできないし」

エラゴンはうなずくしかなかった。

ジョーマンダーはあたりを見まわし、全員に聞こえるよう声をはりあげた。「アジハドさまは勇敢な戦士として死をとげられた！　見るがいい、ひとりたおすこともむずかしいアーガルを、五人も討ちとっておられる。彼の栄誉をたたえ、魂が神に召されんことを祈ろうではないか。亡骸《なきがら》を盾にのせて、トロンジヒームまで運ぶのだ……涙を見せることを恥じることはない。この悲しみの日は、すべての者の記憶にとどめねばならない。わが指揮官の命をうばった怪物に、この剣をつきさす日が、一日も早く来ることを！」

兵士たちはいっせいにひざまずき、アジハドに敬意を表して兜《かぶと》をぬいだ。やがて立ちあがり、指揮官をうやうやしく盾にのせ、肩にかついだ。ほとんどの兵士たちがすすり泣き、涙であごひげを濡らしている。それでも指揮官の亡骸《なきがら》を落とすような恥ずべきことはしなかった。兵士たちのおごそかな行進とともに、サフィラとエラゴンもトロンジヒームへもどった。

02

長老会議

エラゴンは起きあがってベッドのはしにころがり、部屋のなかを見まわした。ふたを閉じたランタンの光で、あたりはぼんやりと照らされている。ベッドに腰かけ、眠っているサフィラに目をやった。鱗《うろこ》におおわれた鼻孔から、大きな鼻息とともに肺の空気が吐きだされ、筋肉質のわき腹が上下に波打っている。エラゴンは、その鼻孔からふきだす炎のことを思った。サフィラは今や自分の意志で、燃えさかる炎を吐き、腹の底から咆哮《ほうこう》をとどろかすことができる。金属をも溶かす灼熱《しゃくねつ》の炎が、サフィラの舌や象牙色の牙のあいだをつきぬけ――それらをなんら傷めることなく――ふきだしてくるさまは圧巻だ。ダーザとの対決のとき、トロンジヒームの中央塔を急降下しながら火を吐いて以来、サフィラはそのあらたな能力を、しゃくにさわるほど自慢している。つねに鼻から小さな火をふきだし、すきあらばあたりかまわず燃やしてしまおうとする。

スターサファイア、イスダル・ミスラムがこわれ、その上の〈ドラゴンの間〉が使えなくなったので、ドワーフたちはトロンジヒームの地下の、古い営倉《えいそう》をエラゴンたちに貸してくれた。広さはじゅうぶんあるが、天井が低く、壁にかこまれた暗い部屋だ。

エラゴンはきのうのことを思い出し、胸が苦しくなった。あふれる涙を、手でぬぐった。

アーリアはあれからしばらくして、疲れた足を引きずって、トンネルからもどってきた。魔術を駆使した懸命の追跡にもかかわらず、アーガルに追いつくことができなかったのだ。「これを見つけました」アーリアがそういってさしだしたのは、双子のどちらかの、血に濡れて引き裂かれた紫色のローブと、マータグの上衣《チュニック》と左右の革の手袋だった。「どのトンネルも通じていない、暗い岩の裂け目に散らばっていました。アーガルは彼らの武器と鎧《よろい》だけうばって、遺体を投げすてたのかもしれません。マータグと双子についても透視しましたが、暗い地の底しか見えませんでした」アーリアはエラゴンと目をあわせた。「残念ですが、彼らの命はもうないでしょう」

アーリアとはそれ以来、話していない。

今、エラゴンはひとりマータグの死を悼んでいた。忌まわしい喪失感がじわじわとしのびよってくる。さらに忌まわしいのは、この何か月かで、そうした感情に慣れてしまったことだ。

エラゴンは手の上で光るドーム状の涙の粒を見おろし、自分でもマータグと双子を透視してみようと思った。絶望的な努力だと、痛いほどわかっている。けれど、マータグが逝ったことを、自分に納得させなければならない。とはいえ、アーリアが見えなかったものを本当に見たいのかどうか、ファーザン・ドゥアーの深い谷底に横たわるマータグの傷んだ体を見れば、気がらくになるのかどうか、自分でもわからない。

エラゴンはつぶやいた。「ドラウマ・コパ」

涙の粒が暗い帳《とばり》でおおわれ、銀色の掌の上に、小さな一点の夜が現れた。そのなかに、なにかの動きが見える。まるで雲にかすむ月の上を、鳥が一羽さっとよぎったかのように……そして、なにも見えなくなった。

水滴にもうひと粒、涙が落ちた。

エラゴンは深呼吸して、のびをし、気持ちが落ちつくのを待った。ダーザに受けた傷から回復したとき、自分がまったくの運だけでここまで切りぬけてきたのだと気づかされた。今度また、べつのシェイドか、あるいはラーザックやガルバトリックスと対峙《たいじ》することがあれば、もっともっと強くなければ勝つことなどできない。ブロムがいれば、きっといろいろなことを教えてもらえただろう。でも、彼がいない今、自分がむかうべきところはひとつしかない。エルフの国だ。

サフィラの呼吸が速くなった。目をあけ、大きなあくびをする。〔おはよう、小さき友よ。いい朝だ〕

〔いい朝?〕エラゴンはマットレスをおしつぶすようにして、両手をついた。〔いいわけないだろ……マータグにアジハド……トンネルのなかの見張り兵は、なんでアーガルのことを知らせてこなかったんだ? 見張りに気づかれず、アジハドたちを尾《つ》けることなんかできなかったはずなのに……アーリアのいうとおりだ。どういうことなのかわけがわからない〕

〔真相は最後までわからないかもしれない〕サフィラはおだやかにいった。立ちあがると、翼が天井をこすった。〔まずは腹ごしらえだ。それから、ヴァーデンがこれからどうなるのか、知る必要がある。ぐずぐずしてはいられない。こうしているあいだにも、新しい指導者が決まるかもしれない」

エラゴンはうなずいて、きのうのみんなとの別れの場面を思い出した。

あのとき、オリクはフロスガー王のもとへ訃報を知らせに走り、ジョーマンダーはアジハドの亡骸《なきがら》を、葬儀までの仮の安置所に運んでいった。アーリアはひとり立ちつくし、人々の動きを見つめていた。

エラゴンは立ちあがり、ザーロックと弓を身につけると、スノーファイアの鞍《くら》をつかもうとかがみこんだ。と、上半身に鋭い痛みが走り、床にころがった。背中をかきむしりながらもだえる。まるで、のこぎりで体をふたつに切り裂かれるような痛みだ。

その感覚がさざなみのようにとどくと、サフィラはうなった。意識を通してエラゴンの痛みをやわらげようとするが、いっこうに効果がない。なにかと戦うかのように、サフィラの尾は本能的にはねあがった。

発作がおさまるまで数分かかった。痛みが引いても、荒い息づかいはおさまらない。

エラゴンの顔は汗に濡れ、髪ははりつき、目はひりひりしている。手を背中にやり、傷のいちばん上におそるおそる指をあててみた。傷は熱をもち、過敏になっている。

サフィラが頭をさげ、鼻先で彼の腕をそっとつつく。〔かわいそうに……〕

〔今のはひどかった〕エラゴンはよろよろと立ちあがった。サフィラの体にもたれ、ぼろきれで汗をぬぐうと、慎重に扉のほうへ歩きだした。

〔もうだいじょうぶなのか？〕

〔行くしかないだろう。ドラゴンとライダーとして、ぼくらはヴァーデンの次期指導者が選ばれるのを、見とどけなくちゃならないんだ。もしかしたら選出にかかわるかもしれない。ぼくらは今、それくらい重大な立場にいる。ヴァーデンに対して、大きな権限をもっているんだ。その立場にいるはずの双子はもういない。いいことといえば、それだけだな〕

〔そのようだ。それにしてもダーザめ、あなたにそんな拷問をあたえるとは、千年の苦しみを受けるべきだ〕

エラゴンはうなった。〔とにかく、ぼくのそばをはなれないで〕

ふたりはいちばん手近な厨房《ちゅうぼう》へむかって、トロンジヒームを歩きだした。

どの通路でも廊下でも、すれちがう人々が足をとめ、「アージェトラム」、「シェイドスレイヤー」とつぶやいていく。ドワーフたちも――数は多くないにしろ――それは同じだった。

人々の陰鬱な重苦しい表情や、悲しみを表す暗い色の服装を見て、エラゴンは胸がしめつけられた。女性たちはほとんど、真っ黒な衣裳《いしょう》をまとい、顔をベールでおおっている。

厨房《ちゅうぼう》に入ると、エラゴンは石の大皿に食べ物をのせて、低いテーブルについた。サフィラは彼がまた発作を起こしやしないかと、注意深く見守っている。何人かの人間がエラゴンに近づいてくるが、そのたびにサフィラが口をあけてうなって追いはらう。

エラゴンはまわりのざわめきなど気づかないふりをして、黙々と食べた。やがて、マータグのことから気持ちをそらすため、エラゴンはたずねた。〈アジハドも双子もいなくなった今、いったいだれがヴァーデンを指揮するんだろう？〉

サフィラはためらった。〈あなたかもしれない。アジハドの最期の言葉は、指導者としてあなたをみとめる祝福の言葉だったとも解釈できる。そうだとしても、反対す

る者はいないだろう。しかし、それはあなたにとって賢い選択とは思えない。その道には、困難しか待っていないような気がする〕

〔ぼくもそう思う。それにアーリアが賛成しないだろう。そうなったら、彼女はぼくの強敵にだってなりうる。エルフは古代語で話すときは嘘《うそ》をつかないっていうけど、人間の言葉のときはべつさ――アジハドがそんな臨終の言葉はいわなかったっていうかもしれない。それで彼女の目的を果たすことになるならね。とにかく、ぼくはそんな地位にはつきたくない……。ジョーマンダーはどうだろう?〕

〔アジハドは彼のことを自分の右腕と呼んでいた。残念ながら、わたしたちはジョーマンダーのこともヴァーデンのほかの幹部のことも、ほとんど知らない。ここへ来て日が浅い。だからわたしたちは、過去のあれこれではなく、感覚と印象だけで判断をくださなければならない〕

エラゴンは皿の上の魚を、つぶしたジャガイモによせた。〔フロスガーやドワーフの部族のことも忘れちゃいけない。今回の件じゃ、彼らもだまっていないだろう。エルフ族は――アーリアをのぞけば――後継者選びに口は出せないさ。エルフの国に情報がとどく前に、決まるだろうからね。でもドワーフは無視できない。無視なんかさせないだろう。フロスガーはヴァーデンに好意的だけど、もしかしたらドワーフのほかの部族の反発にあって、指導者にふさわしくない人をおしつけられるかもしれない〕

〔たとえば？〕

〔かんたんにあやつれる人〕エラゴンは目をつむり、背をそらした。〔ファーザン・ドゥアーの住人なら、だれでもいい〕

ふたりはこの問題についてしばらく考えてみた。ふいに、サフィラがいった。〔エラゴン、だれかがあなたに会いに来てる。追いはらうことができない〕

え？　エラゴンはぱっと目をあけ、光に目が慣れるまでまばたきをした。テーブルの前に色白の少年が立っていた。食われやしないかと不安顔で、サフィラのほうをうかがっている。

「なにか用かな？」エラゴンはなるべく愛想よくたずねた。

少年は口を開きかけ、はっとしたように頭をさげた。「お呼びがかかっております、アージェトラム。長老会議で発言なさるようにと」

「長老会議って？」

エラゴンの質問が、さらに少年を動揺させたようだ。「長老会議とは……その……わたしたちの――ヴァーデンの代表として、アジハドさまと話すために選ばれた方たちの会議です。助言者として彼に信頼されていた方たちです。彼らが、あなたにいらしてほしいといってるんです。大変に名誉なことです！」少年はぱっと笑みを浮かべてしめくくった。

「きみが案内してくれるの？」

「はい、そうです」

サフィラがいぶかしげな顔でエラゴンを見る。

エラゴンは肩をすくめ、残った食べ物をそのままにして、案内してくれと少年に手をふった。

歩いていく途中、少年は目を輝かせてザーロックを見つめ、それから恥ずかしそうに顔をふせた。

「名前はなんていうの？」

「ジャーシャです」

「いい名前だ。それに、使者の仕事もしっかり果たせた。誇りに思っていいことだよ」

ジャーシャはうれしそうに笑い、軽やかに歩いていく。

中央に出っ張りのある石造りの扉に着くと、ジャーシャは扉をおしあけた。部屋は円形で、空色の丸天井に星座の絵が描かれている。部屋の中央に置かれた大理石の丸テーブルには、ダーグライムスト・インジータム（鍛冶職人の部族）の紋章である〝十二の星にかこまれた金槌《かなづち》〟がきざまれている。テーブルについているのはジョーマンダーのほかに男がふたり——ひとりは背が高く、ひとりはでっぷりしている。女もふたりいる。ひとりは、きゅっと閉じた唇に、中央によりぎみの目、目と頬には念いりに化粧がほどこされている。もうひとりの女は、ボリュームたっぷりの白髪に品のある顔。その顔とは不釣合いな短剣の柄《つか》が、大きく盛りあがった胴着《ボディス》のはしからのぞいている。

「さがってよいぞ」ジョーマンダーが命じると、ジャーシャはぴょこんとお辞儀をして出ていった。

長老たちの視線を感じながら、エラゴンは部屋のなかを見わたし、かたすみにならんだ椅子の真ん中にすわった。ここならほかの長老たちは、わざわざ椅子をまわさなければエラゴンを見ることができない。サフィラはエラゴンの真うしろにうずくまった。頭の上にサフィラの熱い息を感じる。

ジョーマンダーが半分腰をあげ、軽く会釈して着席した。「エラゴン、ご足労いただいて申しわけない。きみ自身、つらいときでもあるのに。こちらはウマース」背の高い男だ。「そしてファルバード」でっぷり男。「サーブレーとエレッサリ」ふたりの女たちだ。

エラゴンは頭をさげた。「双子たちもここの一員だったんですか?」

濃い化粧のサーブレーはきっぱりと首をふり、長いつめでテーブルをコツコツたたきながらいった。「彼らはわたしたちとはなんの関係もありません。くだらない連中です。自分たちの利益のためにしか動かない、寄生虫のようなやつらでした。ヴァーデンにつくす気持ちはこれっぽっちもなかった。だから、会議に彼らの席などなかったのです」テーブルのむこうからでも、彼女の香水のにおいがわかる。どろっとした油のような、腐りかけた花のようなにおいだ。エラゴンはそう思って、笑いをかみころした。

「もういい。双子の話をしにここに来ているわけじゃないだろう」ジョーマンダーがいった。「われわれは今、迅速かつ効果的に対処すべき重大な危機に直面している。われわれがアジハドの後継者を決めなければ、ほかのだれかが決めてしまうのだ。フロスガーはすでにドワーフを代表して哀悼の言葉を伝えてきた。いかにも殊勝な態度だが、今こうしているあいだにも、彼は彼なりの筋書きを考えているにちがいない。それに、ドゥ・ヴラングル・ガータ（魔術師の会）のことも気になる。魔術師たちのおおかたはヴァーデンに忠実だとはいえ、彼らの行動はふだんから予測がつかない。ひょっとしたら、自分たちの利益のために、われわれの権限に楯《たて》つくかもしれない。エラゴン、だからこそきみの力ぞえが必要なんだ。だれが選ばれるにせよ、アジハドの後継者の正当性を証明するために」

でっぷりしたファルバードが重そうに腰をあげ、肉づきのいい手をテーブルについた。「われわれ五人は、だれを推すかもう決めておる。その人以外に適任者はいないと信じておる。しかし」彼は太い指をつきだしていった。「その名をあかす前に、きみに宣誓してほしいのじゃ——われわれの意見に賛成であろうとなかろうと、ここでかわされた話は、けっして外へもちださないと」

〔どうして宣誓なんかさせたいんだろう？〕エラゴンはサフィラにいった。

〔わからない〕サフィラが鼻を鳴らす。〔もしかしたら罠《わな》か……受けるかどうかは、賭けになるだろう。だが覚えておいて。彼らはわたしの宣誓は求めていない。必要ならば、彼らの話はいつでもアーリアに伝えられる。愚かな連中だ、わたしにも人間と同じだけ知恵があることを忘れている〕
エラゴンはサフィラの話に納得して、いった。「わかりました。宣誓しましょう。それで、ヴァーデンの長にだれを推すつもりなんです？」
「ナスアダだ」
エラゴンはおどろいて視線を落とし、とっさに頭を回転させた。ナスアダが後継者になるなど思いもよらなかった。若すぎる――ぼくよりいくつか年上なだけだ。もちろん、彼女がふさわしくないというわけではない。でも、なぜ長老会議が彼女を指名するのか？　長老たちにどんな利益があるのだろう？　エラゴンはブロムの忠告を思い出し、この問題をあらゆる角度から吟味し、すみやかに判断しなければと思った。
〔ナスアダには鉄の意志がある〕サフィラが意見をいった。〔父アジハドのような指導者になるだろう〕
〔それはわかるよ。でも、この人たちが彼女を選んだ理由はそれだけなのかな？〕

エラゴンは時間稼ぎにたずねた。「ジョーマンダー、なぜあなたではないんですか？　アジハドはあなたを自分の右腕といっていた。それは、彼が亡くなった今、あなたがその座を継ぐという意味なんじゃないんですか？」

会議のなかに困惑の空気が流れた。サーブレーは背筋をのばして両手を組みあわせ、ウマースとファルバードはこっそり目くばせをしている。エレッサリだけが、胸にさした短剣の柄《つか》をこきざみにゆらし、ほほえんでいる。

「それは」ジョーマンダーは注意深く言葉を選びながらいった。「アジハドがいったのは、戦闘の場合の話だ。それだけだ。それに、わたしはこの会の一員にすぎない。わたしの力とは、たがいにささえあっての力なんだ。ひとりだけぬきんでようとするのは、バカげてるし、危険なことだ」

ジョーマンダーの発言に、長老たちの緊張がやわらぎ、エレッサリはジョーマンダーの腕をそっとたたいた。

〔ふん！〕サフィラが声をあげる。〔ジョーマンダーはほかの長老たちに協力を強制できたら、すぐにでも権力の座につくつもりにちがいない。ほら、みんなの顔を見てごらん。オオカミを見るような目で、彼を見ている〕

〔ジャッカルにかこまれたオオカミみたいなものだな〕

「ナスアダに経験はあるんですか?」エラゴンは問いかけた。

エレッサリはテーブルのふちに身をおしつけるように乗りだした。「アジハドがヴァーデンに加わった七年前から、わたしもここで過ごしてきたの。ナスアダがかわいいお嬢ちゃんだったころから、その成長を見てきたのよ。ときどき、ちょっと思慮のない行動もするけど、ヴァーデンをひきいていくには問題ない。人々にも愛されるでしょうし。それに、わたしも」やさしげな顔で胸をぽんとたたく。「このお仲間たちも、彼女がこまったときには助言に駆けつけるわ。ひとり道に迷うことなんてないの。彼女が指導者の地位につくうえで、未経験は問題にならないわ」

エラゴンはとたんに合点がいった。〔この人たちは、あやつり人形がほしいんだ……〕

「アジハドの葬儀は二日後にとりおこなわれる」ウマースが口を開いた。「われわれはその直後、ナスアダを新しい指導者に任命するつもりだ。彼女にはまだ伝えていないが、かならずや受けてくれるだろう。任命のときは、きみもその場に立ち会い——だれも、フロスガーとて文句はいわんだろう——ヴァーデンへの忠誠を宣誓してほしい。それにより、アジハドの死によって失われた信頼を回復し、組織を分裂させようとする族《やから》からヴァーデンを守ることができる」

〔忠誠だって⁉〕

サフィラがすばやくエラゴンの意識に触れてきた。〔気をつけて。彼らはナスアダに誓いを立てろといっているのではない。ヴァーデンにだ〕

〔うん。それに彼らは自分たちでナスアダを任命するといっている。つまり、この長老会議はナスアダより強い権限をもちたいってことだ。じゃなかったら、アーリアやぼくに任命させてもいいはずだ。ヴァーデンの人々に、だれが指揮官を任命したかを認知させることになる。ようするに会議は、ナスアダの上に立ち、忠誠心を枷《かせ》にぼくらをあやつろうとしてるんだ。おおやけの場で、ライダーにナスアダを承認させたという事実も、長老たちの得になるしね〕

「もしぼくが」エラゴンは長老たちにたずねた。「この申し出をことわったら、どうなるんですか？」

「申し出？」ファルバードが不思議そうな顔で問い返す。「もちろん、どうにもならんよ。ただ、ナスアダが選ばれるときに同席しないのは、きわめて冷淡なことじゃな。〝ファーザン・ドゥアーの戦い〟の英雄が、ナスアダを軽視したとなれば、彼女はどう思うじゃろう？　自分はライダーに嫌われている、ヴァーデンは仕える価値のないものだと思われている──ちがうかね？　そんな侮辱に耐えられる者がいるかのう？」

いわんとしていることはよくわかった。エラゴンはテーブルの下で、ザーロックの柄頭《つかがしら》をぎゅっとにぎりしめ、さけびたい衝動と闘った。ヴァーデンに仕えろなんて、ぼくに強要する必要はない！　そんなことされなくても、協力してきたじゃないか！だがエラゴンは長老たちがかけようとしている足枷《あしかせ》から逃げ、反発してやりたい衝動に駆られた。

「ライダーがそれほど高く評価されてるなら、ぼく自身でヴァーデンをひきいていく決断をしてもいいわけですね？」

部屋のなかの空気がはりつめた。「それは利口な決断ではありませんね」サーブレーが口を開いた。

エラゴンはこの状況から逃げる方法を懸命に考えた。

〈アジハドのいない今──〉サフィラが意識に触れてくる。〈彼が願っていたように、どの集団からも束縛されずにいることはむずかしいのかもしれない。ヴァーデンをおこらせてはいけない。ナスアダが後継の座について、会議がヴァーデンを仕切るようになれば、わたしたちはどうしても長老たちに譲歩せざるをえなくなる。覚えておきなさい。彼らもわたしたちと同じ、自己防衛本能で動いている」

「でも、ぼくらを牛耳ってどうするつもりなんだ？　エルフとの協定を守って、エレズメーラへ修行に行かせてくれるだろうか？　それとも、ほかのことを命じる？　ぼくはジョーマンダーのことをりっぱな人物だと思っている。でも、ほかの長老がどうかは、判断がつかない」

サフィラはあごでエラゴンの頭をさっとなでた。「ナスアダの任命式のこと、承諾しなさい。とりあえず、そうするしかないと思う。忠誠を誓うことにかんしては、それをさける方法を考えればいい。そのときまでに、状況の変化があるかもしれないし……アーリアが助言してくれるだろう」

エラゴンはだしぬけにうなずいた。「お望みどおり、ナスアダの任命式に出席します」

ジョーマンダーはほっとしたようだ。「よかった。では、あとひとつやっておくことがある。ナスアダの承諾をとることだ。ここに一堂に会しているのだから、これをのがす手はないな。すぐに彼女のもとへ使者をやろう。それとアーリアにも——おおやけの場で発表する前に、エルフとして彼女の同意ももらいたいのだ。そうむずかしいことではなかろう。アーリアはこの会議とエラゴン、きみの意見にはさからえない。われわれの結論を受けいれてもらうしかないということだ」
「ちょっと待って」エレッサリが口をはさんだ。目がきらりと冷たく光る。「その前に、ライダー、あなたの言葉は？　任命式で忠誠を誓ってくださるの？」
「むろん、そうしてもらわねばこまる」ファルバードがこたえる。「全力をあげてきみを守ることができんとなれば、ヴァーデンとして、これほど不名誉なことはないかららな」
〔ものは言いようだな！〕
〔承諾すべきなのでは？〕サフィラがいった。〔残念ながら、今のところほかに選択肢はないようだ〕
〔ことわっても、まさかぼくらに危害は加えないだろう？〕
〔それはそうだが、そのせいで、泥沼状態になるかもしれない。承諾すべきといったのは、わたしのためではない。あなたのためだ。まわりに危険が多すぎて、わたしだけでは守りきれない。エラゴン、ガルバトリックスに対抗するには、味方が必要だ。身近に敵をつくるべきではない。帝国とヴァーデン、両方を敵にまわすことはできない〕

結局、エラゴンはこたえた。「宣誓します」テーブルのまわりに安堵感《あんどかん》がただようのがわかった。ウマースなど、ほっとため息をもらしている。〔この人たちは、ぼくらを恐れてるんだ……〕

〔当然だ！〕サフィラがぴしゃりという。

ジョーマンダーはジャーシャを呼んで、ナスアダとアーリアを呼びに行かせた。

少年が出ていくと、部屋のなかにぎこちない沈黙がおりた。

エラゴンは長老たちのことは無視して、この板ばさみ状態からぬけだす方法はないものかと考えてみた。だがなにも頭に浮かばなかった。

やがてまた扉があき、長老たちが待ちかねたようにふり返った。

最初に入ってきたのはナスアダだ。あごを高くあげ、視線はまっすぐでゆるがない。刺繍《ししゅう》入りのガウンは彼女の肌の色よりさらに黒く、肩口からわきを通って腰まで、濃い紫色の切りかえが入っている。

アーリアがそのうしろから入ってくる。猫のようにしなやかで優雅なその歩き方に、ジャーシャと名乗ったあの少年はすっかり恐れかしこまっている。

ジャーシャがさがり、ジョーマンダーが椅子を引いてナスアダをすわらせた。

エラゴンもあわててアーリアに同じことをしたが、彼女はそれにはすわらず、テーブルから距離をおいた場所に立った。

〔サフィラ、アーリアにことのしだいを説明しておいてくれないか。ヴァーデンがぼくに忠誠を誓わせようとしてること、会議は彼女に説明しないと思うんだ〕

「アーリア」ジョーマンダーは彼女に軽く礼をすると、ナスアダのほうへむきなおった。「アジハドのご息女ナスアダ、父上のご逝去にさいし、長老会議一同、心より哀悼の意を表し……」ジョーマンダーは低い声で続けた。「われわれはあなたの受けた深い悲しみに、つつしんでお悔やみ申しあげます。家族が帝国に殺されるのがどういうことか、みんなじゅうぶんすぎるほどわかっています」

「ありがとう……」ナスアダはつぶやくようにこたえると、アーモンド形の目をふせ、おずおずと遠慮がちに腰かけた。エラゴンは痛々しいその姿を見て、なぐさめの言葉をかけたい気持ちになった。ナスアダの様子は、戦いの前、〈ドラゴンの間〉を訪ねてきたときの活気に満ちた女性のそれとは、あまりにもかけはなれていた。

「まだ喪中とはいえ、どうしても今、決断してもらわねばならないことがあります。われわれ会議では、ヴァーデンをひきいることができません。したがって、葬儀のあと、だれかに父上の地位を継いでもらわねばならない。われわれは、あなたにその任を受けてほしいと思っています。アジハドの嫡子として、あなた以外にふさわしい人はいない――ヴァーデンの期待にこたえてほしいのです」

ナスアダは目をうるませ、頭をさげた。悲しみをかくせぬ声で、彼女はいった。

「わたしのような若輩が、父の後継者として請われるなど、思いもよらなかったことです。しかし……それがわたしのつとめだと、みなさんが強く希望されるなら……つつしんでお受けいたします」

03 たがいの真実

ナスアダが望みどおりにこたえたので、長老会議の面々は勝利の笑みを浮かべた。「もちろん、この長老会議はあなたが後継者の座につくことを強く希望します」ジョーマンダーがいう。「あなた自身のためにも、ヴァーデンのためにも」ほかの長老たちがいっせいに同意の表情を浮かべると、ナスアダは寂しげに笑ってうなずいた。部外者然として話に加わらないエラゴンを、化粧の濃いサーブレーがぎろりとにらんだ。

エラゴンはこの間ずっと、アーリアの反応をうかがっていたのだ。だが、サフィラからの情報にも、会議の発表にも、彼女の神秘的な表情はちらりともゆれない。

それでも、サフィラはこう伝えてきた。〈アーリアが、あとで話があるといっている」

エラゴンがこたえるまもなく、太目のファルバードがアーリアにたずねた。「あなた方エルフは、これに同意してくれるかね?」

アーリアの鋭い視線に射すくめられ、ファルバードがそわそわしはじめる。

彼女は眉をつりあげてこたえた。「わたくしに女王の代弁をすることはできません。しかしながら、反対の理由はなにも見あたりません。ナスアダを祝福いたします」

ぼくたちの話を聞いたから、ほかにこたえようがないんだ。エラゴンは苦々しく思った。自分たちもアーリアも、あがきのとれない状況に追いこまれてしまったのだ。

アーリアの返答に、会議の面々はあからさまにうれしそうな顔を見せた。

ナスアダはアーリアに礼をいい、ジョーマンダーにたずねた。「ほかに今話しあうべきことがあるでしょうか? とても疲れてしまって……」

ジョーマンダーは首をふった。「あとのことは、すべてわれわれがとりしきります。葬儀まで、あなたにはなんのめんどうもかけない」

「いろいろとありがとうございます。では、みなさんにはこれで退席していただいてよろしいですか？　どうすれば父の意を尊重し、ヴァーデンにつくすことができるか、考える時間がほしいのです。考えるべき課題をたくさんいただいたので」ナスアダは黒い衣裳《いしょう》でおおわれたひざの上に、ほっそりした指を広げた。

長身の男ウマースが退出に異をとなえかけたが、ファルバードが手をふって、それを制した。「もちろんです。それであなたの心が落ちつくのであれば。助けが必要なときは、われわれがいつでもよろこんで助力いたします」ファルバードはほかの長老たちについてくるよう合図し、アーリアの前を通って扉へむかった。

「エラゴン、あなたは残ってもらえますか？」

エラゴンはおどろきつつも、長老たちの鋭い視線を無視して、もう一度椅子に腰をおろした。

ファルバードはとっさに部屋に残りたそうなそぶりを見せ、戸口のところでためらったが、しぶしぶ出ていった。

アーリアが最後に退出した。扉をしめる寸前、エルフは危惧《きぐ》の色を浮かべた目でエラゴンを見た。さっきまでは見せなかった表情だ。

ナスアダはエラゴンとサフィラの視線をさけるように、話しはじめた。「ふたたびお会いすることになりましたね、ライダー・エラゴン。まだあいさつをいただいていませんが、わたしのことを、おこっているのですか？」

「いいえ、ナスアダ。無作法があってはいけないので、話すのをひかえていたのです。今は、軽率な発言に対して風当たりが強いようで」長老たちに盗み聞きされているような妄想にとらわれた。エラゴンは心の防壁に意識の手をのばし、魔法の言葉をさぐり出した。「アトラ・ノス・ヴァイサ・ヴァルド・フラ・エルド・ホルニャ（他者の耳からわれわれを守れ）……さあこれで、人間、ドワーフ、エルフ、だれにも盗み聞きされることはない」

ナスアダの物腰がやわらかくなった。「ありがとう、エラゴン。それが、どんなに貴重なことか」さっきよりも声に力があり、自信に満ちている。

エラゴンの椅子のうしろでサフィラが腰をあげた。ドラゴンはゆっくりとテーブルをまわってナスアダの前に立つと、巨大な頭をぐっとさげ、ナスアダの黒い目にぴたりと視線をあわせた。たっぷり一分間ナスアダを見つめたあと、そっと鼻を鳴らし、頭をまっすぐにもどした。〈彼女に伝えてほしい。父上の死に深い悲しみを感じていると。そして、アジハドの任を継いだとき、彼女の力がヴァーデンの力とならねばならない、ヴァーデンにはたしかな〝導き〟が必要なのだ、と」

エラゴンはサフィラの言葉をくり返してから、こういった。「父上は偉大な方でした――彼の名は人々の記憶に永遠に残るでしょう……じつは、あなたに伝えなければならないことがある。息を引きとる前、アジハドはぼくに命じたのです。ヴァーデンを混沌《こんとん》におとしいれるな、と。それが彼の最期の言葉でした。アーリアも聞いたはずだ。

なにかの暗示と感じたので、今までだれにもいわずにいました。でも、あなたには知る権利がある。アジハドがなにをいいたかったのか、なにを求めていたのか、よくはわかりません。ただ、これだけはわかる。ぼくはこの力で、これからもヴァーデンを守り続けます。あなたにそれだけはわかってほしい。ヴァーデンの指導者の座をうばおうなんて、これっぽっちも思っていません」

ナスアダは甲高い声で笑った。「でもその指導者としての力は、わたしにはないというのね？」よそよそしさが消えてなくなり、剛胆さだけが残った。「なぜあなたが先にここへ呼ばれたか、会議の長老たちがなにをたくらんでるのか、わたしにはちゃんとわかってるわ。父に仕えてきたこの歳月、こんな事態にそなえて、なにも話しあってこなかったとお思い？　会議がこうするだろうことは、ちゃんと予測がついていた。そして今、すべて計画どおり、わたしがヴァーデンをひきいることになった」

「じゃあ、会議の言いなりになるつもりはないと？」エラゴンは感嘆の思いでたずねた。

「そのとおり。アジハドから命じられた言葉はこれからも他言しないで。へたに噂が広まって、彼があなたに後継の座をまかせたようにとられるとよくないわ。わたしの権威がなくなり、ヴァーデンに動揺をまねくことになる。アジハドは、ヴァーデンを守るためにいわなければならないことをいったまでよ。同じ状況になれば、わたしも同じことをいうわ。父の……」一瞬、言葉につまる。「父の努力をムダにするわけにはいかない。たとえわたしの命と引きかえにしても。それが、ライダーとして、あなたに覚えておいてほしいこと。アジハドの計画、戦略、そして最終目標は、今日からすべてわたしが引き継ぐわ。気弱になって、父の期待を裏切ることだけはしたくない。帝国はかならずや滅び、ガルバトリックスは王座をおり、いつかかならず正義が国をおさめる日が来るのよ」

話しおえるころ、ナスアダの頬には涙が伝っていた。

エラゴンはそれを見つめながら、ナスアダの責務の重さをあらためて痛感し、これまで知りえなかった彼女の人格の奥深さに気づかされた。「それでナスアダ、ぼくは?ヴァーデンのために、ぼくはなにをすればいいんだろう?」

ナスアダはまっすぐにエラゴンの目を見つめた。「あなたがすべきと思うことなら、なんでも。あなたをあやつれると思ってるのだとしたら、長老たちはあまりにも愚かね。だって、ヴァーデンとドワーフにとってあなたは英雄だもの。エルフ族だって、ダーザに勝利したことを知れば、熱烈歓迎してくれるでしょう。あなたがたとえ会議やわたしにさからったとしても、わたしたちは黙認せざるをえないのよ。なぜなら、人々が全身全霊をかけてあなたを支持するでしょうから。今あなたは、ヴァーデンにおいてもっとも力のある人なの。でも、もしあなたがわたしを指導者として受けいれてくれるなら、これからもわたしは、アジハドの敷いた道を進み続けることができる。あなたはアーリアとともにエルフの国へ行き、むこうで修行を受け、そしてまたヴァーデンにもどってきてくれればいいの」

「彼女、なぜこんなに腹を割って話してくれるんだ?」エラゴンは不思議だった。「ナスアダのいうことが本当なら、ぼくらは会議の要求をことわってもいいんだろうか？」

サフィラは一瞬考えてからこたえた。〔いずれにしろ、もう遅い。あなたはすでに彼らの要求を受けいれたのだから。ナスアダが腹を割って話してくれるのは、ほかの者に聞かれないようにした、あなたの呪文のおかげだろう。それとおそらくは、あなたの忠誠心を、長老たちではなく自分にむけてほしいと願っているから〕

エラゴンはふと、あることを思いついた。しかしそれを口にする前に、サフィラに相談した。〔ナスアダの話を本当に信じていいだろうか？　これは重要だ〕

〔信じていい〕サフィラが即座にこたえる。〔ナスアダは正直に話している〕

エラゴンは自分のやろうとしていることをサフィラに打ちあけた。サフィラが同意すると、エラゴンはザーロックをぬき、ナスアダのもとへ近づいていった。ふいに、彼女の顔を恐怖の色がよぎった——扉に視線を走らせ、衣裳《いしょう》の折り目に手を入れてなにかをにぎる。エラゴンはナスアダの前で足をとめ、ザーロックを水平にしてひざまずいた。

「ナスアダ、サフィラとぼくはここへ来て、まだわずかな時間しかたっていない。でもその短いあいだにも、アジハドに尊敬の念を抱くようになった。今、あなたにも同じ念を抱いている。〝ファーザン・ドゥアーの戦い〟のとき、会議のあのふたりをふくむ多くの女性が避難したなか、あなたはここに残って戦った。そして今、なんのごまかしもなく、心を割ってぼくらに接してくれた。ゆえに、ライダーとしてぼくは、この剣に誓って……あなたに忠誠をささげます」

エラゴンは、ある種の決意をもってこの言葉を発していた。〝ファーザン・ドゥアーの戦い〟の前なら、けっして口にしなかったであろう言葉だ。しかし、戦場でおぜいがたおれ、死んでいくのを目のあたりにして、彼の見方は変わった。帝国との戦いは、もはや自分のためではない、ヴァーデンのため、ガルバトリックスの支配にしばられているすべての民のためにしていることだ。いかに長くかかろうと、その責務に自分の身をささげるしかない。さしあたって、自分にできる最善のことは、だれかに仕えることなのだ。

しかし、ナスアダに誓いを立てることは、エラゴンとサフィラにとって危険な賭けではある。長老たちからの反発は出ないだろう。忠誠を誓うと約束はしたが、だれに誓うとは明言していないからだ。だがそれでも、ナスアダがよき指導者になるという保証は、どこにもない。〔嘘《うそ》つきの学者より、正直な愚者につくほうがいいってこと

ナスアダの顔にはおどろきの表情が浮かんでいた。ザーロックの柄《つか》をにぎってもちあげ、その深紅の刃《やいば》をじっと見つめると、切っ先をエラゴンの頭にのせた。「ライダー、あらゆる責務を引き受け、忠誠を誓ってくれたことを名誉に思います。わが従者として、面《おもて》をあげ、剣をおさめなさい」

エラゴンは命じられたとおりにした。「では、従者として正直に申しあげます。あなたが後継の座についたら、会議の長老たちは、ぼくに〈ヴァーデン〉への忠誠を誓わせるつもりだった。それをさけるためには、こうするしかなかったんです」

ナスアダは心底愉快そうに笑った。「あなたはもう、ここのゲームのやり方をすっかり習得したらしいわね！　いいわ。じゃあ、なりたてほやほやの、たったひとりの従者として、おおやけの場で——会議があなたの誓いを期待している場で——わたしに忠誠を誓ってくださるわね？」

「もちろん」

「ありがとう。それで長老たちも文句はいわないでしょう。では今日はこれで、さがっていただけるかしら。やるべきことが山ほどあるの。葬儀の準備もしなければなら

ばしでの枷《かせ》ないし……エラゴン、覚えておいて。今かわした誓約は、おたがいを同等の枷《かせ》でしばるものよ。あなたがわたしに仕えているあいだ、わたしにはあなたの行動に対する責任がある。わたしの名誉を汚すようなことはしないで」

「あなたも」

ナスアダは一瞬ためらってから、エラゴンの目を見つめ、静かにこういった。「エラゴン、あなたにお悔やみを申しあげるわ。わたし以外にも、悲しんでいる人がいるのはわかっている。わたしは父を失ったけれど、あなたはお友だちを失った。わたしもマータグがとても好きだったわ。彼がいなくなったこと、本当につらくて……さあ、行って、エラゴン」

エラゴンは口のなかに苦いものを感じながら、うなずいて、サフィラとともに部屋を出た。

外には灰色のがらんとした廊下がのびていた。

エラゴンは腰に両手をあて、頭をうしろにそらし、ふうっと息を吐きだした。いろいろな感情に翻弄されたせいで、まだ一日がはじまったばかりなのに、すっかり疲れてしまった。

サフィラが彼を鼻でつついていった。〔こっちへ〕なんの説明もなく、サフィラは右手のトンネル通路を進みだした。つややかな鉤爪《かぎづめ》が、かたい床にあたる音が響く。

エラゴンは眉をひそめながらも、サフィラについていった。〔どこへ行く気だ？〕こたえない。〔サフィラ、教えてくれよ〕

しかしサフィラは尾をシュッとふるだけだ。

エラゴンはたずねるのをあきらめ、かわりに話しかけた。〔いろんなことが確実に変わってきてるよ。あしたのことすらまったく見えない――見えるのは悲しみと血の雨だけだ〕

〔そうなにもかもに悲観するものではない〕サフィラはしかった。〔わたしたちは偉大な勝利をおさめた。それは祝うべきこと。嘆くことではない〕

〔それにしたって、またこんなバカげたことにつきあわなくちゃならないんだから〕

サフィラがむっとして鼻を鳴らした。と、鼻孔から細い炎がひと筋ふきだし、エラゴンの肩を焦がした。

エラゴンは悲鳴をあげて飛びのき、悪態をつきそうになるのをぐっとこらえた。

〔おっと〕と、サフィラが頭で煙をふりはらう。

〔おっとだと！　おまえ、ぼくの腕をあぶり焼きにするところだったんだぞ！〕

〔わざとやったわけではない。炎が出ることをつい忘れてしまうのだ。あなただって、その腕をあげるたびに、地面に雷が落ちるとしたらどうする？　不注意な動作で、無意識のうちになにかをこわしてしまうことは、ままあるものだ〕

〔そうだな……どなって悪かったよ〕

サフィラは骨ばったまぶたをカチッと閉じ、エラゴンに合図した。〔まあいい。それより、わたしがはっきりさせたいのは、ナスアダにしろ、あなたの行動について強制はできないということだ〕

〔でも、ライダーの名のもとに誓約しただろ！〕

〔たしかに。だが、あなたを守るため、あるいは正義を通すため、それをやぶらねばならないとしたら、わたしはすこしもためらわない。いつでもあなたを背負って飛び立つ覚悟だ。わたしがあなたと一心同体で、あなたの誓約を重んじていたとしても、わたし自身はその宣誓にしばられていないからだ。必要とあらば、あなたをさらって逃げる。そうすれば、どんな不服従も、あなたの落ち度にはならない〕

〔そういうふうには行かないよ。いくら正義のためとはいえ、そんなことをしたら、ナスアダとヴァーデンの名に傷がついてしまう」

サフィラが足をとめた。ふたりが立っているのは、トロンジヒームの図書館の、彫刻がほどこされたアーチの前だった。広く深閑とした館内には、まるで人気《ひとけ》がないようだが、背中あわせにならぶ本棚やそのあいだの列柱のかげになって、見えないだけなのかもしれない。ランタンの淡い光が、巻物のぎっしりつまった壁ぎわの棚にそそぎ、その下部にならぶ読書用の小部屋《アルコーブ》を照らしている。

サフィラについて棚を縫うように進んでいくと、アルコーブのひとつにアーリアがすわっていた。彼女を見て、エラゴンの足が思わずとまった。今までになくものものしい雰囲気をただよわせている。といっても、彼女の身構えだけだが。さっきとはちがって、優美な鍔《つば》のついた剣を帯び、片手はその柄《つか》にそえられているのだ。

エラゴンは大理石のテーブルのむかいにすわった。

サフィラは両方ににらみをきかすように、ふたりのあいだに陣どった。

「どういうつもりなのです？」アーリアがおどろくほど敵意ある口調でいった。

「なんのことですか？」

アーリアはあごをつんとあげた。「ヴァーデンになにを約束したのです？」いったいどういうつもりなのです？」

最後のひとことは、意識を通してエラゴンに伝わってきた。

アーリアは自制心を失いかけている。

エラゴンは一瞬、びくりとした。「やらなければならないことをやっただけです。ぼくはエルフの習慣にうとい。だから、ぼくらのやり方があなたを混乱させたのなら、あやまります。でも、おこらせるつもりはなかった」

「愚か者！　あなたはわたくしのことをまるでわかっていません。わたくしは女王の代理として七十年をここで過ごしてきた――そのうちの十五年は、ヴァーデンとエルフのあいだに、サフィラの卵を行き来させることで過ごしてきた。そしてそのあいだずっと、ガルバトリックスに対抗でき、エルフの願望を尊重してくれる、聡明で力ある指導者にヴァーデンをひきいてもらうべく、わたくしは懸命につとめてきました。ブロムの協力も得て、新しいライダー――つまり、あなたにかんする協定もかわしました。アジハドはあなたを束縛せぬよう尽力してくれた。ライダーが中立の立場にいなければ、わたくしたちの力関係がくずれてしまうからです。なのに今、みずからの意志にしろそうでないにしろ、あなたは長老会議の側についた。ナスアダをあやつろうとしている長老会議に！　わたくしの生涯をかけた仕事を、台無しにしてしまったのです！〔いったいなにを考えているんですか？〕」

エラゴンは意気消沈し、アーリアにすべてを打ちあけることにした。なぜ会議の要求をのまなければならなかったか、彼とサフィラがどうやってそれらをつきくずそうとしたか、ざっと説明した。

話しおえると、アーリアがいった。「そういうことでしたか……」

「はい……」七十年。エルフがとてつもなく長命であることは知っていた。だがエラゴンは、アーリアがそれほどの年だとは考えたこともなかった。まだ二十代そこそこの女性に見える。しわひとつない顔に、唯一年齢を感じさせるものは、エメラルド色の瞳だ――深遠で、なにもかも心得たような瞳。どんなときも厳粛な表情をくずさない。

アーリアはうしろにもたれ、エラゴンをじっと見つめた。「あなたの立場はわたくしが望むものではないけれど、思っていたほど悪くはありませんでした。失礼なことをいいました――サフィラと……あなたは、わたくしが思っていた以上に、状況をよく理解しているようです。あなたの会議への妥協はエルフ族も納得するでしょうが、サフィラについてのわが種族への恩義は、けっして忘れぬように。わたくしたちの努力なしに、新しいライダーは生まれなかったのですから」

「その恩義は、ぼくの血とこの掌に焼きつけられています」

その後、沈黙が続いた。エラゴンはこの会話をもうすこし続けたくて、新しい話題をさがした。アーリアのことをもっと知りたかった。「あなたはそんなに長くここにいるんですね。エレズメーラが恋しいですか？　それとも、どこかべつの国に住んでたんですか？」

「昔も今も、エレズメーラがわたくしの故郷です」アーリアは遠くを見るような目でいった。「わが家の壁や窓が春一番に咲いた花でおおわれていたあの日、ヴァーデンへむけて旅立って以来、一度も家で暮らしたことはありません。もどっても、ほんの短い期間滞在するだけ。わたくしたちの物さしでいえば、一瞬で消えてしまうほどの記憶でしかありません」

エラゴンはまた、アーリアのすりつぶした松葉のような香りに気づいた。かすかにぴりっとするその香りに、感覚をとぎすまされ、気分がさわやかになる。「同じ種族のいないところで、ドワーフや人間にかこまれて暮らすのは、さぞ大変だったでしょう」

アーリアは首をかしげた。「あなたは、自分が人間ではないような言い方をするのですね」

「それは……」エラゴンはためらった。「たぶん、ぼくがなにかちがうものだから──ふたつの種がまじりあっているというか。サフィラがぼくのなかに住み、ぼくが彼女のなかに住んでいる。ぼくらは感情も感覚も思考も共有しあい、まるで心がひとつしかないかのように感じてるんです」

サフィラがテーブルに鼻をぶつけそうになりながら、頭をふって相槌《あいづち》を打った。

「そうでなくてはならないのです」アーリアはいった。「ふたりを結びつけているのは、あなたの想像もおよばぬほど、古き時代からの強い力。修行を終えるまで、あなたにはライダーであることの本当の意味はわからないでしょう。しかし、今はアジハドの葬儀を終えるのが先です。それまで、あなたの上に星の守りがありますよう」

アーリアはそういって、図書館の暗闇に消えていった。エラゴンは目をぱちくりさせた。〔今日はぼくだけじゃなく、みんな平静でいられないみたいだ。アーリアまで、ちょっと前におこってたかと思うと、次にはぼくのために祈ってくれた！〕

〔ものごとが正常にもどるまで、心おだやかでいられる者はだれひとりいない〕

〔完全に正常にもどるまでね〕

04
ローラン

ローランはとぼとぼと丘をのぼっていた。

足をとめ、ぼさぼさの髪のすきまから、太陽を透かし見る。日没まで五時間。あまり時間はない。ため息をつき、また、のび放題の草むらにそびえるニレの並木にそって歩きだした。

ホーストとカーヴァホールの男たち六人の手を借り、こわされたわが家と焼きはらわれた納屋から使えそうなものを掘りだして以来、ここにもどってくるのは初めてだ。もどる気になるまで、五か月かかった。

丘の上に着くと、ローランは立ちどまり、腕を組んだ。目の前には、こどものころから暮らしてきたわが家の残骸が横たわっている。一角だけが——ぼろぼろに焼け焦げた姿で——まだ残っているが、あとは完全につぶれ、雑草に支配されている。納屋はどこにも見あたらない。毎年すこしずつ耕してきたわずかばかりの農地は、タンポポや野原ガラシや、あらゆる雑草におおわれている。ところどころに、生き残ったビーツやカブが顔を出している。だが、それだけだ。農場のはしには、アノラ川をかくす帯のように雑木林がのびている。

拳をかため、歯を食いしばって、ローランはこみあげてくる怒りそして悲しみと闘った。何分間もそこに立ちつくし、楽しかった思い出がおしよせてくるたびに、わなわなと身をふるわせた。この場所はローランの人生すべて、いや、それ以上のものだった。彼の過去……未来がここにはあったのだ。父のギャロウはよくいっていた。「土地というのは特別なんだ。世話をしてやれば、そのぶん返してくれる。そういう仕事は、世の中ざらにあるもんじゃないぞ」ローランは父親の教えのとおりにするつもりだった。ホーストの息子バルドルから静かに伝えられた言葉で、世の中がこわされてしまったあの日までは。

ローランはうめき声をもらし、背をむけて、もと来た道を歩きだした。あの瞬間の衝撃が、いまだに体のなかで共鳴している。一瞬にして、愛していたものすべてを引きはがされる、それは魂まで変えてしまうほどのできごとだった。彼はまだ立ち直っていない。ローランのあらゆる行動や態度に、あのできごとが深くしみこんでいる。ローランは以前より考えこむことが多くなった。それまで思考力をおさえつけていた帯が、とつぜんプツンと切れたかのように、以前には想像もしなかったようなことを思いめぐらしてしまうのだ。農場を続けられないかもしれないとか、偉大な歌や伝説で語りつがれてきた正義は、現実にはないとか。ときどき、そうしたあらゆる思考に支配され、その重みで朝目ざめても起きあがれないように感じることもある。

道を折れ、カーヴァホールにむかって、パランカー谷を北へと歩きだした。この数週間、谷には春の新緑が広がってきたが、両側にそびえるギザギザの山はまだ重い雪におおわれている。頭上を見あげると、ひと筋の暗い雲が、山頂のほうへと流されていく。

ローランはあごをなで、のびかけたひげを手に感じながら思った。みんなエラゴンのせいだ——あいつのいまいましい好奇心のせいだ。あんな石をスパインからもち帰ったからだ。この結論を出すのに、何週間もかかった。それまで、いろいろな人に話を聞いてまわった。村の治療師ガートルードに、ブロムの残した置き手紙を何度も読み聞かせてもらった。そして、ほかに説明のしようがないと思った。あの石の正体がなんであれ、あれこそが、謎の黒マントの男たちを引きよせたにちがいない。エラゴンにギャロウの死の責任があるとすれば、そのことだけだ。だが、怒りはない。エラゴンが悪意からやったことではないと、わかっているからだ。そうではなく、彼の気がおさまらないのは、エラゴンがギャロウの弔いもせずに、パランカー谷を出ていってしまったことだ。自分の責任を放棄し、語り部の老人と、気まぐれな旅に出かけてしまったことだ。ここに残していく者に、なんの気づかいもできなかったのか？　罪の意識に駆られるあまり、思わず逃げだしてしまったのか？　それほどこわかったのか？　それとも、ブロムの途方もない冒険談にまどわされたのか？　よりによってなぜ、あのとき語り部の話になど耳を貸してしまったのか……？　おれには、エラゴンの生死さえ、わからない。

ローランは顔をしかめ、頭をすっきりさせようと、肩をぐるぐるまわした。ブロムの手紙……フン！　あれほど遠まわしで不吉なほのめかしの文句を、今まで聞いたことがない。ただひとつ明確なのは、黒マントの男たちをさけろという指示だが、それはいわれなくてもわかっている。あの老人は、頭がおかしいんだ。ローランはそう思った。

なにかの気配を感じ、ローランはふり返った。

見ると、シカが十二頭――袋角の生えた若い牡《お》ジカもいる――ぞろぞろと林のなかへもどっていく。ローランは、あした見つけやすいように、シカたちの位置を確認した。自分の狩りの腕前が、ホースト家の家計の足しになっていると思うと、彼は誇らしかった。といっても、いまだにエラゴンにはおよばない。

ローランは頭のなかを整理しながら、歩を進めた。

父のギャロウが死んだあと、彼はセリンスフォードのデンプトンの製粉所の仕事をやめ、カーヴァホールにもどってきた。それから数か月、ホーストの家に居候させてもらいながら、鍛冶屋の仕事を手伝っている。悲嘆に暮れるあまり、将来のことがなかなか決められなかったが、二日前、ようやく行動を起こす気になった。

ローランは肉店のスローンのひとり娘、カトリーナと結婚したいと思っている。そもそもセリンスフォードに働きに行ったのも、彼女と新生活をはじめる資金がほしかったからだ。しかし、農場も家も彼女との生活をささえる手段もなくなった今、カトリーナに結婚を申しこむことなどできそうにない。おれにも自尊心がある。それにスローンは、先の見通しのまるでない男を、娘の結婚相手としてゆるしてくれるはずがない。ローランの状況が悪くなる前でさえ、スローンを説得するのは骨が折れるだろうと覚悟していたほどだ――彼とスローンは、以前から仲がよかったとはいえない。とはいっても、父親の承諾なしにカトリーナと結婚することはできない。そんなことをすれば、彼女の家族には縁を切られ、村人たちには掟《おきて》やぶりとののしられ、なにより、スローンとの溝が決定的になってしまう。

いろいろな状況をふまえると、今はまず、自分で家や納屋を建て直し、農場を再開するしか方法はなさそうだ。ゼロからはじめるのは、なみたいていのことではないだろう。それでも、生活さえ保証されれば、堂々と胸をはってスローンに会いに行ける。早くとも来年の春までかかりそうだな、ローランはそう思って苦い顔をした。

カトリーナが待ってくれることはわかっていた――少なくとも、しばらくのあいだは。

黙々と歩き続けるうち、日暮れが近づき、カーヴァホールの村が見えてきた。小さな集落のなか、窓から窓へとはられたひもに洗濯物がさがっている。秋まき小麦が一面に実る畑から、男たちがそれぞれの家へもどっていく。村のむこうを見ると、八百メートルの〈イグアルダの滝〉が、夕陽に輝きながらスパインの崖をアノラ川にむかって流れ落ちている。いつもと変わらぬそれらの景色が、ローランの気持ちをなごませた。なにもかもが平常どおりであることが、いちばんの安らぎだった。

ローランは道をはなれ、スパインをのぞむ丘にあるホーストの家へとのぼっていった。家の扉はあいていた。ローランはなかに入ると、話し声に誘われてキッチンへ歩いていった。

そでをひじまでめくりあげたホーストが、キッチンの一角の木製のテーブルに、身を乗りだしてすわっていた。そのとなりで、妻のエレインが満ち足りた笑みを浮かべている。彼女のおなかには五か月になる赤ん坊がいる。夫婦のむかいにすわっているのは、息子のアルブレックとバルドルだ。

ローランが入っていったとき、アルブレックがしゃべっていた。「――でも、おれはまだ鍛冶場を出てさえいなかったんだぜ！　なのにセインのやつ、おれを見たっていうんだ。そのときおれは、村の反対側にいたのにさ」

「どうしたんだい？」ローランが荷物をおろしながらたずねた。

エレインがホーストと目を見かわした。「なにか食べるものを用意するわね」エレインはパンと冷たいシチューをローランの前に置いた。そして、表情をさぐるように、彼の目をのぞきこんだ。「家のほうはどうだったの?」

ローランは肩をすくめた。「柱も板も全部焼けたり腐ったり——使えそうなものはまるでなかったよ。井戸は無事だった。朗報はそれだけかな。種まきの季節までに住む家をこしらえようと思ったら、すぐにでも木の切りだしをはじめなきゃ。それより、教えてくれよ、なにがあったんだい?」

「ハハッ!」ホーストが声をあげる。「大騒動がもちあがったのさ。セインの草刈り鎌がなくなって、アルブレックが盗ったと疑われている」

「セインのやつ、草むらにでも落としたんだよ」アルブレックが鼻息荒くいう。

「おそらくな」ホーストが笑顔でうなずいた。

ローランはパンをかじりながらいった。「おまえを疑うなんて、お門《かど》ちがいもいいとこだな。草刈り鎌がほしけりゃ、自分で鍛えればいいんだから」

「そうなんだ」アルブレックは椅子にドスッと腰を落とした。「なのにあいつ、さがしてみもしないで、だれかが畑から逃げていくのを見たとか、それがおれに似てたとか、ブツブツいいだして……おれと似たやつなんてほかにいない、だからおれだっていうんだ」

たしかに、彼のような男はほかにいない。アルブレックは、父親の体格のよさと、エレインのあざやかな金髪を受け継いでいる。大半が茶色の髪のカーヴァホールでは、それが奇異に映る。いっぽうのバルドルは、体は細いし、髪の色は濃い。

「そのうちかならず見つかるさ」バルドルが落ちついた声でいう。「だから、あまりかっかしないほうがいい」

「かっかしないでいられるか！」

ローランはパンを食べおえると、シチューをすすりながらホーストにたずねた。

「あした、なにか手伝うことがあるかな？」

「いや、とくにない。まだクインビーの馬車の仕事が終わらんのだ。車枠のすわりが悪くてな」

ローランはうれしそうにうなずいた。「よかった。じゃあ、一日休みをもらって狩りに行ってくるよ。谷の奥でシカの小さな群れを見かけたんだ。わりと肉づきがよくてね——少なくともあばらは見えていなかった」

バルドルが急に明るい顔になった。「つきあおうか？」

「ああ。夜明けに出かけよう」

食事が終わると、ローランは顔と手を洗い、気晴らしに散歩に出かけた。のんびり腕をのばしたりしながら、村の中心部へ歩いていった。

なかほどまで進むと、〈七つの滑車亭《セヴンシーヴス》〉からにぎやかな声が聞こえてきた。ローランはふり返り、気になって酒場のほうへ行ってみた。すると、見なれぬ光景が目に飛びこんできた。店のポーチには、パッチワークの革コートをまとった中年の男がいる。横に置かれた荷物には、罠《わな》猟師の商売道具であるギザギザの鉄の罠が引っかけられている。男がおおげさな身ぶりをまじえて語る話を、何十人もの村人たちが聞いている。「それでだ、おれがセリンスフォードによったとき、ニールって男に会った。裏表のない、いい男でな、春から夏にかけて、やつの畑を手伝うことになったんだ」

ローランはうなずいた。罠猟師たちは冬のあいだ、しとめた獲物を山のなかにためておき、春になると皮をゲドリックのような皮なめし職人に売りにおりてくる。そして、たいていは農場の手伝いなどの仕事をはじめる。カーヴァホールはスパイン山脈にあって最北の村なので、多くの罠猟師が立ちよっていく。だから小さな村とはいえ、酒場も鍛冶屋もあり、皮なめし職人もいるのだ。

「ジョッキ一杯引っかけて、口のすべりをよくしてな――なにしろ半年ものあいだ、ひとこともしゃべってなかったからな。しゃべったっていやあ、クマの罠《わな》をもってかれたとき、天に悪態をついたぐれえだ――で、ひげにビールの泡をつけたまま、そのニールといろんな噂《うわさ》話に花を咲かせたわけだ。商売の話が一段落したころ、ニールにお愛想であれこれきいてみた。帝国や王のことで――王のやつ、口内炎と皮膚炎で腐っちまえ――なにか目新しいニュースはないかと。だれかが生まれたとか、死んだとか、消えちまったとか、耳よりな話はないかとね。すると、どうしたと思う？　ニールのやつ、身を乗りだして、くそまじめな声でいうのさ。ドラス＝レオナやらギリエドやら、アラゲイジアじゃ今、あちこちでみょうなことが起きてるらしいってね。まずは、人の住む町や村のまわりから、アーガルがきれいさっぱりいなくなった。厄介ばらいができたってもんだが、なんで消えちまったのか、だれにもわからねえ。それと、強奪、略奪行為がひんぱんに起きて、帝国の交易の半分が立ちゆかなくなってる。聞くところによると、それもふつうの山賊のしわざじゃねえらしい。あらゆる場所で起きてて、どれも計画的だ。しかも商品は盗まねえ。火をつけて焼きはらっていくだけって話だ。けどな、話はそれで終わりじゃねえぞ。いやいや、これからが本題だ」

罠《わな》猟師は頭をぶるぶるとふり、革袋のブドウ酒を飲んで続けた。「じつはな、北部でシェイドが出没するって噂《うわさ》があるらしい。ギリエド近辺とドゥ・ウェルデンヴァーデンのはずれで、見たって話だ。歯は鋭くとがって、目はブドウ酒みてえに赤い。髪の色は、そいつの飲む血の色と同じ赤だ。さらに厄介なのは、狂気のわが帝王が、なにかにご立腹だってことだ。そうさ、本当の話だぞ。ニールと話した五日後、同じセリンスフォードで、南からシユノンへむかう途中だっていう曲芸師に会ってな、たまたま話を聞いたんだ。どうやら帝国軍が集結して、活動をはじめたらしい。なんのためかは想像もつかねえって、そいつはいってたがな」罠猟師は肩をすくめた。「ガキのころ、とうちゃんが教えてくれたもんさ、火のないところに煙は立たねえってな。相手はヴァーデンかもしれねえ。連中ははるか昔から、ガルバトリックスの目の上のたんこぶ――鉄のように頑丈なこぶだからな！　そうじゃなけりゃ、ついにサーダに進軍する気になったか。少なくとも、ヴァーデンとちがって、サーダのある場所はわかってるもんな。ガルバトリックスなら、クマがアリをつぶすみてえに、サーダをつぶしちまうだろうよ」

罠《わな》猟師に質問の集中砲火が浴びせられるのを見て、ローランは目をぱちくりさせた。彼自身は、シェイドの噂《うわさ》は信じる気にはなれなかった。おおかた、木こりがほろ酔いかげんでしゃべった作り話にちがいない。だがそのほかの話は、もし本当だとしたら大変なことだ。サーダ……あまりに遠すぎて、カーヴァホールにその国のことはほとんど伝わってこない。それでも、ローランにもわかっていることはある。サーダと帝国の関係は表向きは平和に見えるが、サーダの人々は、強大な力をもつ北の隣国からの侵略の恐怖に、つねにさらされて暮らしているという。そうした理由により、サーダのオーリン王はヴァーデンを支援しているのだ。

罠猟師のいっていたガルバトリックスの話が正しいのだとすれば、近い将来、忌まわしい戦がはじまってもおかしくはない。そうなれば帝国の民は、さらなる増税と徴兵で塗炭の苦しみにおちいることになる。こんな世ではなく、べつの時代に生まれたかったと、ローランは思った。すでにじゅうぶんすぎるほどの苦しみを味わっているのに、これ以上の動乱を生きぬけるはずがない。

「さらにもうひとつ、聞くところによると……」罠猟師はわけ知り顔で言葉を切り、鼻の横を人さし指でトントンつついた。「アラゲイジアに新しいライダーが生まれたって話だ」彼はそういうと、腹をかかえて笑いだした。体を前後にゆすって、心底おかしそうに笑っている。

ローランも笑った。ライダー誕生の話は何年かに一度はかならず耳にする。最初の二、三回はローランも興味津々で聞いたものだが、じきにそんな噂《うわさ》を信じるものではないと気づいた。いつだってなにも現れやしない。そうした噂話は、明るい未来を熱望する人々がつくりだした妄想にすぎないのだ。

ローランは立ち去ろうとして、酒場に立つカトリーナに気づいた。緑色のリボン飾りがついた、あずき色の長いワンピース姿。彼女も熱い視線でローランを見つめ返す。ローランは彼女のもとへ近づき、肩を抱いていっしょに酒場をはなれた。

ふたりは村はずれまで歩き、そこに立って星をながめた。今宵、夜空は明るく、無数の天の炎が神々しいばかりに輝いている。そのさらに天上には、北の地平線から南の地平線へ、真珠の帯のような星の川が流れている。水さしからダイヤモンドの粉をこぼしたかのようだ。

カトリーナはローランの肩に頭をあずけ、彼の顔を見ずにたずねた。「今日はなにをしていたの？」

「家にもどってみた」カトリーナが肩の上でびくっとするのを感じた。

「どうだった?」

「ひどかったよ」言葉がのどにつまり、ローランはだまったままカトリーナを抱きしめた。頬にかかる彼女の赤褐色の髪から、ブドウ酒と香辛料と香水をまぜたような香りがただよってくる。その香りを深く吸いこむと、ローランの心はいやされ、なぐさめられた。「家も納屋も畑も、あとかたもなくめちゃめちゃに……場所を知らなければ、そこに家があったことすらわからないぐらいだった」

カトリーナがようやく彼に顔をむけた。その目は星の光で輝き、顔は愁いに沈んでいる。「ローラン……」カトリーナの唇が、ほんの一瞬、ローランの唇をかすめた。

「あれだけのものを失いながら、あなたはそれに耐え、強さをとりもどしてくれたのね。農場にはすぐにもどるの?」

「ああ。おれには畑仕事しかないからな」

「それで、わたしはどうなるの?」

彼はためらった。カトリーナとつきあいはじめた最初の日から、ふたりのあいだには、いつか結婚するのだという暗黙の了解があった。ローランは自分の意志を——一日の長さと同じくらい明白な意志を——あえて伝える必要もないまま過ごしてきたのだ。だから、カトリーナの質問に彼は動揺した。まだ生活の立て直しのめどもついていないのに、結婚という微妙な問題をとりあげるのは、早すぎる気がした。それに、申しこみを——まずはスローン、そしてカトリーナに——するのは、ローランの役目であって、彼女の役目ではない。

しかし、カトリーナからその話題が出た以上、その不安にこたえないわけにはいかない。「カトリーナ……前の計画どおりには、お父さんに会いに行けない。このままじゃきっと笑いとばされて終わるだけだ。当然さ。だから、すこし先へのばさないと。住む家ができて、畑の作物が収穫できるようになったら、お父さんだって聞く耳をもってくれるさ」

カトリーナがまた空に顔をむけ、ひとことなにかささやいた。その声はあまりに小さすぎて聞きとれなかった。

「なんだって？」

「父がこわいのってきいたのよ」

「そんなことはない！　おれは——」

「じゃあ、あした、父のゆるしをもらいに来て。それで婚約しましょう。父にわかってもらうのよ。あなたには今はなにもないけれど、かならずすばらしい家庭をきずき、父が自慢できるような娘婿になるって。おたがい同じ気持ちでいるのに、何年もムダにして、はなれて暮らすなんて意味がないわ」

「できないんだ」ローランは彼女にわかってほしくて、必死に説明しようとした。

「きみにはなにもしてやれない。おれはまだ――」

「わからないの？」カトリーナは彼から身をはなし、追いつめられた口調でいった。

「わたしはあなたを愛してるのよ、ローラン。あなたといっしょにいたいの。だけど、父にはべつの思惑がある。結婚相手として、あなたよりはるかに条件のいい男の人はいくらでもいるのよ。時間がたてば、父は自分で見つけた相手をわたしにおしつけようとする。わたしが〝行きおくれ〟になることを、恐れてるの。わたしだって恐れてるわ。カーヴァホールにいたら、わたしには時間と選択肢ばかりがたくさん残って……べつの選択肢をとるべきときが来たら、そうすると思う」彼女は目を涙で光らせ、ローランにさぐるような視線をむけて、返事を待っていた。やがてスカートをたくしあげ、民家のほうへ走っていった。

ローランはショックで動くこともできず、そこに立ちつくしていた。カトリーナに去られるのは、農場を失ったのと同じくらいつらい——世の中が急に冷たく、よそよそしくなり、体の一部が引き裂かれるような思いだった。

ホーストの家にもどってベッドに入る気になるまで、何時間もかかった。

05

追い、追われし者

谷をくだるローランの靴の下で、土がバリバリ音をたてていた。雲におおわれた早朝の谷は、涼しく、景色はぼんやりして見える。バルドルがすぐうしろからついてくる。ふたりとも弓をかついで、シカの姿を求めて周囲をうかがいながら黙々と歩いていた。

「あそこだ……！」バルドルが低い声でいい、アノラ川ぞいのイバラ道へ続くいくつかの足跡をさした。

ローランはうなずき、足跡に近づいた。足跡は通ってから一日ぐらいたったものだった。ローランは思いきって話を切りだした。「バルドル、相談してもいいかな？ おまえは村の人たちのことを、よくわかってるようだから」

「いいよ。どんな相談だい？」

しばらくのあいだ、ふたりの足音だけが響いた。

「スローンはカトリーナを嫁に出したいと思ってるんだ。相手はおれじゃない。日がたつごとに、彼の気に入るべつの男と結婚させる確率が高くなる」

「カトリーナはなんといってるんだ?」

ローランは肩をすくめた。「スローンは彼女の父親だ。さからい続けることはできないさ。本当にいっしょになりたい男が、結婚しようといわないいんだからな」

「それが、おまえなんだな……」

「ああ」

「だから、けさ、あんなに早く起きたんだな?」図星だった。

じっさい、ローランはゆうべ、不安で一睡もできなかった。ひと晩じゅう、カトリーナのことを考え、苦境からぬけだす道はないものかと思い悩んでいたのだ。

「彼女を失うなんて耐えられない。かといって、スローンがみとめてくれるとも思えない。今のおれの状況とか、いろいろ考えると」

「そうだな」バルドルはうなずいた。バルドルは横目でちらっとローランを見た。

「それで、おれになにを相談したいんだ?」

ローランは鼻から息を吐きだして笑った。「スローンをどうやれば説得できるか？どうすれば宿怨の仲にならず、この板ばさみ状態からぬけだせる？」ローランは頭をかかえた。「おれはどうしたらいい？」

「自分で考えてることはないのか？」

「あるさ。でも、あまり気が進まないんだ。カトリーナとふたりで、婚約したと発表してしまう――本当はまだだけど――あとは成り行きまかせにする。そうすれば、スローンは婚約をみとめざるをえなくなる」

バルドルは眉間にしわをよせ、慎重な口ぶりで話しだした。「かもな。でも、それじゃ、カーヴァホールじゅうの人間がおまえに悪感情をもつようになるぞ。おまえたちのやったことを、だれもこころよく思わないだろう。それに、カトリーナにおまえか父親かどちらかを選ばせるなんて、賢いやり方じゃない。将来、そのことでおまえを恨むようになる」

「わかってる。でも、ほかに方法があると思うか？」

「そういう乱暴な行動に出る前に、スローンを味方にする努力をすることを、すすめるね。おまえと結婚できずにむくれてるカトリーナと結婚する男なんていないってことを、スローンにわからせれば、うまくいくかもしれないぞ。しかも結婚したとしても、おまえがまわりをうろついてるんじゃな」ローランは顔をしかめ、地面をじっと見つめた。バルドルは笑った。「それでだめだったら、自信をもって次の手に進めばいい。やるべきことはすべてやったんだからな。そのときは村人たちだって、伝統をやぶったからと、おまえにつばすることはないだろう。むしろ、石頭のスローンのほうが、自業自得だっていわれるだろうよ」

「どっちもらくな道じゃないな」

「それは最初からわかってるだろ」バルドルはまたまじめな顔になった。「スローンに楯《たて》つけば、ひどいことをいわれるに決まってる。でも、それも時間がたてばおさまるさ――らくにはならないにしろ、耐えられる状態にはなる。スローンはべつとして、おまえのことを悪く思うとしたら、堅物のクインビーだけだろうな。あんなにうまいビールをつくれるやつが、なんであそこまでかた苦しくてきびしいのか、おれにはわかんないよ」

ローランも納得してうなずいた。カーヴァホールのような小さな村では、恨みが何年もくすぶり続けることがある。「話せてよかったよ。このところ……」ローランはいつも包みかくさず、たがいになんでも話しあってきたエラゴンを思い出して口ごもった。

エラゴンもいっていたように、ふたりは従兄弟とはいえ、兄弟同然に育った。どんなときもどんな場所でも、自分の話を聞いてくれるだれかがいる、そのだれかが、いざとなればどんな代償をはらってでも自分を助けてくれる——それがわかっているだけで、どれほど心強かったことか。

そうした絆《きずな》を失い、ローランは心にぽっかりと穴があいたような気がしていた。

バルドルはローランに話の続きをせっつくことなく、立ちどまって革袋の水を飲んでいる。

ローランは何メートルか歩いたところで、あるにおいに思考を断ち切られ、足をとめた。

それは、肉を焼いたにおいと、マツの枝を燃やしたにおいがまじったような、強烈なにおいだった。自分たちのほかに、だれがいるんだろう？　においの源をたしかめようと、ローランは深く息を吸い、回れ右をした。道の下のほうからかすかな風がふき、熱気と煙が流れてくる。肉の強い香りに、口のなかにつばがこみあげてきそうになる。

ローランの手まねきで、バルドルが駆けよってきた。

「においがするだろう?」

バルドルがうなずく。ふたりは道にもどり、においを追って南へ歩きだした。三十メートルほど進むと、道はハコヤナギの林にそって折れ、その先が見えなくなっている。曲がり道にさしかかったところで、谷を包む濃い朝靄《あさもや》にまぎれて、くぐもった声が切れ切れに聞こえてきた。

ローランは林の手前で足をとめた。もし相手が狩りに来ているのなら、とつぜん現れておどかすのは、愚かなことだ。それに、気になることがあった。聞こえてくるのは、おおぜいの人間の声だ。しかも、パランカー谷に住むどの家族より多い人数。ローランは無意識のうちに道をはなれ、林にそって茂る灌木《かんぼく》に身をかくした。

「なにやってるんだ?」バルドルが小声でいう。

ローランは指でシーッと合図し、なるべく足音をたてないよう、灌木のなかを道と平行に進んでいった。道を折れたところで、ローランは凍りついた。

道ぞいの草地に、兵士の集団が野営している。三十個あまりの兜《かぶと》が朝の日ざしに光り、兵士たちは数か所の火をかこんで、鶏肉とシチューをむさぼっている。

兵士たちの赤い軍服は長旅でよごれ、泥にまみれているが、ガルバトリックスの紋章だけは見まちがえようがない。金の糸で描かれた、のたうつ炎。チュニックの下には、鉄板を打ちつけた重い革の鎧《よろい》、鎖帷子《くさりかたびら》、羊毛入りの鎧下をつけている。ほとんどの兵士が腰に刃の広い段平《だんびら》をさし、六人が弓、残る六人が恐ろしげな鉾槍《ほこやり》をもっている。

兵士たちの中央にいるのは、背中を丸めた黒く不気味なふたつの人影。その風体は、セリンスフォードからもどったとき、村人たちの口からたっぷり聞かされていた……。

うちの農場を破壊した黒マントの男たちだ。ローランは血が凍るのを感じた。帝国軍だ！　弓に手をかけ、前へ飛びだそうとしたとき、バルドルが彼の胴着を引っぱって地面にすわらせた。

「だめだ。ふたりとも殺されちまう……」

ローランはバルドルをにらみつけ、うなるようにいった。「やつらは……やつらは獣だ……」自分の手がふるえているのに気づく。「やつらは、もどってきたんだ！」

「ローラン」バルドルは必死でささやきかけた。「おまえにはなにもできない。見ろ、やつらは王の手先なんだぞ。たとえここを切りぬけられても、おまえは帝国のおたずね者になる。そうなると、カーヴァホールにも災厄をもたらすことになるんだぞ」

「やつらはなにがほしいんだ？　なんの目的でここに来たんだ？」ガルバトリックス王は、なぜ罪もない父さんに地獄の苦しみをあたえたんだ？

「ギャロウを殺したとき、さがしていたものを手に入れられなかったのだとしたら、エラゴンがブロムと逃げた今、あいつらの目的はおまえしかないな」バルドルは黙って、ローランがその言葉を受けとめるのを待った。「村に帰って、みんなに危険を知らせないと。それから、おまえはどこかにかくれたほうがいい。馬に乗ってるのは、黒マントの男たちだけだ。走れば、やつらより先に村へもどれる」

ローランは藪《やぶ》のむこうにぼんやりと見える兵士たちの姿をにらみつけた。心臓が復《ふく》讐《しゅう》をもとめて荒れくるい、彼をけしかけている。攻撃しろ！　戦え！　おまえに不幸をもたらしたあのふたりに矢を射ちこみ、正義の裁きを受けさせるんだ。痛みと悲しみが一瞬でも洗い流せるなら、自分が死のうが生きようがどうでもよかった。今すべきことは、ここから飛びだしていくこと。あとのことは、なんとでもなる。

ただ、一歩ふみだすだけだ！

しかしローランはこみあげる涙をこらえ、拳をにぎりしめ、視線を落とした。カトリーナを置いては行けない。彼は身をこわばらせ、目をぎゅっと閉じ、苦痛と闘いながらのろのろとあとずさった。「帰ろう」

バルドルの答えを待つことなく、ローランはみずからを急きたてるように林のなかへすべりこんだ。野営地が見えなくなって林を出ると、いらだちや怒り、恐怖心を吐きだすかのように土埃《つちぼこり》の立つ道を一心に走った。

バルドルもあわててあとを追い、開けた場所に走りでた。

ローランはスピードを落とし、バルドルが追いついてくるのを待っていった。「おまえは村のみんなに知らせてくれ。おれはホーストに話すよ」

バルドルはうなずき、いっしょに先を急いだ。

三キロほど走ったところで、水を飲んで休憩した。

呼吸が落ちつくと、カーヴァホールの手前につらなる低い丘めざして、ふたたび走りだした。なだらかに起伏する道で、走る速さはかなり落ちたが、それでもじきに村が視界に入ってきた。
村の中心部へむかうバルドルを置いて、ローランはホーストの鍛冶屋をめざし、スピードをあげた。民家の前を駆けぬけながら、彼は途方もないことを考えていた。帝国の怒りをまねくことなく、この状況を回避するか、あるいは黒マントを殺す方法はないだろうか？
鍛冶屋に飛びこむと、ホーストがクインビーの馬車の側面に釘《くぎ》を打ちながら、歌をうたっていた。

……ほーら、ほら！
トンテンカン、トンテンカン
鉄のじいさんが音を出す！　ずるがしこい鉄じいさん。
ガンガンゴンゴン打ちつけて、
ずるがしこい鉄じいさんをこらしめるのさ！

ホーストはローランに気づいて、ふりあげた槌《つち》を途中でとめた。「おう、どうした？

バルドルがケガでもしたか？」

ローランは首をふり、かがみこんで呼吸をととのえた。そして、山のなかで見たものと、それがなにを意味するかを、ひと息で説明した。もっとも重要なのは、これで黒マントの男たちが帝国の手先であることが、はっきりしたということだ。

ホーストはあごひげをいじりながらいった。「おまえはカーヴァホールを出るんだ。うちにある食糧をもっていけ。おれの馬は今、アイヴァーが切り株を掘り返すのに使ってるんだが、それに乗って山にかくれるといい。兵士たちのねらいがわかったら、アルブレックかバルドルに伝言をとどけさせる」

「やつらがおれをさがしに来たら、なんていう？」

「狩りに出ていて、いつもどるかわからんというさ。まあ、それは本当のことだ。連中だって山のなかをさがしまわったりはしないさ。すれちがいになったらこまるからな。やつらの目的は、自分だと思うのか？」

ローランはうなずき、きびすを返してホーストの家へ駆けこんだ。なかに入ると、壁から馬具一式と袋をつかみとり、カブとビーツと干し肉、パン一斤をすばやく毛布にくるみ、ブリキの鍋をかかえ、途中でエレインに事情を話して外へ飛びだした。

大急ぎで包んだ荷物をわきにかかえ、ローランはカーヴァホールの東にあるアイヴァーの農場へ走った。アイヴァーは母屋の裏にいた。ニレの切り株の無数にのびる根を地面から引きぬこうとふんばる牝馬《めすうま》の横で、アイヴァーはヤナギのムチをふるっている。

「ほら、がんばれ！」アイヴァーが声をはりあげる。「思いきって引くんだ！」

牝馬は泡をふき、体がふるえるほど力をこめている。やがて渾身《こんしん》のひと引きで、ついに切り株が浮きあがり、ねじまがった指のふさのような根が、空にむかってつき立てられた。アイヴァーは手綱を引いて作業をとめ、やさしく馬の体をさすった。「よしよし……それでいいんだ」

ローランは遠くから彼に手をふり、近くまで来ると、牝馬をさして「馬を借りたいんだ」といった。ひと通り理由を説明する。

アイヴァーは悪態をつき、ぼやきながら牝馬の馬具をはずしだした。「ちょっと仕事がかたづいたと思ったら、とたんにじゃまが入る。前にはこんなことなかったのに」腕を組み、ローランがわき目もふらず馬に鞍《くら》をつけるのを、眉をひそめてにらむ。

準備ができると、ローランは弓をもって馬にまたがった。「じゃましてごめんよ。でも、どうしようもないことなんだ」

「まあ、気にするな。つかまらんよう気をつけるんだぞ」

「ああ、そうするよ」

ローランが馬の腹をけったとき、アイヴァーの呼びかけが聞こえてきた。「くれぐれも、おれの小川にだけはかくれるなよ」

ローランは苦笑して、わかったというようにかぶりをふると、馬の首のほうへ身をたおした。スパイン山麓の丘にはすぐに到達した。そこから、パランカー谷の北のはずれにつらなる丘陵地帯へとのぼっていく。たどりついたのは、山腹の、カーヴァホールをひそかに監視できる場所だ。ローランは馬をつないで、そこに腰を落ちつけた。

暗い松林に目をやると、思わず体がふるえた。本当なら、スパインにふみこむのはまっぴらだった。カーヴァホールには、スパインの山中に足をふみいれようとする者などめったにいない。たとえいたとしても、無事にもどってこられた者は多くない。

谷を見おろすと、道を行進する兵士たちの姿が見えてきた。ふたつの黒い人影を先頭に、二列に隊を組んで歩いている。カーヴァホールのはずれで、隊列は三々五々集まった村人たちに行く手をはばまれた。手につるはしをもっている者もいる。ふたつの集団は言葉をかわしたあと、飛びかかる瞬間をうかがってうなりあう犬のように、にらみあいをはじめた。しばらくたってから、カーヴァホールの男たちがわきによけ、侵入者たちを通した。

なにが起きるんだ？　ローランはそう思って途方に暮れた。

夜までに、兵士たちは村の近くの空き地に野営を張った。テント群が低く灰色にのび、見張りがたいまつを手に巡回するたび、不気味な人影が浮かびあがる。テント群の中央では大きな火がたかれ、煙が渦を巻きながら空に立ちのぼっている。

ローランも自分の野営地をつくり、村を見おろしながら、いろいろなことを考えていた。彼はこれまでずっと、黒マントの男たちは農場を破壊して、ほしいもの――つまりエラゴンがスパインで拾った石――を、手に入れたのだと思っていた。でも、じっさいは手に入れられなかったのだろう。ローランは今そう結論づけた。きっとエラゴンは石をもって逃げだしたんだ……あれを守るには、逃げるしかないと思ったのだろう。ローランは眉をひそめた。だからといって、村を捨てる理由になるだろうか？ ローランには突飛な話としか思えない。

理由がなんであれ、あの石は、王が軍隊を送ってとり返そうとするほど、貴重な宝なのだ。どうしてそんなに価値があるのかはわからないが……ひょっとして、魔法の石なのか？

ローランは冷たい夜気のなかで深呼吸して、フクロウの鳴き声に耳をすませた。ふと、なにかの気配に気がついた。山肌を見おろすと、林のなかを歩いてくる人影がある。ローランは巨石のかげに身をかくし、弓をかまえた。人影がアルブレックだと確認できると、小さく口笛をふいた。

アルブレックはまもなく巨石にたどりついた。フーッとうなりながら、いっぱいにつめこまれた背中の荷物を地面におろした。「おまえのこと、見つけられないかと思ったよ」

「よく見つけたな」

「夜の森をさまよい歩くのは、いやなもんだな。クマとか、もっといやなものと鉢合わせするかもしれない。スパインは人間の来る場所じゃないな」

ローランはふり返ってカーヴァホールを見おろした。「それで、連中はなんのために村に？」

「おまえを拘束するためだ。おまえが〝狩り〟からもどってくるまで、いつまでも待つつもりらしい」

ローランはドサリとすわりこんだ。背筋も凍るような想像で、はらわたがぎゅっとしめつけられる。「理由はいってなかったか？　石のことはなにかいってたか？」

アルブレックはかぶりをふった。「やつらは王の命令としかいわなかった。一日じゅう、おまえとエラゴンのことをきいてまわってたぞ——連中が興味あるのは、おまえたちだけなんだ」彼はためらいがちにいった。「ここに残りたいけど、あしたおれが村にいないと、連中に不審に思われるだろう。食糧はたっぷりもってきた。毛布もある。それとケガしたときのために、ガートルードの膏薬《こうやく》も。おまえには、ここで元気でいてもらわないとな」

ローランは気力をふりしぼって笑った。「いろいろとありがとう」

「おやすいご用さ」アルブレックは照れくさそうに肩をすくめた。立ち去るとき、彼は肩ごしに言葉を残していった。「ところで、あの謎の黒マント……ラーザックっていうらしいぞ」

06

サフィラの約束

長老会議との会合のあと、エラゴンが——熱中しすぎないよう気をつけながら——サフィラの鞍《くら》をきれいにふいて、油をぬっているとき、オリクが訪ねてきた。ドワーフは、エラゴンがストラップを一本みがきおえたところで声をかけた。「体調はどうかね？」

「すこしはいいよ」

「よろしい。だれにとっても、体力がなによりだからな。今日ここに来たのは、ひとつにはきみの体調をたしかめるためと、もうひとつは、フロスガーの希望を伝えるためなんだ。もし時間をつくれるなら、きみと話をしたいといっている」

エラゴンはドワーフにむかって苦笑した。「ぼくはいつだって時間をつくれる。王だってそれがわかってるはずだよ」

オリクは笑った。「ああ、だけどおうかがいを立てるのが、礼儀ってもんだ」

エラゴンが鞍《くら》を置くと、すみの寝床で丸まっていたサフィラが起きあがり、オリクに愛想よくうなってあいさつした。

「おはよう」オリクは会釈していった。

オリクは彼らを連れて、トロンジヒームに四本ある主要通路の一本を歩きだした。そこから中央塔へ進み、さらにその先の、ゆるやかにまがる鏡張りの階段をふたつおりると、地下のドワーフの〈王の間〉がある。しかし中央塔に着く前に、オリクは通路わきの短い階段をおりていった。

エラゴンは、一瞬の間のあと気がついた。オリクはイスダル・ミスラムの残骸を目にしたくないから、中央塔をさけたのだ。

七つ角の王冠が彫られた花崗岩《かこうがん》の扉の前で、彼らは足をとめた。扉の両側に立つ武装した七人のドワーフたちが、いっせいにつるはしの柄《え》で床をたたいた。木材と石のぶつかる重い音が響き、二枚の扉が内側に開いていく。

エラゴンはオリクにうなずいて、サフィラとともに薄暗い部屋に足をふみいれた。ふたりは歴代ドワーフ王たちのヒアナ（彫像）の前を通り、いちばん奥にある玉座へと歩いていった。重厚な黒い玉座の足もとにたどりつくと、エラゴンはお辞儀をした。

ドワーフの王はそれにこたえ、銀の髪を長くのばした頭をさげた。黄金の兜《かぶと》に埋めこまれたルビーが、熱した鉄のように鈍い光を放っている。鎖帷子《くさりかたびら》でおおわれた王の足の上には、ヴォランドという戦闘用の金属製の槌《つち》がのせられている。

フロスガーが話しだした。「シェイドスレイヤー、ようこそわが広間へ。先だっての面会以来、きみはいろいろなことを成しとげた。それによって、わしのザーロックへの懸念がまちがいであったことが証明された。きみが帯びているかぎり、モーザンの剣はトロンジヒームでこころよく受けいれられるだろう」

「ありがとうございます」エラゴンは身を起こしていった。

「それと」王が低く響く声で続ける。「〝ファーザン・ドゥアーの戦い〟できみが身につけた鎧兜《よろい》だが、このままきみに使ってほしいと思う。今もなお、ドワーフ一の熟練工が修繕しておる。ドラゴンの鎧についても同様。もとどおりになったら、サフィラはそれをいつまでも、あるいは体にあわなくなるまで使うといい。感謝の気持ちを表すのに、これぐらいのことしかできんのだがね。来《きた》るべきガルバトリックスとの戦いがなければ、きみの名のもとに、盛大な祝宴を開けたんだろうが……それは、もっとふさわしいときを、待たねばならんな」

エラゴンは、サフィラと自分の気持ちを口に出していった。「身にあまる寛大なお言葉。貴重な贈り物、大切にします」

フロスガーはうれしさをかくすかのように眉をぎゅっとよせ、むずかしい顔をした。「社交辞令はこのへんにしておこう。じつは、アジハドの後継者のことで、わしの考えを聞かせろと部族の者たちにせっつかれておるのだ。きのう、長老会議がナスアダ支持の意向を発表したあと、わしが王になって以来、見たこともないような大騒動がもちあがった。部族の長《おさ》たちは、ナスアダを受けいれるか、べつのだれかを推すか、結論を出さねばならん。過半数がナスアダがヴァーデンをひきいることに賛成のようだが、両者にわしの意見を伝える前に、エラゴン、きみがどういう結論を出したのかを聞かせてほしいのだ。王がぜったいにやってはならないのは、まぬけに見られることだからな」

「どこまで話せばいいんだろう?」エラゴンはすばやく考え、サフィラの意見をたずねた。

〔彼はいつもわたしたちを公正にあつかってくれる。けれど、ほかの部族の長たちと、どんな約束をかわしたかはわからない。ナスアダが本当に権力の座につくまでは、慎重に対処したほうがいい〕

〔そうだな〕

「サフィラとぼくは、ナスアダへの協力を約束しました。彼女が即位することに、異論はありません。それに――」エラゴンは、これ以上いうべきかどうか思案した。「あなたもそうしてくださるよう、お願いしたい。ヴァーデンには、内輪もめをする余裕などありません。必要なのは、結束です」

「オエイ（そのとおり）」フロスガーはそういって、うしろによりかかった。「話し方にも威厳が出てきたな。きみの提案はよくわかる。だが、ひとつ質問がある。ナスアダは本当に知恵ある指導者になれるのか、それとも、なにかべつの動機があって、彼女を選んだのか？」

〔探りを入れているのだ〕サフィラが警告した。〔彼は、なぜわたしたちがナスアダを支持するのか、理由を知りたがっている〕

エラゴンは唇が引きつるのを感じながら、かろうじて笑った。「ナスアダはあの若さにもかかわらず、知恵も先見の明もあると思います。ヴァーデンのりっぱな指導者になるでしょう」

「それが、彼女を支持する理由なのかね？」

「はい」

フロスガーは長い真っ白なひげをくいっとしごいて、うなずいた。「それで安心した。このところ、なにが正義か善かということが、ないがしろにされすぎておるからな。個々が権力をにぎることばかりに、目をむけておる。そうした愚行には、憤りを禁じえないよ」

細長い〈王の間〉に、ぎこちない沈黙が流れた。それを断ち切るために、エラゴンはいった。「〈ドラゴンの間〉はどうなりますか？　新しい部屋がつくられるのでしょうか？」

このとき初めて、王が悲嘆に暮れた顔になった。目じりには車輪の輪止めのような、深いしわがきざまれている。エラゴンは、これほどに悲しげな表情をするドワーフを見たことがなかった。「それにとりかかる前に、じゅうぶん話しあわねばならん。サフィラとアーリアがやったことは、悲惨なおこないだ。必要だったとはいえ、悲惨なことに変わりない。ああ、イスダル・ミスラムがこわれるくらいなら、アーガルに占領されたほうがましだったかもしれない。トロンジヒームの心臓が破壊されては、わしらのここがつぶされたも同じなのだ」フロスガーは自分の胸に拳をのせ、ゆっくりとその手を開いて、革を巻きつけたヴォランドの柄《え》をにぎりしめた。

サフィラがエラゴンの意識に触れてきた。いくつかの感情が伝わってきたが、なかでもエラゴンをおどろかせたのは、良心の呵責《かしゃく》と罪悪感だった。必要にせまられてのこととはいえ、サフィラはスターサファイアを崩壊させたことを、心からすまないと思っている。〔小さき友よ、たのみがある。フロスガーと話がしたい。彼にたずねてほしい——宝石の破片からイスダル・ミスラムを復元する技術が、ドワーフにはあるのかと〕

エラゴンがサフィラの言葉を復唱すると、フロスガーはドワーフ語でなにやらつぶやき、それからこういった。「技術はあるができあがったものは、かつてのトロンジヒームを輝かせた美の〝まがいもの〟でしかないのだよ！　そんな醜悪なものは、とてもみとめられん」

サフィラはまばたきもせず、王を見つめている。〔では、こう伝えて——イスダル・ミスラムの破片を、ひとかけらも残さず集めてくれたら、わたしがもとどおりに復元できるだろうと」

エラゴンはフロスガーがいるのもかまわず、口をあんぐりとあけてサフィラを見た。〔サフィラ！　どれほどのエネルギーが必要なことか！　それにおまえ、魔法は思いどおりに使えないって、自分でいってたじゃないか。どうして復元できるなんていえるんだよ？〕

〔そうしたいという思いが強ければ、できること。これはドワーフへの、わたしからの贈り物だ。ブロムの墓にしたことを思い出せば、あなたも疑問をふりはらえる。それと、その口を閉じなさい――見苦しいし、王が見ている〕

エラゴンがサフィラの申し出を伝えると、あまりのおどろきで、フロスガーは背をぴんとのばした。「そんなことが可能なのかね？　エルフでさえ、そんな芸当をやれるとは思えん」

「サフィラは自信があるといっています」

「そういうことなら、百年かかってでも、イスダル・ミスラムを復元させよう。まずは宝石をはめていた枠を集め、破片をすべてもとの位置にならべていく。ひとかけらも見のがすことのないように。割らねば動かせない大きな破片があったとしても、そこはドワーフの技術で、ひと粒たりともなくさぬよう対処できる。サフィラには、わしらの作業が終わったところで来てもらうよ。そして、スターサファイアを完全に直してもらう」

「かならず来ます」エラゴンはそういって、頭をさげた。

フロスガーがにっこり笑うと、花崗岩《かこうがん》の壁がひび割れたかのように見えた。「サフィラ、こんなにうれしいことはない。これでまた、種族をおさめ、生きていく気力をとりもどせたような気がする。本当に成しとげてくれたなら、すべてのドワーフが、幾代にもわたってきみの名をたたえ続けるだろう。さあ、もうさがってかまわん。わしはこの便りを、部族の者たちに伝えねばならん。きみたちは、ここで結果を待つことはない。異論をとなえるドワーフがいるはずもない。すれちがう者たち全員に、この吉報を伝えてやってくれたまえ。通路という通路に、わが種族の歓声が響きわたらんことを！」

エラゴンとサフィラはもう一度頭をさげ、いまだ笑みの消えないドワーフ王を残し、玉座をはなれた。広間を出ると、オリクに一部始終を話して聞かせた。

オリクはとたんにサフィラの前で身をかがめ、床に接吻《せっぷん》をした。にっと笑って顔をあげ、エラゴンの腕をにぎりしめる。「まったく、これは奇跡だよ。きみたちはわが種族に希望をあたえてくれた。このところのできごとから立ち直るには、その希望こそが必要だったんだ。賭けてもいい、今夜は宴会だぞ！」

「そして、あしたは葬式だ」

オリクが一瞬、真顔にもどった。「そう、あしたтака。だがそれまでは、暗い気分でいることはないさ！　さあ、行こう！」

オリクはエラゴンの手をとって、トロンジヒームの廊下を大宴会場へとみちびいていった。

宴会場では、おおぜいのドワーフたちが石のテーブルをかこんですわっている。オリクはテーブルのひとつに飛び乗り、料理の皿を床にけちらすと、イスダル・ミスラムの吉報を声高に宣言した。

その瞬間、わきおこる歓声や絶叫で、エラゴンはまさに耳がつぶれそうになった。ドワーフたちはこぞってサフィラのもとにやってきて、オリクがしたように床に接吻をしていく。それが終わると、料理そっちのけで、石のジョッキにビールやハチミツ酒がそそがれていった。

エラゴンは自分でもおどろくほど羽目をはずして、どんちゃん騒ぎに加わった。騒いでいると、心にたまった憂鬱をいくらかでも忘れることができる。だが、翌日には大事なつとめがひかえているし、すっきりした頭でのぞみたいので、あまり調子に乗りすぎるわけにもいかなかった。

いっぽうのサフィラは、ハチミツ酒を味わっていた。サフィラがそれを気に入ったと見ると、ドワーフたちは酒樽《さかだる》を彼女の前にころがしてきた。サフィラは巨大なあごを樽のなかにしずしずと入れ、三口ですっかり飲みほすと、頭を天井にむけて、げっぷのかわりに大きな炎を吐きだした。危険がないことをドワーフたちに信じさせるのに、ずいぶんかかったが、いざ納得すると、ドワーフたちはまた——料理長がとめるのも聞かず——おかわりの樽をころがしてきた。そして、サフィラが樽をからにするのを、驚嘆の目でながめていた。

サフィラの酔いがまわるにつれ、その感情や思考が、エラゴンのなかにおしよせてくるようになった。エラゴンはしだいに、どれが自分の感覚なのかすらわからなくなってきた。サフィラの頭にあるぼんやりとした映像が、さまざまに色を変えながら、意識の上を通りすぎていく。鼻に感じるにおいまで、どんどんきつくなってくる。

ドワーフたちがいっせいにうたいだした。

サフィラもふらふらと立ちあがり、一節ごとにうなり声の合いの手を入れながら、ハミングをはじめた。

エラゴンもそれに加わろうと口をあけ、ぎょっとした。出てきたのは言葉ではなく、ドラゴンのしゃがれたうなり声だったのだ。思わずぶるっと頭をふる。〈これは……やりすぎだよ……それとも、ぼくが酔っぱらってるのか？〉ドラゴンの声だろうとなんだろうと、今はどうでもいい。エラゴンは声をはりあげてうたいだした。

イスダル・ミスラムの吉報が広まると、ドワーフたちが続々と宴会場につめかけてきた。テーブルは何百ものドワーフでいっぱいになり、エラゴンとサフィラのまわりには分厚い人垣ができている。

会場の一画では、オリクが呼んだ楽隊が、楽器から緑色のビロードのカバーをはずし、準備をはじめた。まもなく群衆のなかに、ハープやリュート、銀のフルートのきらびやかな音色が流れてきた。

何時間もたって、会場の興奮がおさまってきたころ、オリクがふたたびテーブルにのぼった。足をしっかり広げて立ち、手にはジョッキをもち、鉄張りの帽子をななめにかぶり、大声でさけんだ。「みんな、聞いてくれ！　ここに、ようやく祝杯をあげることができた。アーガルは去り、シェイドは死に、われわれは勝利したのだ！」ドワーフたちがいっせいにテーブルをたたいて賛同する。短くて要領をえた、いいスピーチだった。

しかし、オリクはまだテーブルをおりようとしない。「エラゴンとサフィラに！」ジョッキをもちあげ、おたけびをあげる。

これもまた、ドワーフたちにこころよく受けいれられた。

エラゴンが立ちあがってお辞儀をすると、さらに会場がどっとわき返った。横では、サフィラがエラゴンの仕草をまねようと、前足を胸にあて、うしろ足で立ちあがった。そのとたん、サフィラの体がふらついた。

危険を感じたドワーフたちが、あわててまわりから逃げていく。危機一髪だった。ビューッという大音声とともに、サフィラはもんどり打って、テーブルの上にひっくり返った。

そのとき、エラゴンの背中に激痛が走った。エラゴンは全身の感覚をなくして、サフィラの尾のそばにへなへなとたおれこんだ。

07 鎮魂歌

「起きろ、ヌールハイム！　寝てる場合じゃないぞ。もうみんな集まってるんだ。わしらがいないとはじまらない」

無理やり目をあけたエラゴンは、頭痛と体じゅうの痛みに気がついた。見ると、冷たい石のテーブルに横たわっている。「なんのこと？」口のなかの不快な味に、顔をしかめる。

オリクが栗色のあごひげを、ぐいとしごいていった。「アジハドの葬送行進だよ。わしらも参加しないとならん！」

「そうじゃなくて、今ぼくをなんて呼んだの？」そこはまだ宴会場だった。だが残っているのは、エラゴンとオリクと、ふたつならべたテーブルのあいだに横向きで眠るサフィラだけだ。サフィラがもぞもぞと動き、頭をもちあげ、とろんとした目であたりを見まわした。

「〝石頭〟って意味だ！　一時間も呼びかけてるのに、がんとして起きないから、ヌールハイムといったんだ」

エラゴンは起きあがり、テーブルからすべりおりた。ゆうべの記憶が断片的によみがえり、頭のなかを駆けぬけていく。〔サフィラ、具合はどう？〕よろよろとサフィラに歩みよった。

サフィラは首をぐるぐるまわし、まずいものを食べたネコのように、深紅の舌を出したり引っこめたりしている。〔悪くない……と思う。左の翼に、やや違和感があるが……おそらく、そこからたおれたのだろう。それと、頭のなかには、千本の熱い矢がささっている〕

「サフィラがたおれたとき、だれかケガしなかった？」エラゴンは心配してきいた。

ドワーフは腹の底から、いかにもうれしそうな笑い声をもらしている。「そういえば、笑いすぎて椅子から落っこちたやつがいたな。酔っぱらいのドラゴンがお辞儀して、しかも！　歌になって何十年もうたいつがれるよ」

サフィラは翼をぎこちなく動かし、つんとして顔をそむけた。

「ここに寝かせておくのがいちばんだと思ったんだ。サフィラ、わしらにはきみを運べんからね。料理長がおろおろしてたぞ。大切な酒樽《さかだる》を、これ以上飲みほされたらどうしようってね。きみは四樽もからにしたんだ」

〔おまえ、前にぼくが酔ったとき、しかっただろう！　もしぼくが四樽も飲みほしたら、死んでしまうよ！〕

〔あなたはドラゴンではないということだ〕

オリクがエラゴンの腕に衣裳《いしょう》の包みをおしつけた。「さあ、これを着て。葬儀にはその服よりこっちのほうがふさわしい。急いでくれよ。もう時間がない」

エラゴンはぎこちなく衣裳を身につけていった――そで口をひもで結んだ白いゆったりしたシャツ、金モールと刺繍《ししゅう》で飾られた赤のベスト、濃い色のズボン。黒いぴかぴかのブーツが、床にカツンと響く。大きく広がるケープをはおり、首のところでピンブローチでとめる。ザーロックはいつもの質素な革ベルトではなく、こった装飾のベルトでとめられた。

エラゴンは水でざっと顔を洗い、髪の毛をととのえた。そして、オリクにせきたてられ、サフィラとともにトロンジヒームの南門へむかった。

「葬列は南門から出発するんだ」ずんぐりした足をおどろくほどの速さで動かしながら、オリクが説明する。「アジハドの遺体は、三日前からそこに安置されている。墓までの葬列は、けっしてみだされてはならないんだ。魂が安らかに眠れないからね」

〈みょうなしきたりだ〉サフィラが指摘する。

エラゴンはサフィラの足どりがおぼつかないのに気づいたが、なにもいわずにただうなずいた。

カーヴァホールでは、亡くなった人はふつう自分たちの農場に、あるいは、村の中心に住む人たちは村の小さな墓地に埋葬される。〝野辺の送り〟に続く儀式といえば、物語詩の一節が暗誦《あんしょう》されるくらいなものだ。その後、親戚や友人たちに料理がふるまわれる。

〈おまえ、葬儀が終わるまで、もちこたえられるのか？〉またもやふらついたサフィラに、エラゴンはたずねた。

サフィラは一瞬、顔をしかめた。〈葬儀と、ナスアダの任命式が終わるまでだ。だが、そのあとは眠りたい。ハチミツ酒など腐ってしまえ！〉

エラゴンはオリクとの会話にもどった。「アジハドはどこに埋葬されるの？」

オリクは歩みをゆるめ、エラゴンを用心深い目で見た。「その問題は種族のなかでずっと議論されてきたんだ。ドワーフが没したときは、石のなかなどに封印され、子孫とまじわることは永遠にない。まあ、いろいろと複雑で、種族外の者にくわしいことは話せないんだが――この埋葬法について確信をもつには、はてしない歳月がかかるからな――とにかく、死者を劣った成分のなかに埋葬すると、家族や部族に不名誉がふりかかるといわれてるんだ。

ファーザン・ドゥアーの地下には、ここで亡くなったすべてのヌーラン、つまりドワーフが眠る部屋があって、アジハドもそこに運ばれる。彼は人間だから、ドワーフといっしょには埋葬されないが、彼のために神聖なアルコーブが用意されたんだ。そこなら、わしらの聖なる洞穴に立ちいることなく、人間たちがアジハドの墓をおとずれることができるし、アジハドにふさわしい敬意がはらわれる」

「きみたちの王は、ヴァーデンのために、いろんなことをしてくれてるんだね」エラゴンが感想をいった。

「なかには、やりすぎだという者もいる」

分厚い南門は見えない鎖で引きあげられ、そこからファーザン・ドゥアーのほのかな光がさしこんでいる。門の前に、なにかが整然と縦にならんでいるのが見えた。アジハドの冷たく、青白い遺骸はその中央、白い大理石の棺台《かんだい》に寝かされ、黒い軍服姿の六人の男にかつがれている。アジハドの頭には、高価な石をちりばめた兜《かぶと》が置かれている。胸から足まで盾でおおわれ、その上にのせられた剣の象牙の柄《つか》をにぎるように、両手は鎖骨の下あたりで組まれている。月光の輪のような銀の鎖帷子《くさりかたびら》が四肢をおおい、棺台にまでたれさがっている。

棺台のすぐうしろに立っているのは、ナスアダだ——真っ黒なクロテンのコートを身につけ、見た目はしっかりしているが、頬は涙で濡れている。

そのとなりには、暗い色のローブを着たフロスガー、アーリア。

長老会議の長老たちは、この場にふさわしい痛恨の面もちで立っている。

そしてそのうしろには、会葬者の列が一キロ半も続いている。

八百メートル先の、トロンジヒームの中央塔にむかう四階建ての通路は、あらゆる扉やアーチ道の入り口があけはなたれ、人間やドワーフたちでびっしり埋めつくされている。サフィラとエラゴンが姿を現すと、灰色の顔の群衆からいっせいにため息とささやきがもれ、その風圧で階と階のあいだの長いタペストリーがゆれるほどだった。

ジョーマンダーが、エラゴンたちを手まねきした。

エラゴンとサフィラが列をみださぬよう、横の空間に余裕をもたせて葬列にならぶと、長老のサーブレーにぎろりとにらまれた。

オリクはフロスガーのうしろに立った。

葬列はエラゴンの知らないなにかをじっと待っているようだった。

ランタンのおおいはどれも半分閉じられ、あたりはたそがれの冷たい光におおわれている。それが、儀式に霊妙な雰囲気をもたらしている。だれも身動きひとつせず、息もしていないかのようだ。

一瞬エラゴンには、まわりの人々が永遠に動かない彫像に見えた。棺台から香の煙がひと筋ただよい、スギとヒノキの香りを残して、かすんだ天井へ立ちのぼっていく。建物内で唯一動いているのは、しなやかにゆれながらのぼるその煙だけだ。

トロンジヒームのどこか深いところで、銅鑼《どら》が鳴らされた。ゴーン。腹に響く低音が、建物の骨格で反響し、〈都市の山〉を巨大な石のつり鐘のようにふるわせている。

葬列が足をふみだした。

ゴーン。二度めの音には、さらに低いもうひとつの銅鑼《どら》が加わり、通路のすみずみまで響きわたっている。その力強い音にあわせ、隊列はおごそかに歩きだした。銅鑼の音は、人々の哀悼の心と、目的と、この場にふさわしい厳粛さを増幅するかのようだ。葬列を包みこむふるえるような響きにいっさいの思考は消え、あるのはわきあがる感情だけだ。銅鑼の音は悲しみとほろ苦い勝利のよろこびを呼びおこしながら、その感情を巧妙におさめてくれる。

ゴーン。

トンネルの通路が終わり、アジハドをかついだ兵士たちは、入り口の黒オニキスの柱のあいだで足をとめた。その入り口のむこうが中央塔だ。エラゴンはそこにある粉々のイスダル・ミスラムを見て、ドワーフたちがいっそう沈鬱な顔になるのに気づいた。

ゴーン。

葬列はクリスタルの墓場をぬけて進んだ——床に五線星と象眼の金槌《かなづち》の絵が彫られた巨大な中央塔の真ん中には、スターサファイアの破片が山のようにそびえている。

ほとんどの破片がサフィラの体より大きい。残骸はいまだスターサファイアの輝きを失わず、バラの花びらの彫刻がそのまま残っているのも見える。

ゴーン。

亡骸《なきがら》を運ぶ兵士は、無数のとがった破片のあいだを縫って進んだ。中央塔を出ると、幅の広い階段を通って階下の通路へおりていく。階下のトンネル通路には、ドワーフたちの住む石の洞穴が数多くならんでいる。目をまん丸に見開いて、母親の手をにぎりしめているドワーフのこどもたちの前を、葬列は行進していった。

ゴーン。

ひときわ大きな最後の銅鑼《どら》の音とともに、葬列はうねうねとのびる鍾乳石《しょうにゅうせき》の下でとまった。鍾乳石が枝を広げているのは、アルコーブがずらりとならぶ壮大な地下墓地だった。それぞれのアルコーブには、名前と部族の紋章が彫られた墓がおさめられている。何千、いや何十万という数だ。ところどころにさがる赤いランタンの光だけが、暗い地下墓地をぼんやりと照らしている。

まもなく、亡骸を運ぶ兵士たちは、本館に付設された小さな部屋へと入っていった。部屋の中央の一段高いところには、大きな棺のためのスペースがぽっかりあいている。そこにはルーン文字がきざまれていた。

この者の気高さと、強さと、知恵が
すべてのドワーフ、人間、エルフたちの記憶に
永遠にとどまらんことを

グンテラ・アルーナ神のご加護を

会葬者たちにかこまれ、アジハドの亡骸《なきがら》はそこにおさめられた。

棺のそばには、故人を友とした者だけが、近づくことをゆるされた。

エラゴンとサフィラの順番は五番め、アーリアの次だ。遺体に別れを告げるため大理石の踏み段をのぼったとき、エラゴンは悲しみにおしつぶされそうになった。これはアジハドだけはでなく、マータグとの別れでもあるのだと思うと、苦悩がいっそう強くなる。

墓の手前で足をとめ、エラゴンはアジハドを見おろした。生前よりずっとおだやか

で、心安らかに見えた。死がアジハドの偉大さに敬意を表し、現世での苦労のあとをすっかりとりのぞいてしまったかのようだ。エラゴンとアジハドのつきあいはほんの短いものだった。だが、そのあいだにも、彼はアジハドを人間として、また〝帝国からの解放〟の象徴として、尊敬するようになっていたのだ。そしてアジハドは、エラゴンとサフィラがパランカー谷を出て以来初めて、心のよりどころと思える人物だった。

エラゴンは打ちひしがれた心で、自分にささげられる最大の賛辞を考えた。やがて、のどの奥からしぼりだすようにささやいた。「アジハド、どうか覚えていてください。ぼくは断言します。ナスアダはあなたのつとめをりっぱに引き継ぎ、帝国はヴァーデンの活躍によって、かならずや崩壊するでしょう。どうか、安らかにお眠りください」サフィラに触れられ、エラゴンは彼女とともに壇をおり、うしろにひかえていたジョーマンダーに場所をあけた。

最後のひとりが亡骸《なきがら》との別れを終えると、ナスアダはアジハドの前でこうべをたれた。父親の手に触れ、やや切迫した様子でその手をにぎりしめ、苦しげなため息をついたあと、すすり泣きのような不思議な声で、歌をうたいはじめた。洞穴のなかは、彼女の哀悼の歌声で満たされた。

続いて十二人のドワーフたちが、アジハドの顔を大理石の板でおおった。そして、アジハドの姿は見えなくなった。

08 忠誠

地下の円形劇場に列をなして入ってくる人々をながめながら、エラゴンはあくびをして口をおさえた。広々とした劇場は、終わったばかりの葬儀の話でざわついている。

エラゴンは会場のいちばん下の、演壇と同じ高さの席にすわっている。同じ列には、オリクとアーリア、フロスガー、ナスアダ、長老会議の長老たちがいる。

サフィラは座席のあいだにのびる階段に立っている。

オリクが身を乗りだしてきて、いった。「ドワーフの始祖コルガンの時代よりずっと、われわれの王はここで選ばれてきた。ヴァーデンもここを使うのがふさわしいんだ」

こういう光景は、これから何代も見ることができるはずだ。エラゴンは思った。もちろん、この戴冠で、ヴァーデンが安定すればだが。彼は、あらたにこみあげる涙をぬぐった。葬儀の興奮がまだおさまっていないようだ。

悲しみのなごりも消えないうちに、不安におそわれた。この儀式で自分が果たす役割を思うと、胃がしめつけられる。すべてが順調に運んだとしても、彼とサフィラはそれにより手強い長老会議を敵にまわすことになるのだ。エラゴンはザーロックに手をかけ、柄頭《つかがしら》をぎゅっとにぎった。

何分かたって、円形劇場は人々でいっぱいになった。

ジョーマンダーが演壇にあがる。「ヴァーデンの民よ、われわれがここに立つのは、十五年前の、デイノーの死以来のことだ。彼の後継であるアジハドは、帝国とガルバトリックスに対抗して、かつてないほどの功績を残した。強大な武力を前にして、いくたの戦闘で勝利をおさめ、ダーザとの戦いのときは、シェイドの剣にキズをつけ、もうすこしでその命をもうばうところだった。そして最大の功績は、ライダー・エラゴンとサフィラを、このトロンジヒームにむかえいれたことだ。しかし今、われわれは新しい指導者を選ばねばならない。ヴァーデンにさらなる栄光をもたらす指導者を」

どこか高いところで、だれかがさけんだ。「シェイドスレイヤー！」

エラゴンはつとめて素知らぬ顔をした。

ジョーマンダーはさすがに顔色ひとつ変えていない。「おそらく何年か先には、それもありうるだろう。しかし彼には今、ほかにやらねばならない責務がある。長老会議がじっくりと考えたすえ、出した結論がある——われわれが求める指導者とは、われわれの要求と欲求を理解し、われわれとともに生き、苦難をしのんできた者でなければならない。戦闘がせまったときも、逃げだすことをしなかった者——」

このとき、聴衆がいっせいにぴんと来たようだった。何千というのどから、その名前がささやかれる。

ジョーマンダーの口からもその名が出た。「ナスアダ！」彼は会釈をして、わきによけた。

次はアーリアの番だった。アーリアは観衆を見わたし、口を開いた。「今宵、エルフ族はアジハドに敬意をはらい……女王イズランザディの名代《みょうだい》として、わたくしはナスアダの即位をみとめ、父君の代と変わらぬ援助と、変わらぬ友好関係を約束します。彼女に星の守りのあらんことを」

続いてフロスガーが演壇に立ち、ぶっきらぼうな声で宣言した。「わしも部族の者たちも、ナスアダを支持する」

エラゴンの番が来た。観衆の前に立つと、会場じゅうの視線が、彼とサフィラにそそがれた。「ぼくたちもナスアダを支持します」サフィラが賛同するようにうなった。

演壇の両側に、ジョーマンダーを筆頭に、長老会議のメンバーが整列し、誓約の言葉が告げられた。

ナスアダが堂々と進みでて、濡れ羽色のスカートを足もとに波のように広げ、ジョーマンダーの前にひざまずいた。

ジョーマンダーは声を高くしていった。「継承権および相続権をもつ者として、われわれはナスアダを選んだ。父君の功績と同胞たちの祝福により、われわれはナスアダを選んだ。さて、みなの者にたずねる。この選択に賛成か反対か？」

われんばかりの歓声がとどろく。「賛成！」

ジョーマンダーはうなずいた。「では、われわれ長老会議の権限により、アジハドと同様の特権と責務を、彼の唯一の子孫、ナスアダにあたえる」ジョーマンダーは銀の飾り環《わ》を、ナスアダの額にそっとのせた。それから彼女の手をとって立たせると、観衆にむかって宣言した。「新しい指導者の誕生だ！」

その後十分間、ヴァーデンとドワーフたちの賛同の声に場内はわき返った。歓喜の声がおさまったころ、長老のひとり、サーブレーがエラゴンに合図をして、小声でいった。「さあ、あなたの約束を果たすときですよ」

会場の喧騒《けんそう》は、エラゴンのためにしずまったかのようだった。

この瞬間、時の流れにのみこまれたように、エラゴンの不安も消えていった。ひと呼吸して覚悟を決め、エラゴンとサフィラはジョーマンダーとナスアダのもとへ歩きだした。一歩一歩が永遠に続くように思えた。歩きながら、四人の長老、サーブレー、エレッサリ、ウマース、ファルバードの、薄笑いを浮かべたような、とりすました顔を見た。とくにサーブレーは、あきらかに軽蔑の色を浮かべている。長老たちのうしろには、アーリアが立っていて、応援するようにうなずいた。

〔歴史を変える瞬間だ〕サフィラがいった。

〔ぼくらは崖から飛びおりようとしてるんだ。その下の海が、どれだけ深いかも知らずにね〕

〔なるほど。でも、華々しい飛びこみだ！〕

ナスアダのおだやかな顔に一度目をすえ、エラゴンは頭をさげ、そしてひざまずいた。ザーロックを鞘《さや》からぬいて両の掌に水平にのせ、それをジョーマンダーに進呈するかのようにかかげた。次の瞬間、剣はジョーマンダーとナスアダのあいだでためらい、ふたつの異なる運命のあいだで迷うかのようにふるえはじめた。エラゴンは息もできなかった――かくも単純な選択に、命のゆくえをたくすのだ。いや、命以上のもの――ドラゴンと、王と、帝国のゆくえを！

ふいに、エラゴンの呼吸がもどり、肺にまた空気が満ちてきた。彼はさっとナスアダにむき直った。「ナスアダ、あなたが直面する苦難にかんがみ……心からの尊敬と感謝を表し……わたくし、ヴァーデンの初代ライダー、シェイドスレイヤー、アージエトラム・エラゴンは、ナスアダ、あなたにこの剣と忠誠をささげます」

ヴァーデンもドワーフも呆然《ぼうぜん》とした表情で、彼らを見つめている。その瞬間、長老たちの顔が、勝者の笑みから、怒りと無力感の表情に変わった。彼らのぎらぎらとした視線には、裏切られた者の悪意のエネルギーがすべてこめられている。温和な物腰のエレッサリでさえ、憤怒の情をみなぎらせている。ジョーマンダーだけが――一瞬、おどろいた様子を見せたものの——エラゴンの宣誓を、冷静に受けとめているようだ。

ナスアダはほほえんでザーロックを受けとり、切っ先を、きのうふたりだけで宣誓したときと同じようにエラゴンの頭にのせた。「ライダー・エラゴン、わたしに仕えることを選んでくれて、名誉に思います。あらゆる責務を引き受けるというあなたの決意をうれしく思います。わが従者として面《おもて》をあげ、剣をおさめなさい」

エラゴンはそうして、サフィラとともにうしろへさがった。

観衆は賛同の声をあげて立ちあがり、ドワーフたちは半長靴《はんちょうか》の足でいっせいに床をふみ鳴らし、人間の兵士たちは剣で盾をたたいてよろこんでいる。

ナスアダは演壇をふり返り、両側にいる長老たちに目をすえたあと、円形劇場の観衆を見わたした。その笑顔は、純粋なよろこびに輝いていた。「ヴァーデンの民よ！」

会場が静まり返る。

「生前の父がそうしたように、わたしはヴァーデンの民と、その大義に、命をささげます。アーガルを滅ぼし、ガルバトリックスの命をとり、アラゲイジアにふたたび自由をとりもどすまで、わたしはけっして戦いをやめません！」

さらに歓声と賛同の嵐が巻きおこった。

「それゆえ、みなの者に告げる。今こそ、準備にかかるときであると。数々の衝突をくり返したすえ、われわれはここファーザン・ドゥアーの大戦で勝利をおさめました。次はわれわれが攻撃をしかける番です。ガルバトリックスは今、多くの軍勢を失ってもろくなっている。このような機会は二度とめぐってこないでしょう。今一度いいます。ふたたび大勝利を手にするため、今こそ、準備にとりかかるときです！」

その後——憤懣《ふんまん》やるかたない長老ファルバードをふくむ——何人かの要人のスピーチも終わり、円形劇場から人々が引きあげはじめた。

エラゴンも帰ろうと立ちあがりかけたが、オリクに腕をつかまれ、引きとめられた。「エラゴン、最初から計画してたのか？」

エラゴンは彼に話していいものか考えてから、うなずいた。「うん」

オリクはふうっと息をつき、頭をふった。「大胆なことをやったもんだ。きみはナスアダに、最初から強い権力をあたえた。だが、長老会議の反応いかんでは、危険なことにもなる。アーリアの了承は、えていたのかね？」

「アーリアは必要なことだといってくれた」

ドワーフは考えこむような顔でエラゴンを見た。「たしかにそうだがな。エラゴン、きみは力のバランスを変えたんだ。それによって、だれもきみを軽んじることはなくなるが……腐った石には注意することだ。きみは今日、手強い敵をつくってしまったんだからな」オリクはエラゴンのわき腹をたたき、歩いていった。

オリクのうしろ姿を見送ると、サフィラはいった。〈ファーザン・ドゥアーを発つ準備をすべきときだ。長老たちは報復をしたくてうずうずしている。できるだけ早く、彼らからはなれたほうがいい〉

09

魔女とヘビと巻物

その夜、ひと風呂浴びてもどってきたエラゴンは、部屋の前の廊下で背の高い女性が待っているのを見ておどろいた。

黒い髪、目の覚めるような青い瞳、苦笑しているような口もと。手首にはヘビの形に似た、黄金のブレスレットをはめている。

彼女もまたほかのヴァーデンたちと同じように、助言を求めてやってきたのか？　エラゴンはそうでないことを祈った。

「アージェトラム」女性は優雅にひざをまげてお辞儀をした。

エラゴンはうなずいてこたえた。「ぼくになにか？」

「ええ、ちょっと。わたしはドゥ・ヴラングル・ガータの魔女、トリアンナです」

「魔女？　ほんとに？」エラゴンは興味をそそられた。

「それと戦闘の魔術師、密偵、ヴァーデンが必要とすることならなんでも。魔法を使える者が少ないから、ひとりがいくつもの仕事を兼任してるんです」トリアンナはきれいにならんだ白い歯を見せてほほえんだ。「今日ここに来た理由も、それなのです。あなたをわたしたちの会に、つつしんでおむかえしたくて。双子のあとを引き継げるのは、あなたをおいてほかにいませんもの」

エラゴンはわれ知らずほほえんでいた。トリアンナがあまり愛想よく魅力的なので、ことわりにくい。「悪いけど、それは引き受けられません。サフィラとぼくはもうすぐトロンジヒームを発《た》つんです。それに、そういうことはナスアダの意見を聞いてからじゃないと」それにぼくは、これ以上よけいなことにかかわりたくない……まして、双子のあとを継ぐなんて。

トリアンナは唇を噛《か》んだ。「残念ですわ」と、一歩身を乗りだす。「お発ちになる前に、一度あなたとごいっしょしたいわ。霊を呼びだしてあやつるところを、お見せできますのよ……わたしたち、どちらにとってもためになるんじゃないかしら」

エラゴンは頬がほてるのを感じた「お誘いはありがたいけど、今のところ、本当にそんな時間はないんです」

一瞬トリアンナの目に憤慨の色が浮かんだが、次の瞬間には消え、本当にそれが見えたのかどうかさえわからなくなった。彼女は上品にため息をついた。「わかりました……」

そのひどく力ない言い方と、がっかりした様子に、エラゴンはことわったことをやましく思った。すこしくらい、話し相手になっても害にはならないだろう。彼は自分にそういい聞かせて、こういった。「聞かせてもらえませんか？　あなたはどこで魔法を？」

トリアンナの顔が明るくなった。「母がサーダで治療師だったのです。多少の魔力はあったので、昔ながらのやり方で、わたしにそれを教えてくれたんです。もちろん、ライダーの力には遠くおよびません。ドゥ・ヴラングル・ガータのなかに、ひとりでダーザをたおせる者などおりませんもの。あなたはまさに、英雄です」

エラゴンはとまどって、ブーツの底を床にこすりつけた。「アーリアがいなきゃ、ぼくは生きていなかった」

「アージェトラム、あなたは謙虚すぎるわ」トリアンナはさとすようにいった。「息の根をとめたのは、あなたです。自分の成しとげたことを誇りに思わなければ。あなたの偉業は、ヴレイルのそれにも匹敵することなのですよ」トリアンナはいいながら、エラゴンに顔を近づけた。濃い麝香《じゃこう》の香りに、異国の香辛料がまじったようなにおい――その香水のにおいに、エラゴンは鼓動が速まるのを感じた。「あなたのことをうたった歌を、聞いたことあります？　ヴァーデンの人々が、毎夜、火をかこんでうたうんですのよ。あなたがガルバトリックスから王座をとるって歌！」

「ありえない」エラゴンはぴしゃりといった。そういう噂《うわさ》が立っていること自体、がまんがならなかった。「王座をものにするのは、ヴァーデン全体です。ぼくではない。この先どんな運命が待っていようと、ぼくには国を統べるような野望はありません」

「それがあなたの賢明なところです。王といっても、しょせん、責任にしばられるばかりのただの人間。自由なライダーとドラゴンでいることにくらべれば、なにほどのものでもありませんわ。そうです、あなたはその能力をもって、成すべきことをすればいい。それが、ひいてはアラゲイジアの未来をつくることになるのですから」トリアンナはすこしためらってからいった。「帝国に、どなたかご家族は？」

なんの話だ？「従兄がひとりだけ」

「では、婚約はしていらっしゃらないの？」

思いもよらない質問だった。そんなことは、今まで一度もきかれたことがない。

「いいえ、婚約などしていません」

「好きな方ぐらい、いらっしゃるはずだわ」トリアンナはさらに一歩近づいていった。リボン結びのそでが、エラゴンの腕をかすめる。

「カーヴァホールにそんな親しい人はいなかったし」エラゴンはたじろいだ。「そのあとはずっと旅をしてたから」

トリアンナは軽く身を引くと、ヘビのブレスレットが目の高さに来るまで、手首をもちあげた。「これ、すてきでしょう？」トリアンナはたずねた。

エラゴンは目をぱちくりさせ、どぎまぎしながらうなずいた。

「彼、ロルガっていうの。わたしの親友で守り手ですのよ」トリアンナは顔をかがめ、ブレスレットに息をふきかけ、なにかぶつぶつとなえだした。「シ・オラム・ソルネッサ・ハウラ・シャリヤルヴィ・ライフス（このヘビに命の動きをあたえよ）」

カサッというかわいた音とともに、ヘビに命が宿った。エラゴンが魅せられたように見つめるなか、ヘビはトリアンナの白い腕にくねくねとまとわりついた。ふいに頭をもたげ、針金のような舌を出し入れしながら、渦を巻くルビー色の眼をエラゴンにすえた。眼は彼の拳ほどにも膨張して見えた。

エラゴンはその赤々と燃える深みにはまりこんだかのように、どんなにそらそうとしても、目をそらすことができない。

やがて、短い命令の言葉で、ヘビは身をこわばらせ、もとの場所へもどっていった。トリアンナは疲れたようなため息をもらし、壁にもたれた。「魔法の使い手がすることを、理解してくれる人は多くありません。でも、あなたのような人がほかにもいることを、知っていてほしいのです。そして、助けあえるということも」

衝動的に、エラゴンは彼女の手に自分の手をのせた。女性にこんなことをしたことなど一度もないのに、本能が彼を動かしている。思いきってやってみろとけしかけている。恐ろしくも心浮き立つことだった。「よかったら、いっしょに食事をしませんか？　キッチンはここから遠くないから」

トリアンナはもういっぽうの手を、すっと彼の手にのせた。いつもにぎり慣れたザーロックの柄《つか》とちがって、その指はとてもなめらかで冷たい。「よろこんで。それでは――」トリアンナがふらふらと歩きだしたとき、うしろで扉がいきおいよくあいた。ふり返って、サフィラとまっすぐむきあった魔女は、キャッとさけぶことしかできなかった。

サフィラはじっと動かずにいる。ただ、唇の片方だけがゆっくりともちあがり、ぎざぎざの鋭い歯がむきだしになった。そして、うなった。軽蔑と威嚇がたっぷりこめられた、鋭いうなり声が、高くなったり低くなったり一分以上も廊下に響きわたった。まるで、耳ざわりな説教を長々と聞かされたようなものだった。

エラゴンはそのあいだじゅう、サフィラをにらみつけていた。

うなり声がやむと、トリアンナは両の拳で、スカートをわしづかみにした。おびえきって、顔面蒼白《そうはく》になっている。サフィラにさっとお辞儀をすると、ぎくしゃくとした動作で、背をむけて逃げていった。

サフィラはなにごともなかったかのように、鉤爪《かぎづめ》のある足をあげて、なめている。

〈扉をあけるのが大変だった〉フン！　と鼻を鳴らす。

エラゴンはいきり立っていった。〈どうしてあんなことやったんだ？　じゃまする理由なんかないだろう⁉〉

〈あなたにはわたしの助けが必要〉サフィラが落ちついた様子でこたえる。

〔助けが必要なときは、こっちから呼ぶ!〕

〔どなるな!〕サフィラはぴしゃりといって、歯をガチッと嚙《か》みあわせた。エラゴンと同じように混乱して、感情が高ぶっているようだ。〔人としてではなく、ライダーであるエラゴンに興味をもって近づいてくるような、ふしだらな女と遊び歩くのを見すごすわけにはいかない〕

〔彼女はふしだらな女じゃない〕エラゴンは声を荒げていった。もどかしげに壁をたたく。〔サフィラ、ぼくはもう大人だ。しかも世捨て人じゃない。ライダーだって……女性を無視することはできないんだ。それに、そういうことを決めるのは、あきらかにおまえじゃない。少なくとも、彼女とおしゃべりぐらいしたっていいはずだ。近ごろの悲惨なできごと以外の話をね。おまえには、ぼくの感情が伝わってるんだろう? どうして放っておいてくれないんだ? なんの害があるっていうんだ?〕

〔あなたはわかっていない……〕サフィラはエラゴンと目をあわせるのをさけた。

〔わからないよ! おまえは、ぼくが将来結婚してこどもをつくることもじゃまするのか? 家族をもつことも?〕

〔エラゴン……〕サフィラは今ようやく、大きな目を片方だけエラゴンにむけた。

〔わたしたちは密接に結びついている〕
〔そんなことわかってる！〕
〔あなたが、わたしの同意のあるなしにかかわらず、だれかと関係をきずくことを求め、だれかと……結合するようなことになれば、わたしの感情も影響されることになる。それを心得ておいてほしい。そして――一度だけ忠告しておく――相手を選ぶときは、慎重になること。それは、わたしたちどちらにもかかわることだ〕
エラゴンはしばしサフィラの言葉の意味を考えた。〔ぼくらの結びつきは、両方に影響をあたえる。もしおまえがだれかを憎めば、ぼくも同じように嫌いになる……おまえの心配はわかったよ。じゃあ、ただの嫉妬じゃなかったんだね？〕
サフィラはまた足をなめた。〔たぶん、多少はそれもある〕
こんどはエラゴンがうなる番だった。サフィラの横をかすめて部屋に入り、ザーロックをつかんで腰につけると、大股で部屋を出ていった。
エラゴンは知りあいに会わないように、トロンジヒームのなかを何時間もさまよい歩いた。サフィラの言葉は真実であり、否定はできないものの、思い出すだけで困惑してしまう。サフィラとエラゴンが話しあう多くのことがらのなかで、これがもっとも微妙で、もっとも意見の分かれる問題なのだ。この夜、ギリエドでとらえられたとき以来初めて、エラゴンはサフィラとはなれ、ドワーフの兵舎のひとつで眠った。

朝になって、エラゴンは部屋にもどった。サフィラとは暗黙の了解で、きのうのことを話題にするのをさけた。どちらもゆずる気がないのだから、これ以上話しあってもしかたがない。それに、本当はふたりとも、たがいの顔を見て心底ほっとしていた。この友情にひびが入るような危険をおかしたくはなかった。

昼飯どき——サフィラが血のしたたる肉を引き裂いたとき——使者の少年ジャーシャが駆けこんできた。前回と同じように、目を大きく見開き、もも肉をむしりとって食べるサフィラの様子を、穴があくほど見つめている。

「どうしたんだい？」エラゴンが口もとをふきながらたずねた。また会議からの呼びだしだろうか？　葬儀の日以来、彼らからはなんの音沙汰もなかったのに。

ジャーシャはとりあえずサフィラから目をはなして、いった。「ナスアダさまがあなたさまにお会いしたいそうです。父上の書斎でお待ちでございます」

あなたさま！　エラゴンはふきだしそうになった。ほんのすこし前の自分なら、〝あなたさま〟と呼ばれるのではなく、呼ぶ立場だったはずなのに。彼はサフィラをちらっと見た。「もう食事は終わり？　それとも、もうすこし食べるかい？」

サフィラはぐるりと目をまわし、残りの肉を口のなかにつめこみ、ペッペッと骨を吐きだした。〔ごちそうさま〕

「よし」エラゴンは立ちあがった。「ジャーシャ、さがっていいよ。ぼくたちだけで行けるから」

エラゴンとサフィラは、巨大な〈都市の山〉をぬけ、三十分近くかかってようやく書斎に着いた。アジハドが主だったころも扉にはふたりの警備兵が立っていたが、今は屈強な一個小隊が、かすかな危険も見のがすまじと厳重に扉を守っている。どんな襲撃や不意討ちにも、わが身をていして新しい指導者を守るのだろう。彼らがエラゴンとサフィラを知らないはずはないが、ナスアダの許可がないうちは、ぜったいに訪問者を通すことはない。許可がおりて初めて、ふたりはなかへ通された。

書斎に入ったとたん、エラゴンはなかの雰囲気が変わっているのに気づいた。花瓶に生けられた花だ。紫の小さな花は、見かけはひかえめだが、室内をおだやかな香りで満たしている。エラゴンは、夏の摘みたてのラズベリーと、草を刈ったばかりの日に焼けた畑を思い出した。アジハドの思い出をなにひとつ消すことなく、自分らしさを演出する、そのナスアダの手並みに感心しつつ、エラゴンは花の香りを吸いこんだ。

大きな机のむこうに、いまだ黒い喪のコートをはおったナスアダがすわっていた。エラゴンが椅子にすわり、サフィラがその横につくと、ナスアダはいった。「エラゴン」とくに親しげでも、冷たくもない、ふつうの呼びかけだった。一瞬どこかを見て、すぐにエラゴンに視線をもどした。決意のこもった、ゆるぎない視線だ。「ここ数日、ヴァーデンの現況について再検討してみました。惨憺《さんたん》たる結果です。多くの債務をかかえ、財政は逼迫《ひっぱく》し、物資も不足し、帝国からの新兵もほとんど入ってこない。なにか手を打たねばなりません。

ドワーフの支援は、これ以上期待できません。このところの不作で、彼ら自身も痛手を受けている。これらのことを考えて、わたしはヴァーデンをサーダにうつすことに決めました。困難なこととはわかっています。でも、われわれが安全でいるには、その方法しかないと思うのです。サーダまで進めば、帝国と直接交戦できます」

サフィラですら、おどろいて身じろぎした。

〈大仕事だ！〉エラゴンはいった。〈人間だけじゃなく、それぞれの荷物もサーダに運ぶんだぞ。何か月かかるかわからない。移動の途中、攻撃されることだってじゅうぶんありうる」彼は声をあげて反論した。「たしかオーリン王は、あからさまにガルバトリックスに敵対してないんでしたよね」

ナスアダは冷ややかに笑った。「わたしたちがアーガルを撃退してから、彼の態度は変わりました。わたしたちをかくまい、食べさせ、ともに戦ってくれるそうです。多くのヴァーデンがすでにサーダに入っています。おもに、戦いに参加できなかった――しなかった――女性やこどもたちが。彼らもすすんで協力してくれるはず。さもなければ、ヴァーデンの名をはぎとってやります」

「どうしてそんなに早く、オーリン王と連絡をとれたんですか?」エラゴンはたずねた。

「ドワーフは、トンネル内で鏡とランタンを使って、リレーで情報を伝達できるんです。ここからビオア山脈の西のはしまで、一日かからずにとどきます。そこからは急使が、サーダの首都アベロンに走る。とはいえ、ガルバトリックスがアーガル軍で一日とかからずに急襲をかけてこられるなら、この方式ではあまりにも遅すぎます。ここを発《た》つ前に、ドワーフの魔術師たちとドゥ・ヴラングル・ガータのあいだで、もっと迅速な連絡がとれるよう、策をほどこしていくつもりです」

ナスアダは机の引き出しをあけ、大きな巻物をとりだした。「ヴァーデンはひと月以内にファーザン・ドゥアーをはなれます。フロスガーは安全なトンネル通路の確保を約束してくれました。そのうえ、オシアドに兵を送り、アーガルの最後の残党を駆逐して、トンネルを封じ、そのルートから二度と侵入できないようにしてくれました。それでも、ぜったいに安全という保証はない。そこで、あなたにお願いがあるのです」

エラゴンはうなずいた。なんらかの要望や指示があるだろうことは、予測していた。だからこそ、ふたりはここに呼ばれたのだ。「ご命令のままに」

「いえ」ナスアダの目が、ちらっとサフィラを見た。「これは命令ではありません。じっくり考えて答えを出してほしいのです。ヴァーデンの安全をさらにたしかなものにするため——新ライダー、エラゴン・シェイドスレイヤーと、そのドラゴン、サフィラが、ヴァーデンの味方についたと、帝国じゅうに広めたいのです。けれど、そうする前に、あなたの許可をえなければと思いました」

〈危険すぎる〉サフィラが反対の声をあげた。

〔ぼくらの存在については、いずれ帝国の耳にとどくことだ〕エラゴンがいった。〔ヴァーデンは自分たちが勝利したことや、ダーザを殺したことを、自慢したいのさ。どうせ、ぼくらが許可しなくても、話は広まるよ。だったら、協力するとこたえたほうがいい〕

サフィラはそっと鼻を鳴らした。〔わたしが心配しているのは、ガルバトリックスのことだ。わたしたちはまだ、どこのだれを支持すると、おおやけには宣言していないのだから〕

〔やってることを見れば、それはあきらかだよ〕

〔たしかに。だが、トロンジヒームで対決したときでさえ、ダーザはあなたを殺そうとしなかった。帝国に敵対する立場が、あまりあからさまになると、ガルバトリックスは二度と寛大なことはしなくなる。わたしたちを味方に引きいれようとする計画やそのための部隊がないと、どうして断言できる？　わたしたちの立場はあいまいなほうが、ガルバトリックスは打つ手を決めにくいではないか〕

〔あいまいな時期は終わってるよ〕エラゴンはきっぱりといった。〔ぼくらはアーガルと戦い、ダーザを殺し、ヴァーデンの長《ちょう》に忠誠を誓ったんだ。あいまいさなんても

うどこにも存在しない。サフィラ、おまえの許可をえて、ナスアダの申し出を受けたいんだ〕

サフィラはしばらく沈黙し、やがて頭をひょいとさげた。〔どうぞご勝手に〕

エラゴンはサフィラのわき腹をさすってから、ナスアダにむき直った。「あなたのしたいようにしてください。それでヴァーデンを援助できるなら、そうすべきだ」

「ありがとう。重大な決断であることはじゅうぶんわかっています。さあ、それでは葬儀の前に話したとおり、あなたたちは修行を終わらせるため、エレズメーラにむかってください」

「アーリアと？」

「もちろん。アーリアが囚《とら》われの身になってから、エルフ族は人間ともドワーフとも連絡を断っています。彼らに隠遁《いんとん》の地から出てきてもらうには、アーリアの説得だけが頼りです」

「アーリアは自分が助かったことを、魔法でエルフたちに伝えられないんですか？」

「残念ながらできません。アーリアの説明によると、ライダー族が滅んだあと、ドゥ・ウェルデンヴァーデンに引きこもったエルフ族は、森のまわりに監視人を置き、とても難解な方法を使って、あらゆる思考や物、生き物の侵入をふせいでいるそうです。ですから、アーリアがみずからドゥ・ウェルデンヴァーデンにもどるまでは、自分が生きていることも、あなたやサフィラの存在も、この数か月ヴァーデンに起きたことも、イズランザディ女王には伝わらない」ナスアダはエラゴンに封蠟《ふうろう》で閉じられた巻物をわたした。「イズランザディ女王への信書です。ここには、ヴァーデンの現状と、わたし自身の計画がしたためてある。どうか命をかけて守ってください──あやまって敵の手にわたると、とてつもない災いをまねくことになります。いろいろなことがあったけれど、わたしの願いは、女王がふたたびヴァーデンとの外交を復活させる気持ちになってくれること。彼女の協力のあるなしは、戦いのゆくえを大きく左右します。アーリアもそれを納得し、わたしたちの立場を説明してくれることになっています。けれど、あなたにも、その立場を心得ていてほしい。なにかあったとき、そのほうが有利ですから」

エラゴンは胴着のなかに巻物をおしこんだ。「ぼくらはいつ発《た》てば？」

「あすの朝……あなたにほかに予定がなければ」

「ありません」

「よろしい」ナスアダは両手を組みあわせた。「もうひとり、あなたたちと旅をともにする者がいます」エラゴンはいぶかしげに彼女を見た。「フロスガー王が、平等を期すためあなたの修行には、ドワーフの代表も立ち会うべきだと主張するのです。彼らの種族にも影響することだからと。そこで、オリクを同行させてほしいそうです」

エラゴンがとっさに感じたのは、いらだちだった。アーリアと自分だけなら、何週間も不必要な日にちを費やすことなく、サフィラに乗って、ドゥ・ウェルデンヴァーデンまでひとっ飛びで行ける。しかし、三人もいては、重すぎてサフィラには乗れない。オリクが加わることによって、地上の旅を余儀なくされるのだ。

だが、さらによく考えたエラゴンは、フロスガーの要求の賢明さに気がついた。ちがう種族間でなにかをするときは、うわべだけでも平等な状態をたもつことが重要なのだ。エラゴンは笑った。「なるほど。歩みは遅くなるけど、フロスガー王の顔を立てたほうがいいでしょう。じつをいうと、オリクがいっしょだとうれしいんです。アーリアとふたりだけでアラゲイジアをわたることを思うと、なんとなく気おくれがしちゃって。彼女って……」

ナスアダも笑った。「変わっているから」

「ええ」エラゴンは真顔にもどった。「あなたは、戴冠式で宣言したとおり、本当に帝国を攻撃する気なんですか？　ヴァーデンの現況は惨憺《さんたん》たるものだって、さっきいったじゃないですか。それならやはり賢い方法とは思えません。できれば待ったほうが——」

「待てば」ナスアダはきびしい声でいい返した。「ガルバトリックスが強くなるだけです。でも、今ならガルバトリックスの不意をつけるかもしれない。モーザンの死以来初めておとずれた、わずかな好機なのです。彼はまさかわたしたちが——もちろん、あなたのおかげで——アーガル軍を討ち負かすとは思っていなかったはず。ましてや、帝国が侵略されるなど、想定していないでしょう」

〔侵略！〕サフィラが声をあげた。〔彼女は、ガルバトリックスをしとめるつもりなのか？　ドラゴンの背に乗って飛んでいって魔法で敵の軍隊ごと消してしまえるような相手を？〕

エラゴンがサフィラの反論を伝えると、ナスアダは首をふった。「ガルバトリックスは、ヴァーデンが首都ウルベーンをおびやかすまでは、みずから戦場におもむくことはない、わたしはそう見ています。彼は、敵を首都にいる自分のもとへおびきよせることができれば、帝国の半分が破壊されようとかまわないのです。だって、わざわざ自分から出ていく必要がありますか？　ヴァーデンがたとえウルベーンまでたどりついたとしても、そのころには軍隊は戦闘で疲れはて、ぼろぼろになっている。彼にしてみれば、そのほうがやすやすと敵を負かすことができるのです」

「あなたはまだサフィラの質問にこたえていない」エラゴンはうったえた。

「それは、まだこたえられないからです。この作戦は長期戦になるでしょう。作戦の終わりには、あなたがガルバトリックスをたおせるほど強くなっているか、あるいはエルフがわが軍に加わっているか……エルフの魔法の力は、アラゲイジア一といわれてますからね。とにかく、なにがあろうと、遅れることだけはゆるされないのです。今が、一か八かの勝負をするとき。だれも可能とは思っていないことを、あえてやってみるときなのです。ヴァーデンはあまりにも長く日かげで暮らしてきました――もはやガルバトリックスに挑戦するか、降服するか、滅びるかしか、道はないのです」

ナスアダのしめす展望は、エラゴンを不安にさせた。そこには、予測のつかないあらゆる危険がひそんでいるはず。こんな無鉄砲は、考えるだけバカげているように思える。しかし、決断をくだすのは自分ではない。だからエラゴンはそれを受けいれ、反論もしないことにした。今は、彼女の判断を信じるしかない。

「でもナスアダ、あなたの身は？　ぼくらがいないあいだ、あなたは安全でいられますか？　ぼくはあなたに誓いを立てている。あなたの葬式を出すようなことにはならないと断言できますか？　それをはっきりさせるのは、ぼくの責任だ」

ナスアダはあごを引きしめ、扉とそのむこうにいる兵士たちを手でしめした。「心配はいりません。わたしはしっかり守られています」彼女は目を落とした。「じつは……サーダにうつるのには、理由がもうひとつあるんです。オーリンのことは昔からよく知っていて、わたしの保護を約束してくれていて……今はまだ長老会議が力をもっている。あなたやアーリアもいないこの場所に、いつまでもぐずぐずしていたくない。長老たちは、ヴァーデンを牛耳っているのが、彼らではなくわたしだと完全に証明されるまでは、けっしてわたしを指導者としてみとめないでしょう」

それだけいうと、ナスアダは内側からみちびきだしたような力で、肩をいからせ、あごをつんとあげ、超然とした、よそよそしい態度になった。「もうさがってよい、エラゴン。馬を準備し、食糧を調達し、夜明けに北門から出発なさい」

儀礼的態度にもどったナスアダにあわせ、エラゴンは低く頭をさげて、サフィラとともに部屋を出た。

夕食のあと、エラゴンとサフィラはトロンジヒームのはるか上を飛びまわった。ファーザン・ドゥアーの壁には、のこぎり歯状のつららがさがり、ふたりを特大の白い帯でかこんでいる。夜にはまだ間があるが、火山のなかはすでにほとんど暗くなっている。

エラゴンは頭を思いきりそらせ、顔にあたる風を味わった。彼は風が恋しかった——草地を駆けぬける風、雲をみだし、ふきとばしてしまう風、雨や嵐をもたらし、木々がたわむほど激しくふきつける風が恋しかった。〔ついでにいうなら、木も恋しいな〕エラゴンは思った。〔ファーザン・ドゥアーはすばらしいところだけど、アジハドの墓と同じで、植物や動物の姿が見られない〕

サフィラもうなずいた。〔ドワーフは、宝石が花のかわりになると思っている〕薄れゆく光のなか、サフィラは静かに飛び続けた。暗くてエラゴンの視界がおぼつかなくなってくると、サフィラはいった。〔もう遅い。もどらなければ〕

〔そうだね〕

サフィラは、ファーザン・ドゥアーの中心でのろしのように光るトロンジヒームをめざし、大きく、ゆったりとした螺旋《らせん》を描きながら下降をはじめた。〈都市の山〉がまだはるか下方にあるとき、サフィラは頭をぐるっとまわしていった。〔見て〕

サフィラの視線を追っても、エラゴンには形のない灰色の平地が見えるだけだ。〔なんなの？〕

こたえるかわりに、サフィラは翼をかたむけ、左にむかってすべるようにおりていく。その先にあるのは、トロンジヒームから放射状にまっすぐのびる四本の道のうちの一本だ。道におり立つと、近くの小山に白い物体が見えた。物体は薄暮のなか、ゆらゆらするローソクの火のような奇妙な動きをしている。やがてそれは、白い毛織のチュニックを着た、アンジェラの姿になった。

魔女は一メートル以上も幅のある、やなぎ細工のかごをさげ、そこにいろいろな種類の野生のキノコをつめこんでいる。ほとんどがエラゴンの知らないキノコだ。アンジェラが近づいてくると、エラゴンはかごをさしていった。「毒キノコでも集めてるの？　ヒキガエルタケとか？」

「ごきげんよう」アンジェラは笑って荷物をおろした。「ちがうちがう。ヒキガエルタケなんて呼び方、あまりにもあたりまえすぎる。それに、どうせいうなら、ヒキガエルタケじゃなく、カエルタケって呼ぶべきよ」アンジェラはキノコを手の上に広げた。「これはニガクリタケ、こっちはインクノカサタケ、こっちはヘソノカサタケ、それにドワーフノタテタケ、あずき色のかたいスネニクタケ、チノユビワタケ、そしてこれはマダラサギシタケ。おもしろいでしょ！」最後の、ピンク色とラベンダー色と黄色の縞《しま》模様のかさのキノコまで、アンジェラはひとつずつ指さしていった。

「じゃあ、これは？」エラゴンがさしたのは、明るい青の柄《え》と、オレンジ色のひだと、つやつやとした黒の二層のかさをもつキノコだった。

アンジェラはそのキノコをいとしそうに見た。「エルフはフリケイ・アンドラット(死の友)って呼ぶわね。柄を食べると、一瞬で死ぬ。でも、かさはいろいろな毒を消すことができるの。トゥニヴァース・ネクターもここから抽出するのよ。フリケイ・アンドラットが育つのは、エルフが暮らすドゥ・ウェルデンヴァーデンとこのファーザン・ドゥアーの洞穴のなかだけ。それに、ドワーフがところかまわず肥やしをまくようになったら、このキノコは死んでしまうのよ」

エラゴンは小山をふり返り、それがまさに肥やしの山なのだと気づいた。

「こんにちは、サフィラ」アンジェラはエラゴンごしに、サフィラの鼻をたたいた。サフィラはうれしそうにまばたきをして、尾をぴくっと動かした。同時に、魔法ネコのソレムバンがぶらぶらと目の前に歩いてきた。口にはぐったりしたネズミをくわえている。ひげをぴくりとも動かさず、地面にすわり、三人を完全に無視して、ネズミをかじりはじめた。

「それで」アンジェラは、大きくふくらんだ巻き毛をひと房、うしろにはらった。「エレズメーラへ発《た》つのね」エラゴンはうなずいた。どうして知っているのかとは、たずねなかった。彼女はいつも、どこでなにが起きているか把握しているからだ。エラゴンがだまっていると、アンジェラは顔をしかめた。「ちょっと、そんなに辛気くさい顔しないで。処刑されるわけでもあるまいし！」

「そうだけど」

「じゃあ、笑いなさい。処刑されるんじゃなかったら、つまり幸せってことでしょ！あんたったら、ソレムバンのネズミみたいにぐったりしてるわよ。ぐったり。すてきな言葉だと思わない？」

エラゴンは苦笑いし、サフィラはさも愉快そうにのどの奥から笑い声を出した。

「すてきかどうかわからないけど。でも、そうだね、いいたいことはわかるよ」

「わかってくれてうれしいわ。理解しあうのはいいことよ」アンジェラは眉をアーチ形につりあげ、キノコのかさに爪をかけて逆さまにして、ひだをのぞきこみながらいった。「今夜会えたのは、ほんとに偶然だわ。あんたが旅立ち、あたしが……ヴァーデンについてサーダに行く前に。いったでしょう、あたしは一大事の起きる場所にいたいんだって。あそこがその場所なの」

エラゴンはにっこり笑っていった。「じゃあ、ぼくらの旅は平穏無事ってことだ。あんたがついていかないんだからね」

アンジェラは肩をすくめてから、まじめな顔でいった。「ドゥ・ウェルデンヴァーデンでは、気をつけて。エルフが感情を見せないからといって、あたしたち人間みたいに、おこったり熱くなったりしないかというと、そうではないの。彼らが死人みたいに平然としてるのは、感情をかくしてるからよ。ときには何年も」

「ドゥ・ウェルデンヴァーデンに行ったことがあるの？」

「昔ね」

すこし間をおいてから、エラゴンはたずねた。「あんたはナスアダの計画をどう思う？」

「うーん……大変な運命ね。あんたもよ！　みんな大変な運命だわ！」アンジェラは体を折りまげて笑うと、急にしゃんと背中をのばした。「気づいた？　どんな運命かはいってないでしょ？　つまり、なにが起きても、予言はあたったことになる。あたしって、なんて賢いのかしら！」魔女はかごをもって、片方の腰でそれをささえた。「あんたにはしばらく会えなくなりそうだから、お別れをいうわ。元気でね。焼きキャベツには気をつけて。耳あかは食べないように。前向きに生きることよ！」目をぱちくりさせるエラゴンを残し、アンジェラは明るくウインクをして、大股で去っていった。

　ソレムバンもおもむろに立ちあがり、ごちそうをくわえ、いかにももったいぶった様子で歩いていった。

10 フロスガーの贈り物

エラゴンとサフィラがトロンジヒームの北門に着いたのは、夜明けまで三十分ほど間があるころだった。サフィラが通れるだけ門があけられると、彼らは急いでそこをくぐり、すこし奥まった場所で待つことにした。そばには赤い碧玉《へきぎょく》の柱がそびえ立ち、そのあいだに牙をむいた獣の彫刻がならんでいる。その先のトロンジヒームのいちばんはしにあたる部分には、九メートルの黄金のグリフィンが二頭、すわっている。〈都市の山〉の門はどれも、これと同じ二頭のグリフィンが守っている。まだほかの人の姿は見えなかった。

エラゴンはスノーファイアの手綱をつかんだ。牡馬《おすうま》はきれいにブラシをかけられ、新しい蹄鉄《ていてつ》と鞍《くら》をつけ、荷物でふくらんだ鞍袋をさげ、いらだたしげに床を爪でかいている。エラゴンは一週間以上、この馬に乗っていない。

まもなく、大きな荷物を背負い、腕にもひと包み荷物をかかえたオリクが、ぶらぶらと歩いてきた。「馬は?」エラゴンが、おどろいてたずねた。ドゥ・ウェルデンヴァーデンまで、ひたすら歩いていくつもりなのか?

オリクはうなった。「ここからすこし北へ行くとターナグがある。そこでいかだを調達して、アズ・ラグニ川をヘダースまで進む。エルフとの交渉場所だ。ヘダースに着くまで馬はいらない。ターナグまでは自分の足で行くよ」

オリクがガランと音をたてて荷物を置き、包みを開くと、なかからエラゴンの鎧《よろい》が出てきた。色が塗りかえられた盾は、中央のカシの木がきわだって見え、キズやくぼみはすっかりきれいになっている。その下から、鎖帷子《くさりかたびら》の長いシャツも出てきた。油でみがかれて、鉄がつや光りしている。ダーザに切りつけられた背中の傷もきれいになっている。頭巾も手袋も腕甲《わんこう》もすね当ても兜《かぶと》も、すべて修繕されている。

「一流の鍛冶職人に修理させたんだ」オリクがいった。「サフィラ、きみの鎧もだよ。ただし、ドラゴンの鎧まではもっていけないから、ヴァーデンにあずけてきた。もどってくるまで、しっかり保管しててくれるさ」

〔彼にありがとうと伝えて〕サフィラがいった。

エラゴンはオリクに礼をいうと、すね当てと腕甲だけつけて、あとのものは袋にしまった。最後に兜《かぶと》に手をのばしたが、オリクはそれを放そうとしない。ドワーフは兜を手にはさんで、ぐるりとまわした。「そう急ぎなさんな、エラゴン。これをかぶる前に、選択すべきことがある」

「なんの選択だい？」

オリクが兜をもちあげ、つやつやとしたその頂を見せると、前とは図柄がちがっている。鉄にきざまれているのは、フロスガーとオリクの部族インジータムの紋章、金《かな》槌《づち》と星の模様だ。オリクは、うれしいともこまっているともつかぬ、むずかしい顔をして、かしこまった口調でしゃべりだした。「わが王フロスガーは、友情の印として、この兜を貴君に贈呈したいとのぞんでいる。これによりフロスガーは、貴君をダーグライムスト・インジータム（鍛冶職人の部族）、つまりわが部族の一員としてむかえいれたいと申している」

エラゴンはフロスガーの申し出におどろき、兜をじっと見つめた。〔これはつまり、ぼくに彼の従者になれということだろうか……？　この調子であちこちに忠誠を誓ってたら、そのうち身動きがとれなくなってしまうよ――ひとつ行動を起こそうとするたびに、なにかの誓いをやぶらなきゃならなくなる！」

〔では、かぶらなければいい〕サフィラが指摘した。

〔フロスガーを侮辱することになっても？　ぼくら、またはめられたのか？〕

〔いや、ただの贈り物なのかもしれない。これもオソ（信頼）のあかし。罠《わな》にはめるつもりではないだろう。フロスガーは、わたしがイスダル・ミスラムを直すと申し出たことに、感謝しているのだと思う〕

エラゴンの頭にはついぞ浮かばなかったことだ。ドワーフの王が自分たちをなにに利用しようとしているのか、そんなことばかりに気をまわしていたからだ。〔たしかにそうだ。でも、力の均衡をたもつためということもすこしはあると思うな。ぼくがナスアダに忠誠を誓ったからね。ドワーフ族は、そういう情勢の変化はよく思っていないはずだ〕エラゴンは、心配そうに見守るオリクに目をもどした。「こういうことは、よくあるの？」

「人間に対して？　いや、一度もない。フロスガーはインジータムの一族と丸一日議論して、みんなを納得させたんだ。きみがわしらの兜《かぶと》を受けとってくれるなら、部族の一員としてあらゆる権利があたえられる。わしらの会議に出て、どんな議題にも発言することができる。それに――」オリクは暗い口調になって続けた。「きみが望むなら、われわれの墓に埋葬することもできる」

ここで初めて、エラゴンはフロスガーの並はずれた心の広さに気づかされた。これは、ドワーフとして、最大級の敬意をこめた申し出なのだ。エラゴンはさっとオリクの兜《かぶと》に手をのばし、自分の頭にかぶった。「ダーグライムスト・インジータムの一員になることを、光栄に思います」

オリクは満足そうにうなずいた。「じゃあ、このヌールナイン、石の心臓をもって。両手でにぎるんだ、そう、そうやって。そこで覚悟を決めて、血管をチクッとさして、石に血をたらす。ほんの数滴でいい……終わったら、わしの言葉をくり返して。オス・イル・ドム・カランヌ・カーン・ドゥル・サルゲン、ズィートマン、ウン・グライムスト・ヴォル・フォルムフ・エダリス・ラク・スキルフス。ナルホ・イズ・ベルゴンド……（われわれの肉体と名誉と館が、わが血により一体とならんことを。わたしはここに誓う……）」暗誦《あんしょう》は長く続いた。オリクが数小節ごとにとまって訳すから、よけいに長くかかった。すべて終わると、エラゴンはかんたんな呪文で、手首の傷を治した。

「ほかの部族の連中がなんといおうと」オリクが感想をのべる。「きみは誠実さと敬意をもって、これにのぞんだ。だれもそれは無視できないさ」オリクはにやっと笑った。「さあ、これでわしらは同じ部族の仲間だな。きみとわしは義兄弟だ！　こんな状況でなかったら、フロスガーがみずから兜《かぶと》を贈呈し、きみをダーグライムスト・インジータムにむかえいれる盛大な祝賀儀式をおこなうところなんだが、なにしろなにもかも目まぐるしくて、手間をかける時間がなかった。だが、けっしてきみを軽んじたわけじゃないぞ！　きみとサフィラがこんどファーザン・ドゥアーにもどったら、ちゃんとした祝賀行事がおこなわれるさ。きみの地位を正式なものにする書面に山ほど署名して、あとはごちそうを食べて踊るんだ」

「その日を楽しみにしてるよ」エラゴンはそうこたえながらも、頭のなかではいまだに、ダーグライムスト・インジータムになることによって生じうるあらゆる利益と不利益を、ふるいにかけていた。

オリクは背中の荷物をおろし、柱にもたれてすわった。なかから斧《おの》を引っぱりだし、両手でにぎってくるくるまわしはじめる。何分かすると、身を乗りだして、トロンジヒームをにらみながらいった。「バーズル・ヌーラー！（くそったれ）連中はどうなってるんだ？　アーリアは時間どおりに来るといってたのに。フン！　エルフの時間の概念ときたら、遅いか、もっと遅いかだ」

「いろいろなエルフとつきあってきたの？」エラゴンがしゃがみこんできいた。サフィラも興味深そうにのぞきこむ。

ドワーフはいきなり笑いだした。「エタ（いいや）。アーリアだけさ。それも、ほんのたまにだがね。彼女は旅ばかりしてたからな。七十年間もかかって、わかったことがある。エルフを急《せ》かすのはムリってことだ。まるで爪やすりに斧《おの》を打つようなもんだ——折れちまうことはあっても、ぜったいに曲がることはない」

「ドワーフも同じじゃないの？」

「あー、しかし石の形は変わるだろ。時間はかかるがな」オリクはため息をついて、首をふった。「いろんな種族のなかで、いちばん変わりようがないのがエルフだ。エルフの国に行く気がしないのは、そのせいもある」

「でも、イズランザディ女王に会ったりエレズメーラを見たり、楽しみじゃないの？ドワーフが前にドゥ・ウェルデンヴァーデンにまねかれたのは、いつのことなんだい？」

オリクは眉をひそめてみせた。「観光なんぞどうでもいい。トロンジヒームにもほかのドワーフの町にも一刻を争う任務があるんだ。なのにわしは、わざわざ社交辞令をかわすためだけにアラゲイジアをわたり、きみらが修行するあいだ、ただすわってぶくぶく太ってなきゃならん。何年かかるかもわからないんだぞ！」

〈何年も！ ……それでも、シェイドとラーザックをたおすのに必要なら、やるしかない〉

サフィラが意識に触れてきた。〈わたしたちがエレズメーラにいられるのは、せいぜい数か月ではないか。それ以上はナスアダが待てないと思う。彼女の話しぶりだと、かなり早いうちに呼びもどされることになりそうだった〉

「やっと来た！」オリクが腰をあげた。

近づいてきたのはナスアダ——ドレスの下で、穴から出たり入ったりするネズミのように、上ばきがさっさっと見えかくれしている——とジョーマンダー、そしてオリクのように荷物をかかえたアーリア。エラゴンが初めて会った日と同じ、黒い革のズボンとシャツを身につけ、剣をさしている。

そのときふとエラゴンは、アーリアとナスアダは、インジータムの一員になることに賛成しなかったかもしれないと気づいた。ナスアダに最初に相談するのが義務だったことを思い出し、やましさと不安に駆られた。それにアーリアにもだ！　長老会議と初めて面会したあとの、アーリアの剣幕を思い出し、エラゴンはすくみあがった。いざナスアダが目の前にやってくると、エラゴンはうしろめたさで目をそらした。しかし、彼女はあっさりといった。「受けたのね」抑制された、おだやかな声だった。

エラゴンは下をむいたまま、うなずいた。

「どうするのか、気になってました。ということは、これで、三つの種族があなたへの支配力を手に入れたことになるのね。ドワーフ族はダーグライムスト・インジータムの一員として、あなたに忠誠心を要求できる。エルフ族は訓練によってあなたをつくりあげる——あなたとサフィラがエルフの魔法でつながってる以上、彼らの影響はかなり大きなものになる。そしてあなたは、人間であるわたしにも忠誠を誓った……たぶん、あなたの忠義は、こうして分けあうのがいちばんなのですね」ナスアダはおどろくエラゴンに不思議な笑みをむけ、彼の手にコイン入りの小さな袋をおしこんで、うしろにさがった。

エラゴンはジョーマンダーがさしだした手をにぎり、ぼうっとしたまま握手をかわした。「エラゴン、どうかよい旅を。気をつけて行ってきておくれ」

「さあ」アーリアがみんなの前を通りすぎ、ファーザン・ドゥアーの暗がりへすうっと歩いていく。「もう行かなくては。明けの明星エイデイルは消えました。道のりは長いのです」

「はいはい」オリクはこたえ、荷物のわきから赤いランタンを引っぱりだした。

ナスアダがもう一度みんなを見わたした。「それでは、エラゴン、サフィラ、あなたたちにわたしとヴァーデンからの祝福を。道中の安全を祈っています。わたしたちの希望と期待を担っていることを忘れずに、りっぱに任務を果たしてきてください」

「最善をつくしてきます」エラゴンは約束した。

エラゴンはスノーファイアの手綱をしっかりとにぎり、すでに何メートルか前を行くアーリアを追った。オリクと、サフィラもそのあとに続く。エラゴンがうしろを見ると、サフィラがナスアダの前で立ちどまり、彼女の頬を軽くなめていた。そしてすぐに、大股でのっしのっしとエラゴンに追いついてきた。

北へむかって道を進むうち、背後の門はどんどん小さくなり、やがて一点の光になった——ナスアダとジョーマンダーのさびしげな影だけが、いつまでもそこに残っていた。

ファーザン・ドゥアーのはしに着くと、十メートル近い巨大な二枚扉が、口をあけて待っていた。ドワーフの警備兵が三人、お辞儀をして道をあけてくれる。扉のむこうには、同じ大きさのトンネルが続き、最初の十五メートルほどは石柱とランタンがならんでいる。その先は、霊廟《れいびょう》のように静かでがらんとした空間があるだけだ。

扉のまわりは、ファーザン・ドゥアーの西側入り口とそっくりに見えるが、エラゴンはこのトンネルがほかとはちがうことを知っていた。一キロ半の厚さの地溝《ちこう》をぬけて地上へ出るのではなく、ここから先、山また山へと地下道を進んで、ドワーフの町ターナグまでむかうのだ。

「さ、こっちだ!」オリクがランタンをもちあげていった。

オリクとアーリアは敷居をわたったが、エラゴンは急にためらって足をとめた。暗闇がこわいわけではないが、ターナグまでずっと闇にかこまれて歩くことを思うと、気おくれがする。それに、この不毛のトンネルにいったん足をふみいれたら、彼はやっと慣れてきたヴァーデンでの生活を捨て、ふたしかな運命と引きかえに、ふたたび未知の世界に身を投げだすことになるのだ。

〔どうした?〕サフィラがたずねてきた。

〔べつに……〕エラゴンは息を吸って足を前にふみだし、山の奥深くへのみこまれていった。

11

槌《つち》とやっとこ

ラーザックが村に来て三日がたち、ローランはスパインの野営地のはしを落ちつきなく行ったり来たりしていた。アルブレックが訪ねてきたあと、だれからも情報はとどかないし、上からながめているだけでは、村の様子はわからない。ローランは兵士たちの眠る遠くのテントをにらみ、またうろうろと歩きだした。

昼ごろ、あるものでかんたんな食事をした。口を手の甲でふきながら、ローランは考えた。ラーザックのやつ、いったいいつまで待つ気なんだ？　これががまんくらべなら、ぜったいに勝ってやる。

時間つぶしに、腐りかけた木で弓の練習をはじめたが、岩に矢があたってくだけ、続けられなくなった。あとはまた、自分の寝る場所と巨石のあいだのひらけた道を、行ったり来たりするしかなくなった。

下の林で足音が聞こえたときも、彼はそうやってうろうろと歩いていた。とっさに弓をつかみ、かくれて様子をうかがう。バルドルの顔がひょいと現れたときは、思わず安堵《あんど》のため息をついた。

ふたりでならんですわるなり、ローランは彼に手をふった。

ローランはたずねた。「どうしてだれも来なかったんだい？」

「来られなかったのさ」バルドルは額の汗をふきながらこたえる。「兵士たちがすぐそばでじっと監視してるんだ。やっと目を盗んできた。でも、長くはいられないよ」

彼はふりむいて山頂を見あげ、身ぶるいをした。「こんなところに寝泊まりして、おまえはおれよりずっと肝がすわってるよ。オオカミとかクマとかヤマネコとかに、出くわさなかったか？」

「いや、だいじょうぶさ。兵士たちから、なにか新しいこと聞きだせた？」

「連中のひとりが、モーンの酒場で、自分たちはこの任務のために選ばれたんだって吹聴してたらしい」ローランは顔をしかめる。バルドルは続けた。「おとなしいとはいいがたいやつらだ……毎晩、少なくとも二、三人が酔っぱらって騒いでる。最初の日に数人で、モーンの店の壁に穴をあけたんだ」

「弁償したのかい？」

「するわけないさ」

ローランは体をずらし、村を見おろした。

「なんでこれだけの時間を割いてまで、おれをつかまえようとするのか、いまだにさっぱりわからないよ。帝国はおれのなにをほしがってるんだ？　おれからなにをとれると思ってるんだ？」

バルドルはローランの視線を追った。「今日、ラーザックがカトリーナに話を聞きに行った。おまえたちふたりが親しい仲だって、だれかがしゃべったらしい。ラーザックは、彼女がおまえの居場所を知ってるんじゃないかと思ったんだな」

ローランは、バルドルの正直そうな顔に目をもどした。「カトリーナは、無事なんだろう？」

「あんなやつらに彼女は脅せないよ」と、バルドルはうけあった。そして、探るように慎重に、次の言葉を切りだした。「おまえ、自分から出ていったほうがいいかもしれないな」

「そんなことするくらいなら、やつらを道連れに死んだほうがましだ！」ローランはいきなり立ちあがって、いつもの場所を歩きはじめた。いらだたしげに、ももをたたいている。「なんでそんなことというんだよ？　おやじがあんな目にあわされたのを、知ってるのに？」

バルドルはローランの腕をつかんでいった。「おまえがかくれたままで、あいつらがずっと帰らなかったらどうなる？　おれたちが嘘《うそ》をついて、おまえを逃がしたと思われるぞ。帝国は反逆者には容赦しない」

ローランはバルドルの手をはらいのけた。ももをたたきながら、背をむけてドスンと腰をおろす。自分が出ていかなかったら、ラーザックは手近な人間に責任を負わせるだろう。もしあいつらを、村から引きはなすことができたら……しかしローランは、ラーザックと三十人の兵士をかわして逃げまわれるほど、山に慣れているわけではない。エラゴンならできたかもしれないけど、おれには無理だ！　でも、状況が変わらないなら、そうするしかなくなるな。

ローランはバルドルを見た。「おれのせいで、ほかの人に迷惑はかけたくない。とりあえずはこのまま待って、もしラーザックのがまんが限界に来て、だれかを脅しはじめたら……そのときは、なにか打つ手を考えるよ」

「いずれにしろ、厄介なことになったな」バルドルは声をかけた。

「とくに、おれが生きのびる気だからだろ?」

バルドルはそのあとすぐに山をおり、ローランはひとり、終わりのない物思いの道にとり残された。思案の重みで地面に深いわだちを掘りながら、延々とその道を歩き続けるのだ。夕方の冷気を感じるころ、はきつぶすのが心配になってブーツをぬぎ、こんどは裸足で歩きだした。

上弦の月が夜の闇を冷たい光で包むころ、ローランはカーヴァホールのただならぬ気配に気づいた。暗い村にいくつものランタンがゆれ、民家のかげに見えかくれしながらちらちら光っている。黄色の点は、ホタルの群れのようにカーヴァホールの中心に集まり、ばらばらと村のはずれのほうへ流れていく。やがてそれらは、兵士たちの野営地から出てきたトーチの光の太い線とぶつかった。

ローランは両者の様子をじっと見守っていた——太いトーチの光とむきあって、力ないランタンの光が落ちつきなくゆれている。そのままの状態で二時間ほどたったころ、ようやく光の集団は分散し、テントのなかやそれぞれの家に吸いこまれていった。

その後、なにも変わったことは起きないので、ローランは丸めた寝具をほどき、毛布の下にもぐりこんだ。

翌日は、カーヴァホールのなかに一日じゅう異様な動きが見られた。民家のあいだを人があわただしく行き来し、おどろいたことに、四方の農場にむかってパランカー谷に馬を走らせる姿まである。昼ごろ、ふたりの男が兵士の野営地へむかい、ラーザックのテントに消え、一時間ぐらい出てこなかった。

ローランは丸一日ほとんど動くこともできず、そうした不穏な様子に釘《くぎ》づけになっていた。

夕飯の途中、期待していたとおりバルドルが現れた。

「腹は減ってないか?」ローランは食べているものを手でしめしてたずねた。

バルドルは首をふり、疲れきった様子ですわった。目の下には黒いくまができ、皮膚は青ざめ、あざができているように見える。「クインビーが死んだ」

ローランが手にしていた器が地面に落ち、ガランと音をたてた。彼は毒づいて、足にかかった冷たいシチューをぬぐってから、たずねた。「なんでだ?」

「ゆうべ、兵士がふたりほど、タラともめたんだ」タラはモーンの妻だ。「彼女自身は気にもしてなかったんだけど、どっちに先に給仕するかで、兵士たちがケンカしてな。そこにクインビーがいた――モーンにいわれて、樽《たる》んなかの発酵具合をたしかめてたんだ――それで、兵士のケンカをとめようとした」ローランはうなずいた。いかにもクインビーらしい。人のふるまいを正そうと、いつだって横から口出ししてくる。「そのとき、兵士のひとりがピッチャーを投げつけ、それがクインビーのこめかみにあたったんだ。即死だった」

ローランは地面を見つめ、両手を腰にあて、自分の耳ざわりな息づかいを聞きながら、気持ちを落ちつけようとした。まるで、バルドルから先制の一撃をくらった気分だった。そんなの嘘《うそ》だ……クインビーが、死んだ？　農夫であり、モーンの店で醸造の手伝いもしているクインビーは、カーヴァホールをめぐる山々と同じぐらい、見慣れた景色のひとつだった。村という織物に織りこまれた、そこにいて当然の存在だった。「やった男は、罰せられるのか？」

バルドルが手をあげる。「クインビーが死んでまもなく、ラーザックが遺体を酒場から運びだしていった。自分たちのテントにひきずりこんだんだ。ゆうべ、村のみんなでとり返しに行ったんだけど、やつらはおれたちと話そうとしないんだ」

「見てたよ」

バルドルはうなり、顔をぬぐった。「今日、おやじとロリングがラーザックに、遺体を返せと談判しに行った。ところが兵士たちは、とりあおうともしないんだ」ためらってから続ける。「おれたちが帰ろうとしたとき、遺体が返された。クインビーの奥さんは、骨を返されたんだよ」

「骨！」

「肉は一片も残さずきれいに食いつくされている――歯形までついてた――それに、どれもこれも割られて、骨髄まで吸いつくされてるんだ」

吐き気がこみあげてきた。と同時に、クインビーの運命を思うと戦慄せずにいられなかった。遺体を正しく葬らなければ、死者の魂が永遠に休まらないということは、だれでも知っている。ローランは死者を冒瀆《ぼうとく》する行為に、激しい憎悪を覚えた。「なにが、だれが、彼を食ったんだ？」

「兵士たちも仰天してた。やったのはラーザックにちがいない」

「なぜ？　なんのために？」

「おれはラーザックが人間じゃないと思ってる。まぢかで見たことはないだろうが、やつらの息はすごく臭いんだ。顔はいつも黒い頭巾でおおってる。骨格も人間とちがうし、たがいに話すときはチッチッって音が聞こえる。帝国軍の兵士たちさえ、やつらを恐れてるみたいなんだ」

「人間じゃないとしたら、なんの生き物なんだ?」ローランはいった。「アーガルじゃないんだろう?」

「わからないよ」

憎悪に恐怖が加わった——超自然的なものへの恐怖。

バルドルの顔にも同じものが浮かんでいた。彼は両手をかたくにぎりしめている。ガルバトリックスの悪行は数多く聞いていても、自分たちのまぢかにラーザックみたいな悪魔が寝泊まりしているのとでは、恐ろしさの度合いがちがう。

かつては詩や物語でしか触れたことのなかった巨大な力に、自分は今、巻きこまれているのだ。それに気づいたとき、ローランは初めて歴史というものを意識した。

「なんとかしなきゃ」彼はつぶやいた。

夜もさほど冷えなくなったパランカー谷は、日中には例年にない春の暖気で、うだるような暑さとなった。真っ青な空の下、カーヴァホールは一見、平和に見える。しかしローランは、悪意に満ちた強烈な怒りが、村の住民たちをしめつけているのを感じた。今のおだやかさは、強風のなかにぴんと張ったシーツみたいなものなのだ。

なにかが起きそうな張りつめた空気とは裏腹に、その日はすこぶる退屈な一日だった。ローランは一日じゅうホーストの馬にブラシをかけて過ごした。眠ろうと横になり、そびえ立つマツの木々を見あげると、星がかすみのように夜空を飾っていた。それがあまりにも近く見え、身を投げだせば、真っ暗な虚空へ落ちていってしまいそうな気がした。

目覚めたとき、空に月が見えた。のどが煙でひりひりした。咳《せ》きこんで身を起こし、まばたきをすると、目がしみて涙が出た。不快な煙で呼吸もままならない。ローランは毛布と鞍《くら》をつかみ、おびえる馬を駆りたて、きれいな空気を求め山の上をめざして走りだした。が、すぐに、煙も上へのぼっていることに気づき、むきを変え、森を横へ横へと駆けていった。

暗闇のなか、何分か逃げまどったあと、ようやく煙から解放されたローランは、新鮮な風のふきぬける岩棚に馬を進めた。大きく息を吸って肺のよごれた空気を一掃すると、火もとをさがして谷をのぞきこんだ。それはすぐに見つかった。

カーヴァホールの干し草小屋を、白く光る炎の竜巻が包みこみ、なかのものすべてを琥珀《こはく》の灰に変えている。村の大切な飼料が炎にのみこまれるのを見ながら、ローランはふるえた。大声でさけび、森をつっ切り、バケツ隊を手伝いに行きたかった。でも、自分の身の安全を放棄することは、どうしてもできない。

やがて、デルウィンの家に、ギラギラ光る火の粉が飛んだ。数秒のうちに、わらぶき屋根にぱっと炎の波が広がった。

ローランは髪の毛をかきむしりながら、ののしりの言葉を吐いた。涙があふれてきた。こういうことになるから、カーヴァホールでは失火の罪は縛り首なのだ。事故なのか？　兵士たちのしわざか？　ラーザックが、おれをかくまった村人たちを罰したのか？……これは、おれの責任でもあるのか？

フィスクの家にも火が燃えうつった。ローランは呆然《ぼうぜん》とし、自分の臆病さに嫌悪を覚えながらも、顔をそむけることしかできなかった。

夜明けまでに火の手はおさまった。風のないおだやかな夜とはいえ、村じゅうが燃えつきずにすんだのは、幸運としかいえなかった。

ローランは村の様子を見とどけると、自分の野営地へもどり、ごろりと横になった。そして朝から夜まで、悪夢というレンズを通してしか見えない、ぼんやりとした世の中をながめていた。

われに返ると、現れるはずの訪問者をひたすら待ち続けた。訪ねてきたのは、アルブレックだった。薄暮のなか、疲れきった暗い顔をしている。「いっしょに山をおりてくれ」アルブレックはいった。

ローランは緊張した。「なぜだ?」おれを引きわたすことに決めたのか? 火事の原因がローランだというなら、村人たちがそうしたくなる気持ちもわかる。自分でも、それが必要かもしれないとさえ思う。自分のために、カーヴァホールの村人たちに犠牲になれというのは、あまりにも不条理な話だ。が、たとえそうであっても、ラーザックに引きわたされることを、おとなしく受けいれるわけにはいかない。あの怪物たちがクインビーにしたことを思うと、囚《とら》われの身になるくらいなら、死ぬまで戦ったほうがましだという気になる。

「なぜなら」アルブレックはあごの筋肉をひきしめた。「火をつけたのは兵士だからだ。連中はモーンに〈セブンシーヴス〉の出入りを禁じられたのに、それでも自分たちのビールで酔っぱらって……そのうちのひとりが、寝床にもどる途中、干し草小屋にトーチを投げこんだんだ」

「だれかケガは?」

「火傷《やけど》をした者が何人か。ガートルードがちゃんと手当てした。おれたち、ラーザックと交渉しに行ったんだ。帝国に損害賠償させろ、きっちり罪をつぐなわせろってね。つばを吐きかけられて終わりさ。火をつけた兵士をテントに監禁することすら、こばまれた」

「それで、おれがもどらなきゃならない理由は?」

アルブレックはうつろな声で笑った。「槌《つち》とやっとこ——つまり、なんでも武器にして戦うんだよ。おまえの助けが必要だ……ラーザックを追いはらうんだ」

「おれのために?」

「みんなはおまえのためだけに、あぶない橋をわたろうとしてるんじゃない。今やこれは、村全体にかかわる問題だ。せめて父さんやほかの人たちと話をして、みんなの気持ちを聞いてくれ……このいまいましい山をおりられるのは、うれしいことなんじゃないか？」

ローランはアルブレックの提案をよく考えてから、いっしょに山をおりることに決めた。結局、こうするか、逃げだすしかないんだ。逃げるなら、いつだってできる。ローランは馬の鞍《くら》に荷物をしばりつけ、アルブレックについて谷あいへおりていった。

カーヴァホールが近づくと、林や茂みにかくれながら進むので、彼らの歩みはのろくなった。アルブレックは天水桶《おけ》のかげにかくれ、道に人影がないか確認し、ローランに合図を送った。村に入っても、帝国の兵士たちに見つからないよう、ものかげを選んで這《は》うように進んだ。ホーストの鍛冶屋にたどりつくと、アルブレックが二枚扉のひとつをわずかにあけ、ローランと馬がそこから静かにすべりこんだ。

なかの作業場の灯《あか》りは、ローソク一本だけだった。暗がりのなか、輪になってかこむ顔を、ゆらめく炎が照らしている。ホースト——分厚いあごひげが、光のなかに棚のようにつきだしている——とその横に、きびしい顔つきのデルウィン、ゲドリック、ロリング。あとは若い男たちだ。バルドル、ロリングの三人の息子たち、パー、そしてクインビーの息子のノルファヴレル。まだ十三歳だ。

ローランがなかに入っていくと、全員がいっせいにふりむいた。ホーストが声をかける。「ああ、帰ってきたな。スパインで物騒なことはなかったか？」

「うん、さいわい」

「じゃあ、実行だな」

「実行って、なにを？」ローランは馬を鉄床《かなとこ》につなぎながらきいた。

こたえたのはロリングだった。靴職人の黄味がかった顔は、一面にとりどりのしわがきざまれている。「おれたちはあのラーザック……侵略者を、説得しようとした」言葉を切ると、胸の奥からキーキーという耳ざわりな呼吸音が聞こえてくる。「やつらは、まったく応じなかった。これっぽっちの良心の呵責《かしゃく》も悔恨も見せず、おれたちを脅すだけだった」のどもとで音をたて、言葉を選ぶように続ける。「あいつらに……出ていって……もらわんと。あんな生き物は――」

「あいつらは」ローランがいった。「神を冒瀆《ぼうとく》する化け物だ」

一同が顔をしかめ、うなずいた。

デルウィンが話を続けた。「ようするに、みんなの命が危機にひんしてるってことだ。あの火事がもっと広がってたら、おおぜい死んでただろう。逃げられたとしても、生活のすべてを失ってしまう。結論として、みんなでラーザックを村から追いだすことに決めたんだ。おまえも手伝うだろう?」

ローランは一瞬ためらってからいった。「もし、やつらが援軍を連れてもどってきたら? 帝国軍を丸ごと負かすなんてできないよ」

「できんな」ホーストはいかめしい顔つきでいった。「かといって、あの連中が村人たちを殺し、村の財産を破壊するのを、指をくわえて見ていることもできん。人間、やられっぱなしでいるにも限度ってものがある」

ロリングが頭をのけぞらせて笑うと、歯の根が炎で金色に光った。「一に守り」うれしそうにささやく。「二に攻めだ。連中にゃ、あの腐れ目をカーヴァホールにむけたことを、後悔させてやるさ! ハッハッ!」

12

報復

ローランが計画に同意したあと、ホーストはショベルと熊手と殻竿《からざお》──兵士たちとラーザックの撃退に使えそうなものならなんでも──を、村人たちに分配した。

ローランはつるはしをもちあげ、わきに置いた。ふと、語り部ブロムの物語を思い出した。ブロムの話は、あまり真剣に聞いたことはなかったが、『ジェランドーの歌』という物語だけは、聞くたびに共感を覚えていた。妻と農場のために剣を捨てた、偉大な戦士ジェランドーの物語だ。だが結局、嫉妬深い領主のせいで、家族を巻きこんでの争いがはじまり、ふたたび戦わざるをえなくなった。そのときジェランドーは、剣ではなくただの槌《つち》で戦ったのだ。

ローランは壁に近づいて、中くらいの大きさの槌をとった。柄《え》が長く、頭部の片側が丸い刃になっている。ぽんぽんと両手でもちかえてみて、ホーストにたずねた。

「これ、使っていいかな？」

ホーストは槌《つち》を見ていった。「賢く使えよ」それから、ほかの男たちにむかっていった。「いいか、みんな。脅すだけだぞ。殺すのに使うんじゃない。やりたかったら、骨の一本や二本、折ってやってもかまわん。だが調子に乗るな。どんなことがあっても、立ちどまって戦うな。いくら自分が勇敢で英雄だと思っても、連中が訓練された兵士だということは忘れるなよ」

それぞれに道具を手にすると、村人たちは鍛冶屋を出て、カーヴァホールの村はずれのラーザックの野営地へむかった。兵士たちはすでに就寝中で、灰色のテント群のまわりは、四人の見張り兵だけが巡回している。ラーザックの二頭の馬が、燃え残る焚《た》き火のそばにつながれている。

ホーストが小声で指示を出した。見張りのふたりをアルブレックとデルウィンが、残るふたりをパーとローランが待ちぶせしておそう。

ローランは息を殺し、なにも知らない見張りのあとをつけた。エネルギーが四肢にあふれ、心臓が武者ぶるいをはじめている。建物のかげに身をひそめ、ふるえながらホーストの合図を待った。まだだ……。

まだだ……。

おたけびとともに、ホーストがものかげから飛びだし、テントに突撃していった。ローランも飛びだして、見張りの肩に槌《つち》をふりおろした。グシャッと身の毛もよだつような音が立った。

兵士は悲鳴をあげ、もっていた鉾槍《ほこやり》を落とした。ローランにあばらと背中を打たれ、よろめいてたおれそうになる。さらに槌をふりあげると、兵士は助けてくれとさけんで逃げだした。

ローランは支離滅裂なことをさけびながら、兵士を追いかけた。テントの布を槌でめちゃくちゃにたたき、足にさわるものを片っ端からふみつぶし、べつのテントから兜《かぶと》が現れると、こんどはそっちに槌を打ちつける。鉄の音がガンと響いた。踊るように駆けていくロリングの姿が、目の前をよぎる――暗闇のなか、老人は甲高い声で野次りながら、兵士たちを熊手でつついている。そこらじゅうで体と体がもつれあい、なにがなんだかわからない状態だ。

ローランはふりむいて、兵士のひとりが弓を引こうとしているのに気づいた。すぐさまそこへ走り、背後から鉄の槌を打ちつけると、木の弓が真っ二つになり、兵士は逃げていった。

ラーザックが不気味な悲鳴をあげながら、よろよろとテントから這《は》いでてきた。剣を手にしている。その剣をふるう前に、バルドルが馬を解き、黒いかかしのようなふたりのラーザックめがけて走らせた。ラーザックはぱっとはなれ、またくっついたが、士気を失った兵士たちにおし流されるようにして、逃げていった。

騒動は終わった。

静けさのなか、ローランは槌《つち》の柄《え》をにぎったまま、ゼーゼーと息をしている。もみくちゃになったテントや毛布をかきわけ、ホーストに歩みよった。ホーストの、ひげにかこまれた口がにっこり笑った。「こんなに大暴れしたのは、何年かぶりだ」

背後では、カーヴァホールがにわかに目を覚ましている。村人たちが騒ぎのもとをたしかめようとしているのだ。家々の窓の鎧戸《よろいど》のむこうに、灯《あか》りがゆらめくのがわかる。ふと、かすかなすすり泣きが聞こえ、ローランはふりむいた。

クインビーの息子、ノルファヴレルが、兵士の遺体のそばにひざまずき、その胸に何度も武器をつきさしている。涙があごからポタポタ流れ落ちている。ゲドリックとアルブレックが駆けより、少年を遺体から引きはなした。

「あの子は連れてくるべきじゃなかった」ローランがいった。

ホーストが肩をすくめた。「あいつには来る権利がある」

ラーザックの手下をひとり殺したことで、村はますますあの化け物たちからのがれられなくなるだろう。

「連中が待ちぶせできないように、道路や民家のあいだをふさいだほうがいいよ」ローランは男たちのケガの状況を見まわした。

農夫のデルウィンが前腕に長い切り傷を受け、ボロボロのシャツを裂いて包帯がわりに巻いている。

ホーストが大声でいくつか指示を出した。

アルブレックとバルドルは、鍛冶屋の作業場からクインビーの馬車を引いてくる。ロリングの息子とパーは、村じゅうを走りまわり、砦《とりで》がわりに使えそうなものをさがしてくる。

そうしているあいだに、村人たちが空き地に集まってきて、ラーザックの野営地のありさまと兵士の死体を目のあたりにした。「なにがあったんだ？」大工のフィスクがさけんだ。

ロリングがあわてて前に出て、大工の顔を見た。「なにがあっただと？　なにがあったか教えてやろう。あのくそったれ野郎どもを追っぱらったのさ……寝こみをおそって、こてんぱんにたたきのめしてやった！」

「よくやったよ」クインビーの妻、バージットの力強い声がした。鳶《とび》色の髪の女性は、息子の顔に血が飛びちっているのも気にせず、ノルファヴレルをしっかりと胸に抱きしめた。「うちの亭主を殺した報いだ。みじめに死んで当然なんだよ！」

村人たちは口々にそうだそうだとつぶやいたが、セインだけはちがった。「ホースト、おまえ気はたしかか？　たとえ今追いはらえたとしても、ガルバトリックスはもっと大量の兵士を送りこんでくるぞ。帝国は、ローランを手に入れるまでけっしてあきらめないさ」

「やつを引きわたすしかない」どなったのはスローンだ。

ホーストが手をあげて制した。「たしかにな。カーヴァホールを守れるなら、それもやむをえんことだろう。しかし、ローランを引きわたせば、ガルバトリックスはわれわれの敵対行為をゆるしてくれるのか？　やつの目には、おれたちもヴァーデンと変わりなく映るんじゃないのか？」

「じゃあ、なんで攻撃した？」セインが嚙《か》みつく。「どんな権限があって、こんなことを勝手に決めたんだ？　おまえは村人みんなを、破滅におとしいれたんだぞ！」

　こんどはバージットがこたえた。「あんた、連中に奥さんを殺されてもいいの？」彼女は息子の頰を手ではさみ、告発でもするかのように、セインに血まみれの掌を見せつけた。「あいつらに焼かれてもいいの？……あんた、それでも男？　土を引っかくしか能がないの？」

　セインはバージットのあからさまな態度にひるみ、目をふせた。

「やつらはうちの農場を焼きはらい」ローランが口を開いた。「クインビーをむさぼり食い、もうすこしでカーヴァホールじゅうを破壊するところだった。そんな罪がゆるされていいのか？　おれたちはここで、おびえたウサギみたいにちぢこまって、運命を受けいれるべきなのか？　ちがう！　おれたちにだって、自分の身を守る権利があるはずだ」アルブレックとバルドルが馬車を引いてもどってきたのを見て、言葉を切った。「続きはあとで話そう。今は準備が先だ。だれか手伝ってくれる者は？」

　四十人以上が手伝いに加わった。彼らは全員で手分けして、カーヴァホールに砦《とりで》をきずくという骨の折れる作業にとりかかった。家と家のあいだに板を打ちつけたり、酒樽《さかだる》に石をつめて即席の壁をつくったり、大通りに丸太をわたし、さらに馬車二台を横だおしにして封鎖したり、ローランは一心不乱に働いた。

いそがしく駆けまわっているとき、路地でカトリーナに呼びとめられた。彼女はローランを抱きしめた。「無事にもどってきてくれて、うれしいわ」

ローランは軽くキスをしていった。「カトリーナ……この作業が終わったらすぐ、きみと話がしたい」

カトリーナの笑みは自信なさげだが、かすかな希望も浮かんでいる。

「きみのいうとおりだった。結婚を遅らせるなんて、おれがバカだったよ。きみといっしょにいる一分一秒が貴重なんだ。運命のきまぐれで、いつ引き裂かれるかわからないのに、大切な時間をムダになんかできないよ」


ローランが、キゼルトのわらぶき屋根に火がつかないように水をかけているとき、パーのさけび声が聞こえた。「ラーザックだ！」

ローランはバケツを放って駆けだした。槌《つち》をとりに馬車にもどると、道のはるかむこうに、馬に乗ったひとりのラーザックが見えた。矢もとどかないほどの距離だ。左手にもったトーチがその姿を照らし、右手は、なにかを投げるかのようにうしろに引いている。

ローランは笑った。「あそこから石でも投げるつもりか？　あんな遠くじゃ――」

ラーザックが腕をふりおろしたとたん、彼は言葉を失った。遠くへだてられた距離を、ガラス瓶が弧を描いて飛んできて、ローランの右手の馬車にあたってくだけた。

その瞬間、火の玉が馬車を宙にふきとばし、ローランは熱風で壁にたたきつけられた。

ローランは朦朧《もうろう》としたまま、四つん這《ば》いになって、あえぐように息を吸った。耳鳴りにまじって、馬の蹄《ひづめ》の音が聞こえてくる。体を起こし、音のするほうに顔をむけようとするが、すぐに地面につっぷしてしまう。燃えさかる馬車のすきまから、ふたりのラーザックが村に駆けてくるのが見えた。

ラーザックたちは手綱をさばきながら、剣をふりまわし、あたりに散らばる村人たちに切りつけている。

ローランは三人の男が殺されるのを見た。

ホーストとロリングがラーザックにせまり、うしろから熊手でつきかかっている。

村人たちが態勢をととのえる間もなく、砦《とりで》のすきまから兵士たちが乱入し、闇のなか、だれかれかまわず切りつけている。

ローランはとめなければと思った。このままでは、カーヴァホールが占領されてしまう。不意をついて、ひとりの兵士に飛びかかり、槌《つち》の刃を顔にたたきつけた。兵士は声もなくくずおれた。仲間の兵士が気づいて突進してくる。ローランは死体の手から盾をむしりとり、間一髪で兵士の一撃をかわした。

ローランはラーザックのほうへあとずさりながら、兵士の剣を受け流し、相手のあごの下に槌をふりあげた。兵士は地面にあおむけに引っくり返った。「みんな、こっちへ！」ローランはさけんだ。「おれたちの家を守るんだ！」五人にとりかこまれそうになり、横に飛んで、剣をかわす。「こっちにかたまれ！」

ローランの声に、バルドルが最初にこたえ、次にアルブレックが呼応した。数秒後、ロリングの息子や、その他多くの者が加わった。女やこどもたちは、わき道から兵士たちめがけて石を投げている。「みんな、しっかりかたまるんだ」ローランは地面に足をすえた。「援軍も来てるぞ」

目の前の村人たちの壁がどんどん厚くなり、兵士たちは立ち往生している。百人以

ぶ。

上の男たちをうしろにしたがえ、ローランはじわじわと前進をはじめた。

「攻撃しろ、バカ者めら」ロリングの熊手をかわしながら、ラーザックが兵士にさけった。

矢が一本、ローランめがけて飛んできた。彼はそれを盾で受けとめ、声をあげて笑

ラーザックは今、兵士たちと横ならびになり、いらだたしげにシューッと音を発している。そして、真っ黒なフードの下から、村人たちをぎろりとねめつけた。

とつぜん、ローランは体から力がぬけ、動けなくなるのを感じた。頭さえうまくはたらかない。腕や足はけだるくなり、鎖をかけられたかのようだ。

そのとき、村のどこか遠くから、バージットの甲高いさけび声が響いた。

次の瞬間、ローランの頭上でビュッと音がして、先頭に出てきたラーザックめがけて石つぶてが飛んでいった。

ラーザックは身をひねり、神業的な速さでそれをよけた。

わずかながらも気がそらされたことで、ローランの頭は催眠状態を脱した。あれは魔法なのか？

ローランは盾をおろし、両手で槌《つち》をにぎって――ホーストが鉄をのばすときのように――頭上高くふりかぶった。全身を弓なりにそらし、つま先立ちでかまえ、思いきり腕をふりおろす。

ハアーッ！

槌はくるくると宙を飛び、ラーザックの盾を直撃してすさまじいへこみをつくった。

ふたつの攻撃で、ラーザックに残っていた謎の力はすっかり混乱をきたした。

村人たちがおたけびをあげながら前進をはじめた。

ふたりのラーザックは、チッチッとすばやく言葉をかわしたと思うと、手綱を引いて馬をくるりとまわした。

「退散だ！」ラーザックはうなり、兵士たちの横を走り去っていく。

深紅の鎧《よろい》におおわれた帝国軍の兵士たちは、近よる者を片っ端から切りつけながら、憮然《ぶぜん》としてあとずさっていく。燃えあがる馬車からじゅうぶんはなれたところで、彼らはようやく背をむけて退散していった。

ローランはほっと息をついて、槌を回収しに行った。壁にたたきつけられた衝撃で、わき腹と背中に痛みを感じる。馬車の爆発で、パーが死んだことを知り、彼はうなだれた。

ほかにも九人の村人が命を落としていた。すでに妻や母親たちの悲痛なさけび声が、夜の村に響きわたっている。

どうしてこんなことが、この村に起きるんだ?

「みんな、来てくれ!」バルドルが呼んでいる。

ローランはバルドルのいる道の真ん中によろよろと出ていき、目をしばたたかせた。ほんの二十メートルほど先でラーザックがひとり、馬の背でカブト虫のように背中を丸めている。化け物はねじ曲がった指でローランをさし、声を発した。「おまえ……おまえ、従弟と同じにおいがする。おれたちは、あのにおいをぜったい忘れない」

「なにが望みだ!」ローランは声をはりあげた。「ここになにしに来た?」

ラーザックは昆虫の発する音のような、不気味な声で笑った。「おれたちがほしいのは……情報だ」化け物は味方の去っていったほうを肩ごしに見てから、わめき立てた。「ローランを手放せば、おまえらを売りとばして奴隷にする。ローランをかくまえば、おまえら全員、食ってやる。こんど来たときに答えを聞く。正しい答えをな!」

13 アンフーインの涙

扉が開き、トンネルに光がさしこんできた。エラゴンはたじろいだ。ずっと地下にもぐっていたので、明るさに順応できない。横では、サフィラがシューッと息を吐き、外の景色をよくながめようと首をのばしている。

ファーザン・ドゥアーからの地下通路の旅は、丸二日かかったが、だらだらと続く暗がりと、のしかかるような静けさで、エラゴンにはもっと長い時間に感じられた。道中、旅の仲間のあいだでかわされた言葉は、ほんのひとにぎりしか思い出せない。

エラゴンは、この旅のあいだにアーリアのことをもっと知ることができるのではないかと期待していた。しかし、自分で観察したわずかなこと以外、なんの情報もえられなかった。初めてアーリアと夕食をともにしたが、おどろいたのは、彼女が自分用の食糧を持参していたこと、そして肉はまったく口にしないことだった。なぜなのかたずねると、彼女はこたえた。「あなたも修行を終えるころには、動物の肉を食することなどなくなるでしょう。食べるとしても、その回数はごくかぎられてくるはず」

「なぜぼくが肉を食べなくなるんです?」エラゴンは鼻で笑うようにいった。

「言葉では説明できません。エレズメーラに着けば、理解できるようになります」

今はそんな会話のことも忘れ、到着地の景色をおがみたい一心で、エラゴンはトンネルの出口へ急いだ。トンネルを出ると、そこは露出した花崗岩《かこうがん》の上だった。三十メートルの眼下に、紫の色をおびた湖が、東の太陽を浴びてきらきら輝いている。湖はコスタ・メルナと同じく山と山のあいだに広がり、谷間を水で満たしている。遠くに見える湖の対岸から流れでているのはアズ・ラグニ川だ。峡谷をうねうねと北へのび、はるかかなた東の平原へ水を運んでいる。

右手はむきだしの岩山ばかりだが、左手を見ると……そこにドワーフの町ターナグがあった。ドワーフたちは太古の昔から変わらぬ姿であったはずのビオア山脈を、段《だん》丘《きゅう》式の町に変えてしまったのだ。いちばん下の段には、おもに田園風景が広がり――黒っぽく曲線状にのびているのは、種まきの前の土地だろう――、ところどころにずんぐりした形の建物がある。どうやら石でできているらしい。それらの上の段からは、連結した建物が横ならびに何段も層をなし、やがては最高層の黄金と白の巨大なドームへと続いている。まるで町全体が、そのドームへのぼるための階段のようだ。ドームは、月長石《ムーンストーン》のようにつやつやと光り、頭頂部には灰色の石板でできた四角錐《すい》が乗っている。さらに、その上にミルク色のガラス玉が浮かんでいる。

オリクがエラゴンにきかれる前にこたえた。「あれはセルベデイル。ドワーフ王国の偉大なる聖堂にして、ダーグライムスト・クアン、つまりクアン族の故郷《ふるさと》なんだ。クアン族は、神の僕《しもべ》や使者としてのつとめを果たしているんだよ」

「彼らがターナグをおさめているのか?」サフィラがたずね、エラゴンがそれを言葉にした。

「いいえ」アーリアが前に歩みでてこたえた。「クアン族は強いが数が少ない。彼らにあるのは、来世における力と……黄金です。ターナグをおさめているのは、ラグニ・ヘフシン(川の守り手)。ここに滞在中、わたくしたちはラグニ・ヘフシンの族長、ウンディンの世話になります」

彼らはエルフについて岩場をおり、山をおおう、節くれだった木々の森を歩きだした。オリクはエラゴンに耳打ちした。「彼女のことは、気にせんことだ。もう何年もクアン族ともめてるんだ。ターナグに来て、司祭と話すたびに、カルも真っ青の大ゲンカがはじまる」

「アーリアが？」

オリクがいかめしい顔でうなずいた。「よくは知らんが、彼女はクアン族の習慣が気に食わんらしい。空にむかって、助けてくれとブツブツとなえるのは、エルフ族の趣味にあわんようだな」

エラゴンは山をくだりながら、アーリアのうしろ姿を見つめて考えた。もしオリクのいうことが本当なら、アーリアが信じているものは、なんなのだろう？　それから思いきり息を吸い、そのことは頭からおしやった。広い空の下にもどってこられたのは、それだけですばらしい気分だった。森のなかはコケやシダ、木々の香りがして、太陽が頬に暖かく、ミツバチやあらゆる種類の虫たちが、楽しそうに動きまわっている。

山道をおりたところは、湖のほとりだった。そこからまたターナグへとのぼり、開かれた門へむかう。「このターナグが、どうやってガルバトリックスから見つからずにいられるの？」エラゴンはたずねた。「ファーザン・ドゥアーならわかるよ。でも……こんな町、今まで見たことがない」

オリクは静かに笑った。「見つからずに？　そんなの不可能だよ。ライダー族が滅びたあと、ガルバトリックスと〈裏切り者たち〉からのがれるため、わしらは地上の町のいっさいを捨て、地下にもぐらざるをえなくなった。やつらはときに、ビオアの上空を飛びまわり、見つけた者を片っ端から殺していた」

「ドワーフ族は、昔から地下に住む種族なのかと思ってたよ」

オリクが太い眉をひそめた。「まさか。岩を愛するのはたしかだが、わしらだって、エルフや人間と同じくらい、広い空の下が好きに決まってる。モーザンが死に、十五年ほど前から、ドワーフはようやくターナグやほかの町にもどってこられるようになったんだ。ガルバトリックスにいくら驚異的な力があるといっても、ひとつの町をたったひとりで破壊することはできんからな。もちろん、やつとドラゴンがその気になれば、わしらを窮地に追いこむのはかんたんだろうが、このごろやつは、めったに首都のウルベーンをはなれないようだ。短い旅にさえも出ないらしい。それに、先にファーザン・ドゥアーかバーラフを滅ぼさないかぎり、帝国軍をここまで送ってよこすことはできないさ」

〔やつは、もうすこしでそれをやりとげるところだった〕サフィラが批評した。

小さな丘をのぼったところで、茂みから急に動物が飛びだしてきて、エラゴンはぎょっとした。

小道に立ちふさがるやせた動物は、スパインの野生のヤギに似ているが、体の大きさはそれの三割増しほど。顔の横に巻いている角も、アーガルの角がツバメの巣にしか見えないほど大きい。さらに奇妙なのは、ヤギの背にくくりつけられた鞍《くら》と、そこにまたがって弓矢をかまえているドワーフだった。

「ハート・ダーグライムスト？　フィルド・ラストゥン？〔どこの部族だ？　だれのところへ行く？〕」奇妙なドワーフがさけんだ。

「オリク・スリフクズ・メンシヴ・ウン・フレスカラチ・エラゴン・ラク・ダーグライムスト・インジータム〔スリフクの息子オリク、インジータム族のエラゴン・シェイドスレイヤー〕」オリクは続けた。「ワーン・アズ・ヴァニアリ・カルハルグ・アーリア。ネ・オク・ウンディンズ・グライムストベルアードゥン〔そしてエルフの密使、アーリア。われわれはウンディンの館の客である〕」

ヤギは用心深い目で、サフィラの様子をうかがっている。真っ白なあごひげと、さえない表情で、どこかひょうきんに見えるヤギだが、その目は知性にあふれている。エラゴンはふと、フロスガーを思い出した。すると、ヤギがよけいにドワーフっぽく見えてきて、思わずふきだしそうになった。

「アズト・ジョク・ヨードゥン・ラスト（では、通ってよろしい）」答えが返ってきた。

とくにドワーフからの指示もなく、ヤギは一瞬で進めるとは思えないほど遠くまで、ぴょんと前へ飛んだ。ヤギとその乗り手は、たちまち林のなかへ消えていった。

「あれはなんだったの？」エラゴンは目を丸くしてきいた。

オリクはまた歩きはじめた。「フェルドノスト。ビオア山脈だけに棲《す》む五種の動物のうちのひとつさ。ドワーフの部族の名は、それぞれの動物に由来してるんだ。でも、フェルドノスト族がいちばん勇敢で、崇拝に値する部族だろうな」

「どうして？」

「わしらはみんなフェルドノストから、ミルクや羊毛や肉などの恩恵を受けている。彼らがいなければ、ビオア山脈で暮らすことはできないのさ。ガルバトリックスと反逆のライダーどもが攻めてきたときも——今もそうだが——危険をかえりみず、動物や畑を世話したのが、フェルドノスト族だった。だから、わしらは彼らに借りがあるんだよ」
「ドワーフはみんな、その、フェルドノストに乗るの？」エラゴンは使い慣れない名前を、多少つかえながら発音した。
「山中だけでな。フェルドノストは頑丈で足も丈夫だ。けわしい山があってるんだ」
サフィラが鼻でエラゴンをつつき、スノーファイアがおびえてあとずさった。〔わたしにとっては格好の獲物。スパインを出て以来、いちばんのごちそうだ！　ターナグでもし時間があれば――〕
〔だめだぞ〕エラゴンはいった。〔ドワーフをおこらせたら大変だ〕
サフィラはいらだたしげに鼻を鳴らした。〔先に許可をえるつもりだった〕
鬱蒼《うっそう》とした樹木におおわれていた道は、ようやくターナグの町をとりかこむ広々とした空間に出た。すでに見物人のかたまりができている。広場に、宝石飾りの馬具をつけたフェルドノストが七頭、町からおどりでてきた。騎乗するドワーフたちは、小旗のついた槍《やり》をムチのようにふるっている。先頭のドワーフが、手綱をぐいっと引いていった。「ターナグは諸君を歓迎する。ウンディンとガネル、そして、このブロックの息子ドーヴのオソ（信頼）により、諸君をわれらが館に招待し、安全な宿を提供する」ガラガラ声の耳ざわりで不明瞭な発音は、オリクのしゃべり方とはぜんぜんちがっている。

「フロスガーのオソにより、われわれインジータム族は、貴兄のもてなしに感謝する」オリクはこたえた。

「わたくし、イズランザディ名代も感謝します」

ドーヴが満足そうな顔になり、ほかの者たちに手をふって合図した。仲間の衛兵たちがフェルドノストをあやつり、四人の客のまわりに隊形を組む。衛兵たちは派手な手綱さばきで進みだし、エラゴン一行をターナグの城門へみちびいていった。

ターナグの城壁は厚さが十二メートルもあり、それをうがってつくられた暗いトンネルを通って町のいちばん下段の田園地帯に出た。帯状にのびる田園地帯の、それぞれに強固な門で守られた五段の階層をこえると、ようやくめざす町に入る。

堅固な城壁にくらべると、ターナグの町の建物は、石造りとはいえ、精巧につくられていて、優雅で明るい印象を受ける。またほとんどの住居や商店の外に、力強い動物の彫刻が飾られている。だがいちばん目を引くのは、石そのものである。明るい緋《ひ》色から、淡い緑色まで、光沢のあるあざやかな石が、層をなしている。

町のあちこちにぶらさがっているのは、ドワーフ族特有の、炎を使わないランタンだ。色とりどりの光が、ビオア山脈の長い夜のおとずれを告げるようにならんでいる。

トロンジヒームとちがって、ターナグはドワーフ族の体にあわせて建設され、人間やエルフ、ドラゴンのことなど、まったく考慮に入れられていない。いちばん大きな戸口でさえ、一・五メートルほど、あとはほとんどが一・三メートルほどの高さである。エラゴンは並みの背丈だが、今は指人形の世界にまよいこんだ巨人の気分だった。

広い通りは、あらゆる部族のドワーフたちで混雑していた。仕事や用事でいそがしく歩きまわる者や、商店の前で値切り交渉をする者。ドワーフたちは、それぞれに特徴のある風変わりなかっこうをしている。たとえば、気性の荒そうな黒髪のドワーフの一団は、オオカミの頭そっくりの銀の兜《かぶと》をかぶっていた。

エラゴンは、トロンジヒームではほとんど目にする機会がなかったドワーフの女たちに興味を引かれた。ドワーフの女は男より恰幅《かっぷく》がよく、顔もずんぐりとして大きいが、目はいきいきと輝き、髪はつやつやとしている。わが子にそえられた手は、とてもやさしそうだ。装飾品といえば、鉄と石で精巧につくられた小さなブローチをつけるぐらいで、派手に着かざっている者はいない。

フェルドノストの鋭い足音が響くと、ドワーフたちは到着したての客人たちをふり返った。エラゴンの予想に反し、彼らは歓声をあげたりはしなかった。ただ頭をさげ、「シェイドスレイヤー」とつぶやくだけだ。ところがエラゴンの兜《かぶと》の金槌《かなづち》と星を見ると、彼らの表情はとたんに称賛からショックへと変わる。たいていは憤りさえ見せる。腹を立てたドワーフたちはおおぜいでつめより、フェルドノストのあいだからエラゴンをにらみつけ、呪いの言葉を吐いていく。

エラゴンはうなじがチクチクするのを感じた。〈ぼくを家族にするというフロスガーの決断は、あまり受けがよくなかったようだ〉

〈たしかに〉サフィラはうなずいた。〈フロスガーはあなたへの支配力をえたかったのだろうが、これではほかのドワーフ族との関係がまずくなる……血を見ないうちに、わたしたちはここを退散したほうがいい〉

ドーヴとほかの衛兵たちは、群衆などいないかのようにずんずん先へ進んでいく。

さらに七段の階層をのぼり、彼らはついに、セルベデイルと門ひとつしかへだてていない場所に着いた。ドーヴはそこで左をむき、山肌にはりつくように建つ巨大な館へむかって歩きだした。館の前面は、二か所の〝石落とし〟用の塔をもつ物見やぐらで守られている。

館に近づいたとき、家々のあいだから、武装したドワーフの集団があふれてきて、何重にもとりまいた。彼らは、鎖帷子《くさりかたびら》の頭巾のような、肩までの長さの紫色のベールで顔をおおっている。

衛兵たちはとっさにきびしい顔つきになり、フェルドノストの手綱を引いた。

「どうしたんだ?」エラゴンはオリクにたずねた。

だが、オリクはただかぶりをふり、手に斧《おの》をもって、前へ進みでていく。

「エジル・ニスゲッチ!（そこでとまれ）」ベールをかぶったドワーフが、拳をふりあげてさけんだ。「フォーンヴ・ヘトクラッチ……フォーンヴ・ジャーゲンカルメイダー・ノス・エタ・ゴロス・バースト・ターナグ・ダー・エンセスティ・ラク・キシン！　ジョク・イズ・ウァレヴ・アズ・バーズレガー・ダー・ダーグライムスト、アズ・スウェルデン・ラク・アンフーイン・モーゴ・ター・ラク・ジョーゲンヴレン？

ネ・ウディン・エタル・オス・ラスト・ヌーラグ。ナーラグ・アナ……（このシェイドスレイヤー……このドラゴンライダーを、聖なる都市、ターナグに入れることはできない！　おまえはわれわれ種族の災いを、ドラゴンの戦いでもたらされた〈アンフーインの涙〉を忘れたのか？　この男は通すわけにはいかない。こいつは……）」ドワーフはしだいに語気を荒げながら、怒りの言葉を吐き続けた。

「ヴロン！（もういいだろう）」ドーヴがどなってやめさせると、ふたりのドワーフは口論をはじめた。激しいやりとりはしているが、エラゴンはドーヴが、相手のドワーフにそれなりの敬意をはらっているのを感じた。

エラゴンが――ドーヴのフェルドノストのかげになってよく見えないので――体をずらしたとき、ベールのドワーフがとつぜん、口をつぐみ、血相を変えてエラゴンの兜《かぶと》をつついた。

「ヌーラグ・クアナ・キラヌー・ダーグライムスト・インジータム！　カーズル・アナ・フロスガー・オエン・ヴォルフィルド――（この男はインジータム族の一員ではないか！　フロスガーもその一族も、罰あたりなことを――）」

「ジョク・イズ・ダーグライムストブレン？（あんたは部族戦争をしたいのか？）」

オリクが斧《おの》をかまえ、静かに割って入った。

エラゴンは心配になり、アーリアに目をやった。

だがエルフは、ほかのことには目もくれず、真剣にドワーフの対決を見守っている。

エラゴンはひそかに手をおろし、ザーロックの、鉄線を巻きつけた柄《つか》をつかんだ。ベールをかぶったドワーフはオリクをにらみつけると、ポケットから鉄の指輪をとりだした。そして、あごからひげを三本ぬいて指輪に巻きつけ、道に放り投げた。鈍い音をたてて落ちた指輪に、ドワーフはつばを吐きかけた。

紫色のベールのドワーフたちはなにもいわず、それぞれに散っていった。指輪が花崗岩《かこうがん》を敷きつめた舗道にころがったとき、ドーヴとオリクとほかの衛兵たちは、いっせいにあとずさった。

アーリアさえもひるんだ。

若いドワーフがふたり、青ざめて剣をつかんだが、ドーヴに「エタ！（やめろ）」といわれて、手をおろした。

彼らのその反応は、さっきの悶着《もんちゃく》より、よほどエラゴンを動揺させた。

オリクはひとり歩みでて、指輪を拾って自分のポーチにしまった。

エラゴンはすぐにたずねた。「それはどういう意味なの？」

「意味は」こたえたのはドーヴだ。「そなたに敵ができたということだ」

一行はやぐらのなかをぬけ、広い中庭に出た。そこには、ランタンや旗が飾られた晩餐《ばんさん》テーブルが三卓ならんでいた。テーブルの前には、ドワーフの集団が立っている。いちばん前にいるのは、オオカミの毛皮を身にまとった、灰色のあごひげのドワーフだった。彼は両手を広げて、声をあげた。「ラグニ・ヘフシン族の故郷《ふるさと》、ターナグへようこそ。エラゴン・シェイドスレイヤー、きみをたたえる声はたっぷり聞いておるぞ。わしはラグニ・ヘフシン族長、デルンドの息子ウンディンと申す」

もうひとりのドワーフが前に歩みでた。戦士らしいがっちりした肩と胸、頭巾を目深にかぶった黒い目が、エラゴンをひたと見すえている。「わたしはガネル。クアンの族長にして、血の斧《おの》オームの息子です」

「おまねきにあずかり、光栄です」エラゴンは頭をさげた。

サフィラが無視されて、いらだっているのがわかる。

〈がまんだぞ〉彼はつぶやいて、笑顔をつくろった。

サフィラが鼻を鳴らす。

部族の長《おさ》たちはアーリアにもあいさつをしたが、オリクの番になって、歓待どころではなくなった。オリクがあいさつのかわりに広げた掌には、鉄の指輪がのせられていた。

ウンディンは目を丸くして、毒ヘビでもつかむかのように、親指と人さし指でおそるおそるつまみあげた。「だれが、これをそちに？」

「それはアズ・スウェルデン・ラク・アンフーイン（アンフーインの涙）。わたしにではなく、エラゴンにわたされたものです」

ドワーフの顔に不安の色が広がり、エラゴンにまたさっきの動揺がもどってきた。ドワーフたちは、カルの大群に遭遇して、逃げ場を失った者のような顔をしている。ドワーフの勇気までもくじいてしまうこの指輪とは、なにかものすごく恐ろしいことの象徴であるにちがいない。

ウンディンは顔をしかめたまま、仲間たちの助言に耳をかたむけ、やがて口を開いた。「わしらはこの問題について検討せねばならん。シェイドスレイヤー、きみのために宴を用意しておるが、きみさえよければ、まずは部屋に案内させよう。そのあと、ひと休みしたところで、あらためて宴をはじめたいと思うが、よろしいか？」

「もちろん、けっこうです」エラゴンはスノーファイアの手綱をドワーフにわたし、案内の者について館に入っていった。戸口をぬけるとき、肩ごしにふり返ると、アーリアとオリクが、族長たちと頭をよせて話しあっているのが見えた。「すぐに会えるよ」エラゴンはサフィラに約束した。

ドワーフ仕様の廊下をうずくまって通りぬけたあと、立って歩ける大きさの部屋に案内され、エラゴンはひとまず安心した。

従者が会釈していう。「グライムストボリス（族長）・ウンディンの用意ができましたら、またご案内にまいります」

ドワーフがさがると、エラゴンは心地よい静けさに、ほっと大きく息をついた。しかし、ベールのドワーフたちのことが頭からはなれず、心からくつろぐことができない。いずれにしろ、ターナグに長くはいられない。連中にじゃまされないうちに、出ていかなくては。

エラゴンは手袋をぬいで、低いベッドの横に置かれた大理石のたらいに手を入れた。と、思わずギャッと声をあげ、手を引っこめた。湯は沸騰寸前の熱さだ。これがドワーフの習慣なんだろう、とあらためて気づく。すこし待ってから、湯気のたつ湯を肌にごしごしこすりつけ、顔と首を洗った。

気分がすっきりしたところで、ズボンとチュニックをぬぎ、アジハドの葬儀のときに着た服に着がえた。ザーロックに手をのばしたが、これをつけると、ウンディンの宴の席を侮辱することになる。彼は、かわりに狩猟ナイフをベルトにさした。

それからエラゴンは、ナスアダからたくされた巻物を荷物からとりだし、手にのせて、どこへかくそうかと考えた。イズランザディ女王への重要な信書を、へたな場所に置いて、読まれたり盗まれたりしては大変だ。適当な場所が見つからないので、エラゴンは巻物をそでのなかにしのばせた。戦いにでも巻きこまれないかぎり、ここなら安全だ。エラゴンは思った。万が一戦うことがあるとしたら、そのときぼくは、もっと大きな問題をかかえているだろう。

やがて従者がエラゴンを呼びに来た。

まだ昼を一時間ほど過ぎたばかりなのに、太陽はそびえる山のかげに沈み、ターナグは夕闇に包まれている。館を出るとき、エラゴンは変わりゆく町の姿に魅了された。早すぎる夜のおとずれに、ドワーフのランタンが真価を発揮し、通りを清くゆるぎない光で満たし、谷全体を輝かせている。

ウンディンと何人かのドワーフたちが、すでに中庭に集まっていた。

サフィラがテーブルのいちばん上座に陣どっているが、どうやらそれについて議論しようという者はいないようだ。

〔なにかあったの?〕エラゴンはサフィラのもとに急いだ。

〔ウンディンが兵を召集し、門を封鎖した〕

〔攻撃があるのか?〕

〔少なくとも、彼はその可能性を心配している〕

「エラゴン、さあここへ」ウンディンが自分の右手の椅子をさしていった。族長がエラゴンとともに腰をおろすと、ほかの者たちも急いで席についた。

オリクがすぐとなりに、アーリアが真むかいにすわったので、エラゴンはほっとしたが、ふたりとも表情はかたい。オリクに指輪のことをたずねる前に、ウンディンがテーブルをバンとたたき、声をはりあげた。「イグナ・アズ・ヴォス!(料理を運んでこい)」

肉やパイや果物をたっぷり盛った金箔《きんぱく》の皿を手に、召使いたちが館からいっせいにくりだしてきた。三手にわかれた召使いたちは、それぞれのテーブルに麗々しく皿を置いていく。

スープや何種ものイモを煮こんだシチュー、鹿肉のロースト、焼きたての長いパン、ラズベリージャムののったハチミツケーキ。敷きつめた緑の野菜の上には、パセリが飾られたマスの切り身。わきに置かれた酢づけのウナギが、川に帰りたいと祈っているかのように、むなしい目でチーズのつぼを見つめている。各テーブルに一羽ずつハクチョウがすわり、つめものをしたウズラ、ガチョウ、アヒルの群れがまわりをかこんでいる。

キノコもふんだんに使われている——肉厚のところを焼いて、鳥の頭に帽子のようにかぶせてあったり、城の形に飾り切りされて、濠《ごう》に見立てたグレービーソースに浮かべてあったり。人の拳ほどもある白い大きなキノコから、節だらけの樹皮とまちがえそうなもの、二枚切りにして青い身を見せている高級なものまで、ありとあらゆる種類のキノコが運ばれてきた。

最後に、食卓の中央を飾るごちそうが現れた。ソースがたっぷりかけられた巨大なイノシシのローストだ。少なくともエラゴンがイノシシだと思ったその肉は、大きさがスノーファイアほどもあり、ドワーフ六人がかりで運ばれてきた。歯はエラゴンの前腕より長く、鼻は彼の頭ほどもある。しかもその刺激臭といったら、ほかの料理のにおいを圧倒し、目から涙が出るほどの強烈さだ。

「ナグラだ」オリクがつぶやいた。「大イノシシだよ。エラゴン、ウンディンは、きみに心からの敬意を表してるんだ。よほど勇敢なドワーフじゃないと、ナグラを狩りには行けない。そしてこれは、本物の勇者だけにふるまわれるごちそうなんだ。それと、これはきっと、ナグラ族よりきみが上だという、ウンディンの意思表示だと思う」

エラゴンはだれにも聞かれないよう、オリクのほうへ身をかがめた。「じゃあ、これもビオア山脈特有の動物？　ほかにはどんなのがいるの？」

「森オオカミは、ナグラを捕食するほどデカく、フェルドノストをつかまえるほどすばしこい。ウルジャードゥンという洞穴グマもいる。エルフは山の名にちなんでビオアンと呼ぶが、わしらはそんな呼び方はしない。このへんの山々の名はドワーフだけが知っていて、どの種族にもけっして明かさないんだ。それに――」

「スメル・ヴォス（料理をとりわけてさしあげろ）」ウンディンが命じ、客たちにほほえみかけた。

召使いはすみやかにアーチ状の小さなナイフを出し、ナグラを切りわけ、それぞれの――アーリア以外の――皿にのせていった。サフィラのは特大級だ。

ウンディンはまたほほえみ、短剣をとって自分の肉を切りはじめた。

エラゴンがナイフをとろうとすると、オリクがその手をとめた。「待つんだ」

ウンディンがゆっくり肉を嚙《か》み、目をぐるりとまわして大げさにうなずき、飲みこんで大声でいった。「イイフ・ガーニス！（安全かつ美味である）」

「では、いただこう」オリクは肉とむきあい、テーブルのまわりがどっとにぎやかになった。

イノシシは、エラゴンが生まれて初めて経験する味だった。肉汁たっぷりで、やわらかく、不思議な――ハチミツとリンゴジュースにつけておいたような――香ばしさがあり、風味づけのハッカがさらにその香りを高めている。〈あんなに大きな肉を、どうやって料理したんだろう？〉

〈えらく時間がかかっただろう〉サフィラがナグラをかじりながら批評する。

オリクが食べながら説明をはじめた。「これは、部族間で毒殺が横行してたころからの習慣なんだ。主人がまず料理を毒味して、客に安全を宣言する」

饗宴《きょうえん》のあいだ、エラゴンは盛りだくさんの料理を試食することと、オリクやアーリアや同じテーブルのドワーフたちと会話することのふたつに、大いそがしだった。あまりのごちそうに、時間はあっというまに流れ、最後のコースが運ばれ、最後の料理を口にし、最後のさかずきを飲みほすころには、夜も近づいていた。

召使いがテーブルの皿をさげおえると、ウンディンがエラゴンにいった。「食事は楽しんでもらえたかね？」

「おいしくいただきました」

ウンディンはうなずいた。「それはよかった。ドラゴンもいっしょに食事できるよう、きのうのうちにテーブルを外に運んでおいたのだ」ドワーフの長《おさ》の目は、エラゴンからそれることがない。

エラゴンは悪寒を覚えた。意図的にしろなんにしろ、ウンディンはサフィラを、獣としてしか見ていない。ベールのドワーフのことをたずねるつもりだったが、まずはひとこと牽制《けんせい》してやった。「ここにいるサフィラもぼくも感謝しています」そして続ける。「おききしたいのですが、なぜ指輪がぼくたちに投げられたのですか?」

苦しいほどの静けさが、中庭を包みこんだ。

横目で見ると、オリクが顔をくもらせている。

が、アーリアは、もっともな質問だというように、笑みを浮かべていた。

ウンディンは短剣を置き、思いきりしぶい顔をした。「きみが会ったのは、悲劇的な部族のヌーラグン(男たち)でな。ライダーが滅びる前、彼らはドワーフ王国のなかでもっとも歴史の古い、裕福な部族だった。だが、彼らの悲運は定められていたのだ――ふたつのあやまちによってな。まずはビオア山脈の西端に住んでいたこと。もうひとつは、ヴレイルの軍隊に有能な戦士たちを提供したこと」

こみあげる怒りでウンディンの声がしゃがれる。「ガルバトリックスと忌まわしい〈裏切り者たち〉が、彼らの部族をウルベーンで虐殺したのだ。そのあと、悪しきドラゴンライダー族はわしらの部族のところにも飛んできて、多くの命をうばった。とくに彼らの部族では、グライムストカーヴロース・アンフーインと、彼女の護衛兵しか生き残れなかった。その彼女も、まもなく悲嘆に暮れて亡くなった。従者たちは、部族の名を彼女にちなんでアズ・スウェルデン・ラク・アンフーイン(アンフーインの涙）と変え、自分たちが失ったものと、復讐《ふくしゅう》の念を忘れんために、顔をベールでおおうようになったのだ」

必死で無表情をよそおおうとしたが、エラゴンの頬は恥辱で痛いほどほてってい
た。

「そして」ウンディンは手もとのパイをにらみつけた。「何十年もかけて、彼らは部族を立て直し、報復の機会をねらっておるのだ。そこへ今、フロスガーの紋章をつけたドラゴンライダーが現れた。彼らにとっては究極の侮辱にあたる――ファーザン・ドゥアーできみがどんな貢献をしたとしても、それは変わらん。したがってあの指輪は、究極の挑戦なのだ。アズ・スウェルデン・ラク・アンフーイン族は、ことの大小にかかわらず、あらゆる手をつくし、徹底的にきみに敵対する。きみが不倶戴天《ふぐたいてん》の敵となったことを宣言したのだ」

「ぼくに直接危害を加えるということでしょうか？」エラゴンは身をこわばらせた。

ウンディンは一瞬、視線をさまよわせ、ガネルのほうを見て、それからかぶりをふり、どら声で笑った。この場にふさわしいとはいえないほどの高笑いだ。「まさか、シェイドスレイヤー！　客人を傷つけるはずがないだろう。そんなことは禁じられて

おる。彼らの望みはきみが出ていくこと。それだけだ」

エラゴンはまだ半信半疑だった。

するとウンディンがいった。「さあ、不愉快な話題はこれくらいにしようじゃないか。ガネルとわしは、友人として、こうして料理とハチミツ酒をふるまった。大事なのは、そっちのほうじゃないのかね?」

ガネルも小声で相槌《あいづち》を打った。

「感謝しています」エラゴンはようやく態度をやわらげた。

サフィラが厳粛な目でエラゴンを見ている。〈エラゴン、彼らは無念に思っている。ライダーに協力することを強いられ、無念さと憤りを感じている〉

〈ああ。彼らは、ぼくらとともに戦うことはあっても、ぼくらのために戦うことはないんだ〉

14 セルベディル

夜明けが遅い朝、エラゴンが館の大広間に入っていくと、ウンディンがドワーフ語でオリクと話をしていた。ウンディンは気がついて話を中断した。「ああ、シェイドスレイヤー、よく眠れたかね？」

「はい」

「それはよかった」彼はオリクを手でさした。「今、きみたちの出発について話しておったところだ。わしはもっときみといっしょに過ごしたいんだがね、こういう折りだから、あすの朝一番に発《た》つのがいいということになった。早朝なら人通りも少ないし、問題を起こすやつもおらん。必要な食糧や乗り物は、今こうしているあいだにも準備させてある。フロスガーには、セリスまで衛兵を同行させるよう命じられておるのでな、その数は三人から七人にふやそうと思っておる」

「で、それまでは？」

ウンディンは毛皮を巻いた肩をすくめた。「きみにターナグのすばらしさを披露するつもりだったが、今、町のなかをうろうろするのは賢明じゃない。しかしながら、グライムストボリス（族長）のガネルが、セルベデイルに招待してくれておる。よかったら、お受けなさるといい。彼といっしょなら安全だ」族長は、アズ・スウェルデン・ラク・アンフーイン族が客を傷つけないと断言したことを、すっかり忘れているようだ。

「ありがとう。そうさせてもらいます」エラゴンはそこをはなれる前に、オリクをわきに連れていった。「正直な話、その敵意ってどれくらい深刻なの？　本当のところを知りたいんだ」

オリクはあきらかに気乗りしない様子でこたえた。「昔は、そうした確執を何世代も引きずることが、めずらしくなかったのさ。そのことで絶滅した部族もある。だが、そんな昔のやり方に頼るとは、アズ・スウェルデン・ラク・アンフーインは分別がない。前の部族戦争が終わってから、こんなことはなかったのに……彼らがあの誓いを撤回するまで、きみは連中の罠《わな》にはまらんようじゅうぶん用心しなきゃならん。

何年、何世紀たとうとね。フロスガーとの友好関係がこんなことをまねいてしまって、申しわけないと思ってる。でもエラゴン、きみはひとりじゃない。インジータム族はきみの味方だぞ」

外へ出ると、エラゴンはサフィラのもとへ急いだ。サフィラはひと晩、中庭で丸くなって過ごしていた。〔セルベデイルに行ってもいいかな？〕エラゴンはサフィラのいうとおり剣をさし、ナスアダの巻物をふところにしまった。

館の門に近づいていくと、五人のドワーフがかんぬきの材木をよけ、斧《おの》と剣を手にエラゴンをとりかこみ、外の様子を確認した。エラゴンはそのまま衛兵たちにつきそわれ、ターナグ最上階の扉へと、きのうの道をたどっていった。

エラゴンは身ぶるいした。町なかは、不自然なほどがらんとしている。扉はどこも閉じられ、窓には鎧戸《よろいど》がおり、わずかに出会う通行人は、あからさまに顔をそらし、彼とすれちがうのをさけてわき道へまがっていく。ぼくのそばにいるところを見られまいとしているんだ。エラゴンは気がついた。ぼくに親切にすれば、アズ・スウェルデン・ラク・アンフーイン族の報復がある、それがこわいんだ。人目につく場所から早くのがれたくて、エラゴンは扉をノックしようと手をあげたが、たたく前に一枚がきしりながら外に開いた。なかで黒いローブ姿のドワーフが手まねきをしている。剣帯をしめ直し、エラゴンは衛兵をおもてに残し、なかに足をふみいれた。

いちばんに感銘を受けたのは色だった。まるで丸い丘にマントをかぶせたかのように、輝くような緑の芝が、柱でささえられたセルベデイルのまわりに広がっている。建物の古い壁にはツタがからまり、一面に細いつるをのばしている。ツタのとがった葉には、まだ朝露が光っている。そして——山々はべつとして——いちばんの高所で曲線を描いているのが、金のうねが彫られた白い丸屋根だ。

次に感動したのは、においだ。花と香の香りがまざりあい、この世のものとは思えない芳香を放っている。エラゴンは、この香りだけで生きていけるとさえ感じた。

最後の感動は音がないことだ。ドワーフの司祭たちが、モザイク模様の小道や広々とした地面を歩きまわっているにもかかわらず、エラゴンが聞きわけられる唯一の音は、頭上を飛ぶミヤマガラスの羽ばたきだけだった。

出むかえのドワーフがもう一度手まねきをして、エラゴンをセルベデイルへ続く並木道へみちびいていった。エラゴンはただ、目の前に広がるゆたかさと熟練の技に圧倒されながら、セルベデイルのひさしをくぐった。壁にはさまざまな色彩とカットの、まったくキズのない宝石がちりばめられ、石の天井、壁、床、すべてに純金の線が木目のように埋めこまれている。ところどころに真珠と銀がアクセントとしてそえられている。歩いていてたびたび目にするのは、翡翠《ひすい》をけずってつくられたびょうぶだった。

聖堂には、布地の装飾がいっさい使われていなかった。そのかわりに、ドワーフたちはおびただしい数の彫像をつくり、叙事詩のなかの戦のあらゆる怪物や神たちを彫りこんだのだ。

いくつかの階をのぼると、緑青《ろくしょう》のふいた銅の扉にたどりついた。入り組んだ結び目模様の浮き彫りがほどこされたその扉をぬけると、板張りの床のなにもない部屋が広がっていた。壁には鎧兜《よろいかぶと》がびっしりかけられ、棚にはアンジェラが〝ファーザン・ドゥアーの戦い〟で使っていたのと同じ、槍《やり》型の剣がかけられている。

ガネルはそこで、三人の若いドワーフと剣をまじえていた。族長は動きやすいようにローブをももまでまくりあげ、すさまじい形相で、両手でにぎった木の槍をくるくるまわしている。刃が、おこったスズメバチのようにブンブンと空を切っている。若いドワーフがふたり、ガネルにむかっていくが、木と鉄のぶつかる音が激しく響くなか、どんどん窮地に追いこまれていく。ガネルはひらりと体をかわし、すれちがいざまにひざと頭に剣を打ちつけて、ふたりを床に沈めた。ガネルが三人めの敵を、怒濤《どとう》の攻めでみごとに打ち負かすのを見て、エラゴンはにっこり笑った。

族長はエラゴンに気づくと、ほかのドワーフたちをさがらせた。「クアン族はみんな、剣の腕が立つんですか？」

武器を棚にもどしている彼に、エラゴンは話しかけた。「聖職者が剣の達人だなんて、不思議な気がします」

司祭であるドワーフは、エラゴンにむき直った。「われわれとて、自分の身は守らねばならない。そうだろう？　この地にも、敵はいくらでもいる」

エラゴンはうなずいた。「めずらしい剣を使ってますね。それと同じのを、たった一度だけ、〝ファーザン・ドゥアーの戦い〟で、薬草師が使っているのを見ました」

ガネルは一瞬、息をのみ、歯のすきまからシーッと空気を吐きだした。「アンジェラだな」苦々しい顔になる。「なぞなぞ遊びで、うちの司祭から剣をうばいとった。卑怯《ひきょう》な手を使ったのだ。フースヴィル（クアン族が使う二枚刃の槍《やり》型剣）を使うことをゆるされているのは、われわれの部族だけなのに。彼女とアーリアは……」ガネルは肩をすくめ、小さなテーブルに歩みより、ふたつのマグにエールをそそいだ。ひとつをエラゴンに手わたすと、いった。「今日きみをここにまねいたのは、フロスガーの希望によるものなのだよ。インジータムの一員となったきみに、ドワーフの伝統を教えるようにいわれている」

エラゴンはエールをすすり、だまったままガネルの顔を見つめた。太い眉に光があたり、頬骨の下にかげができている。

族長は続けた。「いまだかつてわれわれの秘すべき信仰を、外部の者に教えた例はない。人間やエルフに教えることはゆるされていないのだ。しかし、この知識なしに、ヌーラ（ドワーフ）であることの意味を理解することはできんのだよ。きみは今インジータムとなった。われわれの血となり、肉となり、名誉となったのだ。わかるかね？」

「わかります」

「来なさい」ガネルはエールを手に道場を出ると、豪奢《ごうしゃ》な回廊を五つぶん通りぬけ、アーチ形の戸口までエラゴンを連れていった。戸口のむこうには、香の煙でかすむ薄暗い部屋がある。正面に大きく見えるのは、床から天井までとどくどっしりとした彫像の輪郭だ。思案するドワーフの彫刻の顔にかすかな光があたり、その部分だけ茶色の花崗岩《かこうがん》がむきだしになっている。

「あれはだれですか?」エラゴンはおずおずとたずねた。

「グンテラ、神々の王だ。戦士であり学者でもあるが、気まぐれなところもある。だからわれわれは、彼の慈愛をたしかなものにするために、春夏秋冬の至《し》と、種まきの前、だれかが死んだとき生まれたとき、奉納物を焼いているのだ」ガネルは手を奇妙な形にねじり、彫像に一礼した。「戦の前、われわれはこのグンテラに祈る。なぜなら、この地を巨人の骨から成型し、世の秩序をつくったのは彼だからだ。すべての領土が、グンテラのものなのだよ」

ガネルはこの神に祈るときの作法として、崇拝を表すための手ぶりや言葉をエラゴンに伝授し、香を焚《た》く意味——命と幸福の象徴であること——も説明した。そして長い時間をかけて、グンテラにまつわる伝説を語りはじめた。この世に星々が初めて現れたとき、彼がオオカミの形で生まれてきたこと、怪物や巨人たちと戦って、アラゲイジアに一族のための住みかを勝ちとったこと、川と海の女神キルフを妻にしたこと。

エラゴンが次に見せられたのは、淡い青の石でおどろくほど精巧につくられたキルフの彫像だった。髪は、さざなみのようにうしろへ流れてうなじを伝い、アメジストの目のまわりでは楽しげに踊っている。両手でスイレンの花と赤い小石のようなものを、包みこむようにしてもっている。小さな孔《あな》のたくさんあるその赤いものは、エラゴンが知らないものだった。

「あれはなんですか?」彼は石を指さした。

「サンゴだよ。ビオア山脈と接する海の底にある」

「サンゴ?」

ガネルはエールをひと飲みしてからいった。「潜水夫が真珠をさがしているときに見つけた。塩水のなかでは、植物のように育つ石があるらしい」

エラゴンはおどろいて目を見開いた。石が生きているなどと思ったこともなかったが、水と塩だけで育つ石があるという証拠が、今こうして目の前にあるのだ。毎年春、パランカー谷の畑の土をいくらきれいに耕しても、すぐにまた石が出てくることが不思議だった。けれど、今やっと説明がついた。石は育っていたんだ!

司祭とエラゴンは次に、空気と空の神ウラルと、その弟、火の神モーゴサルへと進んだ。モーゴサルの紅色の彫像の前で、ガネルは説明した。この兄弟はたがいへの愛が強すぎるため、独立して存在することができない。それゆえモーゴサルは昼間、空の宮殿を燃やし続けている。毎夜空に現れるのは、そこから出る火の粉だ。またそれゆえ、ウラルは弟が死なないように、つねに空気をあたえ続けているのだ。

残る神はあと二体だった。シンドリ（大地の母）と、ヘルツヴォグだ。ヘルツヴォグの彫刻だけ、ほかのものとちがっていた。裸の神は深く腰をかがめ、ドワーフぐらいの大きさの灰色の火打ち石を指先でなでている。背中の筋肉が、こぶ状に盛りあがり、はりつめている。だがその顔は、生まれたばかりの赤ん坊を見つめているかのように、やさしい。

ガネルは声を低くし、しゃがれ声でいった。「グンテラは神の王かもしれないが、われわれの心にある神は、ヘルツヴォグなのだ。巨人が征伐されたあと、この地に民を住まわせるべきといったのが、彼だった。ほかの神は反対したが、ヘルツヴォグはみなの声を無視し、こっそり山の地溝から最初のドワーフをつくった。

その行為が発覚すると、ほかの神々はそろって嫉妬した。グンテラは、アラゲイジアをみずから支配するため、エルフをつくった。シンドリは土から人間をつくり、ウラルとモーゴサルはたがいの知恵をあわせてドラゴンをつくり、この地に放った。なにもしなかったのはキルフだけだ。種族の最初はこうしてこの世に現れたのだ」

エラゴンはガネルの言葉をのみこみ、その誠意は受けとめたものの、そぼくな疑問がわくのをおさえられなかった。なぜ彼がそんなことを知っているのか？　けれど、そんな質問は場ちがいだという気がして、ただうなずくだけにしておいた。

「これが――」ガネルはエールを飲みほした。「われわれのもっとも重要な慣習につながっている。きみはオリクから聞いているそうだが……ドワーフはみな、石のなかに埋められねばならない。さもなくば、魂がヘルツヴォグのもとへたどりつけないからだ。われわれは大地でも空気でも火でもない。石から生まれた。きみは、仲間のドワーフが死んだとき、かならずふさわしい埋葬をしてやらねばならない。インジータムとして、それがきみの責任なのだ。負傷したり、敵がいたりという理由もなく、それをおこたれば、フロスガーはきみを追放するだろう。そして死ぬまで、きみの存在はドワーフにみとめられなくなる」司祭は肩をいからせ、エラゴンを鋭い目で見つめた。「きみには学ぶべきことがまだたくさんあるが、今日のおおまかな説明を肝に銘じておけば、うまくやっていけるだろう」

「けっして忘れません」

ガネルは満足げな顔で彫像の部屋をはなれ、螺旋《らせん》階段をのぼった。のぼりながら、族長はローブに手を入れ、地味なペンダントをとりだした。小さな銀の金槌《かなづち》の柄《え》に、鎖が通してある。彼はそれをエラゴンにわたした。

「これもまた、フロスガーにたのまれたことだ」ガネルはいった。「彼はガルバトリックスのことを案じているんだ。やつが、ダーザやラーザックや帝国じゅうの兵士たちの意識から、きみの姿をさぐり出したかもしれないと」

「なぜそれを案じるのですか？」

「ガルバトリックスが、きみを透視できるからだ。おそらく、すでにやっているだろう」

エラゴンは、冷たいヘビが這《は》いおりるように、わき腹に不安が走るのを感じた。それくらい、予測できてもよかったのに……！

「このペンダントをかけてさえいれば、だれも、きみやきみのドラゴンを透視することはできない。わたしが自分で呪文をかけたから、どんなに強い意識が近づいても心配ない。しかし注意しておく。これが効果を発揮しているあいだは、きみは力を吸いとられている。はずすか、危険が去るまでは」

「眠っているときは？　ぼくが気づかないうちに、力を全部吸いとられちゃうんですか？」

「いいや。目覚めさせてくれる」

エラゴンはペンダントの金槌《かなづち》を、指のあいだでころがした。他者の魔法をふせぐのは、そうかんたんなことではない。相手がガルバトリックスほどの使い手となると、なおさらだ。ガネルにそれほどすぐれた才能があるというなら、ほかにどんな魔力を秘めているのだろう？　ふと金槌を見ると、柄《え》にルーン文字がきざまれている。アスティム・ヘフシンと読める。階段の上までのぼると、エラゴンは問いかけた。「なぜドワーフも、人間と同じルーン文字を？」

会って以来初めて、ガネルが声をあげて笑った。分厚い肩がゆれ、笑い声が聖堂のなかに響きわたった。「それはまったく逆だ。人間が、ドワーフのルーン文字を使っているのだ。アラゲイジアに現れたころのきみたちの祖先は、ウサギ同様に無学だった。しかし、じきにわれわれのアルファベットを採用し、この言語にあてはめた。それらのなかには、ドワーフの言語をもとにしているものもあるのだよ。たとえば父《ファーザー》は、もともとファーザンだった」

「じゃあ、ファーザン・ドゥアーっていうのは……」エラゴンは頭からペンダントをかけ、チュニックの下におしこんだ。

「わが父という意味だ」

扉の前で足をとめると、ガネルは丸屋根の真下をぐるりとまわる回廊へ、エラゴンをみちびいていった。回廊はセルベデイルを帯状にひとまわりし、開いたアーチ窓からは、ターナグ後方の山々や、眼下の階段状の町を見わたせる。

エラゴンはそれらの景色をほとんど見なかった。それよりも、通路の内壁をおおう絵に目をうばわれたからだ。その巨大な物語風の絵は、ヘルツヴォグの手によりドワーフが創造された場面からはじまり、壁全体を巻物のように使って描かれていた。表面に浮き彫り《レリーフ》された人物やものの姿、多種多様な色使い、つや、繊細な描写、その全景を見ていると、絵の世界に入りこんでしまったかのような錯覚をおこす。

エラゴンはうっとりとしてたずねた。「これ、どうやって描いたんですか？」

「それぞれの場面を小さな大理石の板に彫り、それにエナメルをかぶせて一枚の絵にしたのだ」

「ふつうの塗料で描いたほうが、かんたんだったのでは?」

「それはそうだが」ガネルはこたえた。「何百年、いや何千年、変わることなく保存しようとしたら、その方法は使えない。油性の塗料とちがって、エナメルはその輝きが永遠に失せないのだよ。この最初の場面が彫られたのは、ファーザン・ドゥアーを見つけてわずか十年後ぐらいのころだ。エルフがアラゲイジアに現れるはるか前のことだな」

司祭はエラゴンの腕をとり、絵にそって歩きだした。一歩進むごとに、歴史のなかの、はかり知れないほど長い歳月を歩むことになる。

エラゴンは、ドワーフたちがかつて、はてしなく広がる平原に住む遊牧民であったことを知った。やがて灼熱《しゃくねつ》の暑さによりその地は干あがり、ドワーフは南のビオア山脈に移住せざるをえなくなった。ハダラク砂漠はこうしてできたのだと知り、エラゴンは驚嘆した。

セルベデイルの裏手にむかって壁画を進んでいくと、フェルドノストを飼いならす様子、イスダル・ミスラムを彫る場面、ドワーフとエルフの最初の出会い、代々のドワーフ王の戴冠式の様子などを見ることができた。ドラゴンもときどき描かれている。どれも敵を焼き、虐殺している姿だ。エラゴンはそれを見て、こみあげる感情をおさえるのに苦労した。

待ちかねていた場面が現れ、エラゴンは歩みをとめた――エルフとドラゴンの戦いだった。ふたつの種族がアラゲイジアに破壊をもたらした場面が、大きな壁一面に描かれている。エルフとドラゴンが殺しあう光景を見て、エラゴンはふるえた。戦いは壁面に何メートルも続き、先へ進むにしたがって描写がどんどん残酷になる。やがて、ようやく闇が晴れ、崖っぷちにひざまずく若いエルフの姿が現れた。手には白いドラゴンの卵をもっている。

「これは……?」エラゴンはつぶやいた。

「そう、初代ライダー、エラゴン。実物そっくりだ。彼は職人の前にすわって、肖像を描かせてくれたからね」

エラゴンは引きよせられるように前へ進み、自分の名の由来となったエルフの顔に見入った。想像していた顔よりずっと若かった。つりあがった目が、鉤鼻《かぎばな》と細いあごをのぞきこむようについていて、それが気性の激しさを感じさせる。異種族の、自分とは似ても似つかない顔……だが、緊張したようにいからせた肩を見ると、自分がサフィラの卵を見つけたときの気持ちがよみがえってくる。きみとぼくは、そんなにちがわないのかもしれない、エラゴンは冷たいエナメルをさわりながら、そう思った。もしぼくの耳がきみのと同じようにとがったら、時をこえて、ぼくらは本物の兄弟になる……教えてくれないか、きみはぼくのしていることに賛成できるかい？　エラゴンは、このエルフと自分が、少なくともひとつだけ同じ選択をしたことを知っていた——どちらも卵を守ったのだ。

扉が開いて閉じる音がして、ふり返ると、回廊の奥にアーリアの姿が見えた。アーリアは、長老会議と対峙《たいじ》したときに見せたのと同じ、まったくの無表情で、壁画に目をやりながら近づいてくる。それがどんな特異な感情にしろ、この状況をこころよく思っていないのだという気がした。

アーリアは頭を軽くさげた。「グライムストボリス（族長）」

「アーリア」

「エラゴンにあなたの神話をふきこんでいたのですか？」

ガネルは鼻で笑った。「自分の属する社会の教義を理解するのは、当然のことだ」

「理解するのと信じることは、意味がちがいます」アーリアはアーチ道の柱を指でさわった。「そして、そうした信仰を伝える者がかならずしも、物質的利益より崇高なものを求めてそうしている……というわけでもない」

「きみは、同胞エラゴンに心のよりどころをあたえようという、わが部族の犠牲的行為を否定するのかね?」

「なにも否定しません。ただ、あなたたちの富が、貧しい者、飢える者、住む家のない者、あるいはヴァーデンへの物資を買うために使われたなら、どれぐらいの価値が見いだせたでしょうか、とおたずねしているだけです。そうではなく、あなたは、ご自身の願望の記念碑をつくるために、それらの富をつぎこまれた」

「だまりなさい!」ドワーフは拳をかためた。頬がまだらに赤らんでいる。「わたしたちがいなければ、作物は干からびて枯れてしまう。川や湖は氾濫《はんらん》する。部族は一つ目の怪物を産むようになる。神の怒りで、天空そのものが粉みじんになってしまうだろう!」

アーリアは笑った。

「われわれの祈禱《きとう》と礼拝のみが、それらが起こることをふせいでいるのだ。もしヘルツヴォグがいなければ――」

口論の内容は、じきにエラゴンの耳に入らなくなった。アーリアがクアン族のなにを批判しているのかは、言い方があいまいすぎてよくわからないが、ガネルのいささか的はずれに思える返答から察すると、アーリアは暗に、ドワーフの神は存在しないと主張しているようだ。聖堂に足を運ぶすべてのドワーフの信仰心を疑い、彼らの伝説の欠陥を指摘しているのだ――それも、すこぶるにこやかに、ていねいな口調で。

数分ののち、アーリアは手をあげてガネルの言葉をとめた。「グライムストボリス（族長）、そこがわたくしたちのちがいです。あなたは、真実であると信じているものに――真実であるとは証明できないのに――身をささげていらっしゃる。その部分で、わたくしたちは、同意できないといわざるをえなくなるのです」アーリアはエラゴンにむき直った。「アズ・スウェルデン・ラク・アンフーイン族が、あなたのことで市民を扇動しています。ターナグを出るまで、あなたは館から出ないほうがいいとウンディンが。わたくしも同じ意見です」

エラゴンはためらった。本当はもっとセルベデイルのなかを見てみたかったのだ。しかし、不穏な空気があるのだとしたら、自分はサフィラのそばにいたほうがいい。

エラゴンはガネルに頭をさげ、わびの言葉を告げた。「きみがあやまることはない、シェイドスレイヤー」族長はそういって、アーリアをにらんだ。「すべきことをするといい。きみにグンテラのご加護のあらんことを」

　エラゴンとアーリアは十数人の兵士たちに守られて聖堂をはなれ、町の通りを歩きだした。歩いていると、下の階層から興奮した群衆の野次が聞こえてきた。近くの屋根をこえて、小石が飛んでくる。なにかが動くのが見え、目をやると、町のはずれに黒い煙が立ちのぼっていた。

　館に着くと、エラゴンは自分の部屋へ駆けもどり、鎖帷子《くさりかたびら》をつけ、すね当てと腕甲をしめ、革の頭巾とフード、兜《かぶと》をかぶり、盾をつかんだ。そして荷物と鞍袋《くらぶくろ》をもって中庭に走り、サフィラの右前足にもたれてすわりこんだ。

〔ターナグは、アリの巣をひっくり返したような騒ぎだ〕サフィラがいった。

〔噛《か》まれたくないね〕

　アーリアもまもなくエラゴンとサフィラに合流し、完全武装したドワーフ五十人も、中庭の中央に集まってきた。ドワーフたちは、施錠された門や背後の山に目をやったり、低い声で雑談したりしながら、なにげない顔で配置についている。

「彼らは」アーリアがエラゴンのとなりにすわっていった。「暴徒たちにじゃまをされて、わたくしたちが舟まで着けなくなることを恐れているのです」

「そうなったときは、サフィラが空を飛んで運んでくれますよ」

「スノーファイアも？　ウンディンの衛兵も？　それはムリです。もしじゃまされれば、ドワーフたちの暴動がおさまるまで、わたしたちはここで待たなければならなくなる」アーリアは暮れゆく空を見つめた。「あなたが多くのドワーフをおこらせたのは残念ですが、さけられないことだったのかもしれません。彼らは昔から争いごとを好むのです——ひとつの部族をよろこばせれば、べつの部族の怒りを買うことになる」

エラゴンは鎖帷子《くさりかたびら》のすそをいじりながらいった。「ぼくがフロスガーの申し出を受けなければよかったんだ」

「ええ、そうです。ナスアダのときも。ただ、あなたは唯一、実行可能な選択をしたのだと思います。あなたの落ち度ではありません。落ち度があるとすれば、それはフロスガーにある。そもそも、あなたにあのような申し出をしたのが悪い。それによって生じる波紋に、気づくべきだったのです」

何分か沈黙の時間が流れた。兵士が五、六人、ひざの曲げのばしをしながら中庭を歩きまわっている。エラゴンはたずねた。「ドゥ・ウェルデンヴァーデンに、あなたの家族はいるんですか？」

アーリアがこたえるまでしばらくかかった。「親しくしている者はおりません」

「それは……どうして？」

アーリアはまたためらってからこたえた。「彼らは、わたくしが女王の特命公使になることに反対だったのです。不適当なことであると。わたくしは彼らの反対を受けつけず、肩にはヤーウィ（信頼の証拠）の刺青《いれずみ》をつけていました。それはつまり、わたくしの忠誠心が家族ではなくわが種族のためにこそあるという意味——ブロムから受けとったあなたの指輪と同じです。家族は二度とわたくしと会うつもりはないのです」

「でも、それは七十年前の話でしょう？」エラゴンは反論した。

アーリアは髪のベールで顔をかくし、エラゴンから目をそらした。家族から追放され、まったく異なる二種族のもとで暮らす——エラゴンは、それが彼女にとってどんなことだったのか想像し、こんなふうに打ちとけないのも無理はないのだと気づいた。「ドゥ・ウェルデンヴァーデンの外に、あなた以外のエルフはいないんですか?」

アーリアは顔をかくしたままこたえた。「エレズメーラからの使節は、わたくしをふくめて三人でした。いつもフェオリンとグレンウィングといっしょに、サフィラの卵をドゥ・ウェルデンヴァーデンとトロンジヒームに運んでいました。でも、ダーザに待ちぶせされたとき、わたくしだけが生き残ったのです」

「彼らはどんな人だったんですか?」

「誇り高き戦士です。グレンウィングは、心で鳥と会話するのが好きでした。森のなかで鳥たちにかこまれ、何時間でも歌声を聞いていました。そのあと、わたくしたちに美しいメロディーをうたって聞かせてくれるのです」

「フェオリンは?」アーリアはその問いにかんしては、弓をきつくにぎりしめただけで、こたえようとしなかった。エラゴンはすかさず、ほかの話題をさがした。「ガネルのことは、なぜあんなに嫌うんです?」

アーリアが急にむき直り、エラゴンの頬をやわらかい指でなでた。

エラゴンはびくっとした。

「それは、べつの機会に話しましょう」彼女はすっくと立ちあがり、中庭の反対側に移動していった。

エラゴンは呆然《ぼうぜん》とそのうしろ姿を見送った。〔わけがわからないや〕と、サフィラの腹によりかかる。

サフィラは愉快そうに鼻を鳴らすと、首と尾でエラゴンを包むように丸くなり、あっというまに眠ってしまった。

谷に闇がおりはじめても、エラゴンは必死で眠気をこらえていた。ガネルのペンダントをとりだし、何度か魔法で調べてみたが、司祭の防護の呪文以外にはなにも見つからない。あきらめて、ペンダントをチュニックの下にもどし、盾を頭の上に引きよせ、夜が過ぎるのを待つことにした。

空が朝日に色づきはじめたころ――谷間はまだ暗く、昼ごろまで明るくはならないが――エラゴンはサフィラを起こした。ドワーフたちはすでに目を覚まし、あわただしく武器を身につけている。これから、足音をしのばせてターナグの町をおりていくのだ。ウンディンに指摘され、エラゴンはサフィラの鉤爪《かぎづめ》とスノーファイアの蹄《ひづめ》にも布を巻きつけた。

準備がととのうと、エラゴン、サフィラ、アーリアのまわりに、ウンディンと兵士たちが集まった。門が注意深くあけられ——蝶番《ちょうつがい》も音をたてないよう油がさされている——湖にむかって出発した。

ターナグの町にはまったく人気がない。住民たちは、がらんとした通りにならぶ民家のなかで、なにも知らずぐっすり眠っているようだ。まれに行きあうドワーフたちは、彼らを見て声も出せず目を丸くして、薄明かりにただよう幽霊のようにそそくさと逃げていく。

各階層の門では、衛兵がものもいわず一行を通してくれた。彼らはあっというまにターナグの段丘をおり、ふもとの荒地を歩いていた。そこをこえると、灰色の静かな湖の岸にある石の桟橋に出た。

湖岸で彼らを待っていたのは、二艘《そう》の幅の広いいかだ舟だった。三人のドワーフが一艘めに乗り、四人が二艘めに乗っている。彼らはウンディンの姿が見えると、いかだの上で立ちあがった。

エラゴンはドワーフたちと協力して、スノーファイアに足枷《あしかせ》をかけ、目かくしをした。いやがる馬をなだめて二艘めの舟に乗せると、ひざ立ちにして動けないようにしばりつけた。サフィラは桟橋から湖にすべりおり、湖面から頭だけ出して泳ぎはじめている。

ウンディンがエラゴンの腕をつかんでいった。「きみとはここでお別れだ。同行するのは、わが部族いちばんの優秀な兵士たちだぞ。ドゥ・ウェルデンヴァーデンに着くまで、きみをしっかりと守ってくれるはずだ」エラゴンが礼を告げようとすると、ウンディンが首をふった。「いやいや、これは感謝されるようなことではない。わしの義務だ。アズ・スウェルデン・ラク・アンフーイン族の憎しみのせいで、きみの滞在を興ざめにしてしまったことだけが悔やまれてならんよ」

エラゴンは頭をさげ、オリクとアーリアとともに一艘《そう》めの舟に乗った。もやい綱がほどかれ、ドワーフたちが長い棒でいかだ舟を湖におしだした。夜明けが近づくころ、二艘の舟は、あいだに泳ぐサフィラをはさみ、アズ・ラグニ川との合流点へむかって進んだ。

15

夜のダイヤモンド

帝国がおれの故郷《ふるさと》を汚した。

前夜の決闘で負傷した男たちの、苦しみもだえる声を聞きながら、ローランは思った。恐怖と怒りで身をふるわせているうち、全身に悪寒が走った。頬だけが熱く、呼吸が荒くなってくる。彼は悲しかった……ラーザックの仕打ちで、自分のこども時代の汚れなき城がおかされてしまったようで、たまらなく悲しかった。

治療師のガートルードに負傷者たちの手当てをまかせ、ホーストの家にむかって歩いていると、民家のあいだをふさぐ即席の砦《とりで》が目に入ってきた。板、酒樽《さかだる》、積みあげた石。そしてラーザックの爆破でふきとんだ馬車が二台、ばらばらに散らばっている。なにもかも、あわれなほどもろく見えた。

わずかに通りを行く村人は、ショックと愁いと憔悴《しょうすい》で、目がどんよりとしている。

ローラン自身も、いまだかつて味わったことがないほど憔悴《しょうすい》しきっていた。おととい
の夜から眠っていないし、戦いで腕と背中が痛んでいる。
ホーストの家に入ると、エレインがあけはなった食堂の戸の前に立ち、なかでかわ
される激しいやりとりに耳をかたむけていた。エレインはローランに手まねきをし
た。
ラーザックの反撃を食いとめたあと、カーヴァホールのおもな村人たちが部屋にこ
もって討論している。村はこの先どうすべきか、最初に敵対行為に出たホーストと仲
間たちを処罰すべきか、議論は朝からずっと続いている。
ローランは部屋をのぞいてみた。長いテーブルをかこんで、バージット、ロリン
グ、スローン、ゲドリック、デルウィン、フィスク、モーン、ほかにもたくさんすわ
っている。テーブルの奥には、ホーストが議長としてすわっている。
「……だから、あれは無謀で愚かな行為だったといってるんだ！」キゼルトが骨ばっ
たひじをテーブルにつき、身を乗りだしていう。「わざわざ村を危険におとしいれる
ようなことを――」
モーンが手をふった。「それは何度も話したことだ。なにがあったか、なにをすべ

きだったかは、問題じゃない。おれだって気持ちは同じさ——クインビーはだれにも増しておれの友だちだったんだ。それに、あの怪物がローランになにをするかと思うと、ふるえが来る。でも……でも、おれが今いちばん知りたいのは、どうすりゃこの窮地からぬけだせるかってことだ」

「かんたんだ。兵士を殺しゃいい」スローンが吠える。

「で、そのあとは？　兵士なんか、いくらでも送られてくる。おれたち全員が、深紅の軍服の海で溺れ死ぬまでな。たとえローランを引きわたしても、いいことはなにもないさ。ラーザックがいったことを聞いたろう？　ローランをかくまえばおれたちは殺され、そうじゃなくても奴隷にされる。あんたはどう思うか知らんが、おれは奴隷で一生送るくらいなら、死んだほうがましだ」モーンは口を真一文字に結び、かぶりをふった。「どのみち生きのびる道はないんだ」

フィスクが身を乗りだした。「逃げるって手がある」

「逃げ道なんてどこにもないだろ！」キゼルトがぴしゃりといい返す。「うしろはスパイン、道は兵士たちにふさがれている。それをこえたって、先は帝国だ」

「全部おまえのせいだ」セインがホーストを指さしてさけんだ。「おまえのせいで、おれたちの家は焼かれ、こどもたちは殺されるんだ。おまえのせいだ！」

ホーストがいきなり立ちあがり、椅子がうしろにひっくり返った。「おまえの誇りはどこへ行った？　戦いもせず、だまってやつらに食われるつもりか？」

「ああ、自殺するしかないというならな」セインはテーブルのまわりをにらみつけると、席をけって、ローランの前をすりぬけてでていった。その顔はまじりけのない恐怖心でゆがんでいた。

ゲドリックがローランに気づき、部屋にまねきいれた。「さあ、こっちへ来なさい。みんな、ずっとおまえさんを待ってたんだ」

ローランはいくつものきつい視線にさらされ、両手をにぎりしめた。「おれはどうすれば？」

「たぶん」ゲドリックがいった。「ここのみんなは、おまえさんを帝国に引きわたしても、状況は好転しないということで合意してるはずだ。たとえ合意していなくても、もはやそれでどうなるという話じゃない。今おれたちにできるのは、次の攻撃にそなえることだけだ。ホーストが槍《やり》の穂先や、時間があればほかにも武器をつくってくれる。フィスクは盾をつくるといってくれた。さいわい、彼の作業場は焼かれずにすんだからな。それと、防御の作業を監督する人間が必要だ。おれたちは、それをおまえさんにやってもらいたいと思っている。補佐はおおぜいつけるさ」

ローランはうなずいた。「精いっぱいがんばるよ」

モーンのとなりでタラが、亭主を見おろすように立ちあがった。タラは白髪まじりの黒髪の大柄な女だ。たくましい手で、鶏の首をひねるのと同じぐらいかんたんに、もめる男たちを引きはなしてしまう。「ローラン、ほんとにしっかりやっとくれよ。もう葬式はごめんだからね」タラはホーストを見ていった。「いろいろとはじめる前に、亡くなった人たちを埋葬しなきゃ。それに、こどもたちを安全なところに避難させたほうがいい。ノストクリークのコーリーの農場がいいよ。エレイン、あんたも行くんだよ」

「わたしはホーストのそばにいるわ」エレインがおだやかにこたえた。

タラがいらだっていう。「ここには妊娠五か月の女がいる場所なんてないよ！　今みたいに走りまわってたら、おなかの子がだめになっちまう」

「なにがどうなってるかわからず心配してるほうが、ずっと体に悪いわ。だいじょうぶ、わたしは息子をふたりも産んでるのよ。あなたやほかの奥さんたちと同じように、わたしもここに残ります」

ホーストがテーブルをまわってきて、やさしい顔でエレインの手をとった。「おれのそば以外の場所に、おまえを行かせたりしないさ。だが、小さなこどもたちは避難させないとな。コーリーなら、ちゃんとめんどうをみてくれるだろう。農場までの道のりは、危険がないようしっかり確認しないとならんな」

「それだけじゃない」ロリングがしわがれ声でいった。「おれたちはだれひとりとして――コーリー以外の――ノストクリークの連中とかかわってはいかんぞ。彼らの助けを期待してはならん。化け物どもが、彼らまでめんどうに巻きこまんように」

全員がロリングの言葉に納得し、話しあいは終わった。参加者はそれぞれに散っていった。しかし、いくらもたたないうちに、彼らや、ほかの多くの村人たちが、ガートルードの家の裏の、小さな墓地へ集まってきた。墓の前には、白い包帯でくるまれた骸《むくろ》が十体置かれていた。それぞれの冷たい胸には、ヘムロックの小枝がのせられ、首には銀の魔よけの首輪がかけられている。

ガートルードが前に立ち、男たちの名前を読みあげた。「パー、ワイグリフ、ゲッド、バードリック、ファロルド、ヘイル、ガーナー、ケルビー、メルコルフ、アルベン」死者たちの目の上に黒い小石をのせると、ガートルードは両腕を高くあげ、顔を空にむけ、ふるえる声で哀悼の歌をうたいはじめた。閉じた目のふちに涙をにじませ、村人たちの悲しみを嘆き、悼むように、太古からの言葉を高く低く詠じる。それはこの世と闇と、人間が永遠にのがれることのできない惜別をうたった歌だった。

最後の調べが消えて静寂がおとずれると、遺族たちは失った家族の功績をたたえた。

こうして、亡骸《なきがら》は埋葬された。

遺族たちの言葉に耳をかたむけながら、ローランはふと名前のない塚に目をとめた。三人の兵士が埋められている場所だ。ひとりはノルファヴレルに、ふたりはローランに殺された男たちだ。

ふりおろした槌《つち》の下で、筋肉や骨が……くだけ……つぶれるときの、本能的な衝撃を、彼はいまだに覚えている。ローランは胃の腑《ふ》がこみあげるのを感じ、おおぜいの前で吐かないよう懸命にこらえた。おれが彼らの人生を断ち切ったんだ。人を殺すことになるとも、殺したいとも、夢にも思ったことがないのに、カーヴァホールのだれよりも多くの人を殺してしまった。ローランは、自分の額に血の刻印がおされているような気がした。

ローランはカトリーナと話すこともせず、足早に墓地を去り、カーヴァホールが一望できる高みまでのぼって、村を守るための最善策を考えた。村に防御線をめぐらせたいが、あいにく家々ははなれすぎていて、家のあいだをつないで砦《とりで》のようにすることはできない。兵士たちが民家の塀をよじのぼって庭に侵入してくるのはさけたい。村の西側はアノラ川が守ってくれる。だが、ほかの部分から入ってこられたら、こどもひとり守ることもできない……たった数時間で、どうやって強固な砦をつくることができるだろう？

ローランは村の中心部へ駆けおり、声をはりあげた。「手のあいてる者にたのみたい！　木を切りだすのを手伝ってほしい！」じきに家や通りから、男たちがぽつぽつと現れはじめた。「たのむ！　もっと手が必要なんだ！」ローランは男たちの数がふえるのを待った。

ロリングの息子のひとり、ダーメンがローランの横にぴたりと立った。「どんな計画なんだ？」

ローランはみんなに聞こえるよう大声でいった。「カーヴァホールに壁をつくりたいんだ。壁は厚ければ厚いほどいい。大きな木を横だおしに置いて、枝を鋭くとがらせる。そうすれば、ラーザックも乗りこえるのに時間がかかると思うんだ」

「木はどれくらい必要なんだ?」オーヴァルがたずねた。

ローランは口ごもり、頭のなかで村の円周をはかった。「少なくとも五十本はいる。六十あればなおいい」

男たちは毒づき、文句をいいはじめた。

「待ってくれ!」ローランは集まった男たちの数をかぞえてみた。四十八人いる。「みんながそれぞれ一時間で一本の木を切りたおせば、それでだいたい終わる。やれないかな?」

「おまえ、おれたちをなんだと思ってるんだ?」オーヴァルがいい返した。「一時間で一本切ったのは、十のガキのころだぞ!」

ダーメンが提案した。「イバラも使えるんじゃないか? とげのあるツルを木にたらしておくんだ」

ローランは笑った。「いいアイデアだ。それと、切った木を馬に引かせなきゃならないから、息子のいる人は馬具をつけるようにたのんでくれ」

男たちは返事をして、作業に必要な斧《おの》やノコギリをとりにもどっていった。

ローランはダーメンの前で立ちどまっていった。「くれぐれも枝ははらわないようにな。じゃないと、防御柵にならないから」

「おまえはどこに行く?」ダーメンがたずねた。

「べつの防御線をつくりに」ローランは彼らと別れ、クインビーの家へ走った。

なかでは、夫に先立たれたバージットがいそがしそうに窓に板を打ちつけていた。

「なんだい?」バージットがローランをふり返っていう。

ローランは木の砦《とりで》の計画を手短に説明した。「それで、木の壁の内側に壕《ごう》を掘りたいんだ。敵の侵入をすこしでも遅らせるために。その底に、とがった棒をさしておければ、もっといい――」

「なにをいいたいんだい、ローラン?」

「女性やこどもたちや、手のあいてる人みんな集めて、あんたに指揮してほしいんだ。おれひとりではとても手がまわらないし、時間が……」ローランはバージットの目をまっすぐ見つめた。「お願いだ」

バージットは眉をひそめた。「なんであたしにたのむのさ?」

「それは、あんたもおれと同じくらい、ラーザックを憎んでるからだ。どんなことをしてでもあいつらをとめたいと思ってる、それがわかるからだ」

「なるほどね」バージットはつぶやいた。そして、パンッと手をたたいていった。「わかった、あんたのいうとおりにするよ。でもね、ギャロウの息子ローラン、あたしはぜったい忘れないよ、うちの亭主に悲劇をもたらしたのは、あんたとあんたの家族だってことをね」バージットはローランがこたえる前に、つかつかと立ち去っていった。

ローランはバージットの敵意を冷静に受けとめた。失ったものの大きさを思えば、当然のことだ。絶交を宣言されなかっただけでも、ありがたいと思わなければならない。ローランはかぶりをふり、村の大通りへ走った。

そこはカーヴァホールに通じる本線であり、いちばん侵入されやすい場所だ。守りはとくに厳重にしなければならない。こんどはラーザックに道を爆破させるわけにはいかない。

ローランはバルドルの手を貸りて、道を横切る溝を掘りはじめた。「もうすこししたら行かなきゃならないんだ」バルドルはつるはしをふりおろしながらいった。「おやじに鍛治場を手伝ってくれっていわれてるから」

ローランは顔をあげず、返事のかわりにうなった。つるはしをふるっていると、頭のなかに、またも兵士たちの記憶がよみがえってくる。槌《つち》をふりおろしたときの兵士たちの顔、そして、あの感触。腐った切り株を打ちくだいたかのような、忌まわしい感触。こみあげる吐き気に手をとめたとき、カーヴァホールじゅうのざわめきを感じた。村人たち全員が、次の襲撃にそなえているのだ。

バルドルがいなくなったあと、ものの深さまでの溝をひとりで掘りおえ、ローランはフィスクの作業場へ走った。大工のフィスクに貯蔵用の干した丸太を五本ゆずってもらい、大通りまで馬に引かせてもどった。そして、道を行きどまりにするため、掘った溝に丸太を立てて埋めこんだ。丸太がしっかり立つようにまわりを土でかためているところへ、ダーメンが走ってきた。

「木を切ってきたぞ。今みんなが壁をつくってる」

ダーメンについて村の北側へ行ってみると、十二人の男たちが青々としたマツの木を四本、一列にならべていた。運搬係の男たちは、若い少年のムチのもと、馬を引いてふもとまでもどっていく。「ほとんどの男たちが丸太を運ぶほうにまわってる。助っ人がふえたんだ。おれのいないあいだに、森の木を全部切りたおすことに決めたらしい」

「いいさ、丸太はいくらでも使える」

ダーメンはキゼルトの畑のはしに積まれたイバラの山を指さした。「アノラの川べりでとってきたんだ。好きなように使ってくれ。もっとさがしてくるよ」

ローランは礼がわりにダーメンの腕をポンとたたき、村の東側へむかった。

そこでは女、こども、男たちが長くうねった列をつくって、壕《ごう》を掘っている。バージットが司令官のように指示を出したり、みんなに水をくばったりしている。壕は幅一・五メートル、深さ六十センチほどにまでなっている。

ひと息ついたバージットに、ローランが声をかけた。「こんなにできてるなんて、おどろいたよ」

バージットは彼のほうを見ず、髪をうしろにはらっていった。「最初に地面に鋤《すき》を入れたのさ。そのほうがはかどるから」

「おれにもショベルをかしてくれるかい?」ローランはきいた。

バージットは壕のはしに積まれた道具の山をさした。

ローランはそこへ歩きながら、作業する人々の背中に目を走らせた。ちょうど真ん中あたりで、カトリーナの赤褐色の髪が光っている。そのとなりでスローンが、やわらかい土にがむしゃらにショベルをつきさしている。まるで地面という皮膚を切り裂いて、その裏の土を引きはがし、筋肉をもあらわにしようとしているかのようだ。彼の目は血走り、歯はむきだしになり、眉間には深いしわがよっている。唇が泥でよごれるのもかまわないようだ。

ローランはスローンの形相を見て身ぶるいをし、目をあわさないように顔をそむけた。ショベルをつかみ夢中で穴を掘り、肉体を酷使することで不安をふりはらおうとした。

食事や中休みもとらず、次々と作業に駆けずりまわるうちに一日が過ぎていった。壕《ごう》は長く、深くなり、村の三分の二をかこんで、アノラ川の土手に達するまでになった。掘り返した土は壕のふちに積みあげられた。これで、飛びこえることもよじのぼることも、やりにくくなるだろう。

丸太の壁も昼すぎにはできあがった。ローランもかぞえきれないほどの木の枝をとがらせる作業を手伝った。何本もの枝をなるべくかさねあわせ、連結させ、最後にイバラの網をかぶせる。

アイヴァーたち農夫が家畜を村に避難させたりするときは、丸太をよけて通してやらなければならなかった。

夜までには、ローランが期待していた以上に、強固で広範囲にわたる要塞ができあがったが、それでも完成までにはまだ数時間が必要だった。

ローランは地面にすわり、疲れでかすむ目で空の星を見つめながら、パンをかじっていた。だれかに肩をたたかれ、ふり返るとアルブレックがいた。

「ほら」アルブレックがさしだしたのは、ノコで切った板を釘《くぎ》でとめただけの荒けずりの盾と、百八十センチの長さの槍《やり》だ。ローランはそれをありがたく受けとり、アルブレックはほかの者たちにも槍と盾をくばりに行った。

ローランは重い腰をあげ、ホーストの家に槌《つち》をとりに行って完全武装すると、バルドルら三人が監視を続ける大通りの砦《とりで》へもどった。

「休憩をとるときは起こしてくれ」ローランはそういって、近くの家の軒下の草の上にころがった。暗がりでも手のとどく場所に武器を置き、胸さわぎをおさえつつ目を閉じる。

「ローラン!」右の耳にささやきが聞こえた。

「カトリーナ?」なんとか体を起こす。

カトリーナがランタンのフタをあけるとき、ねじが太ももにあたり、ローランは目をぱちくりさせた。

「こんなところで、なにをやってるんだ?」

「あなたに会いたかったの」青白い顔のなか、謎めいた大きな目が、夜の闇にかげって見える。カトリーナは彼の腕をとり、バルドルたちに声が聞こえないよう、家のポーチへとみちびいていった。そして彼の頬に両手をそえて、そっとキスをした。

でもローランは疲れと苦悩が大きすぎて、彼女の愛情にこたえることができない。

カトリーナは身を引いて、彼をじっと見つめた。「ローラン、どこかおかしいの?」

笑いたくないのに笑いがどっとこみあげた。「どこかおかしい? おかしいのは世の中さ。落っこちそうな額ぶちみたいに、この世の中がかたむいちまったんだよ」ローランはにぎった拳をみぞおちにぎゅっとおしあてた。「それに、おれもおかしい。気をゆるめるとすぐ、槌《つち》で殴りつけてやった帝国兵の顔が目に浮かぶんだ。おれが殺した男たちだよ、カトリーナ。あの目……目を思い出すんだよ！　やつらは自分が死ぬことを知っていた。なのに、どうすることもできなかったんだ」ローランは暗闇のなか、ふるえていた。「彼らは知っていた……おれだって……なのに、殺さなきゃならなかった。どうしても――」熱い涙が頰を伝い、言葉が続かなくなる。

ここ何日かのショックに耐えかね、泣きくずれるローランを、カトリーナは頭を抱いてやさしくゆらした。彼はギャロウとエラゴンのために泣いた。パーとクインビーと、死んだ何人もの男たちのために泣いた。自分のために泣き、カーヴァホールの運命を思って涙した。感情の波が完全に引いて、大麦の殻のようにひからびてからっぽになるまで、彼は泣き続けた。

無理やり深呼吸をして、カトリーナを見ると、その目にも涙があふれていた。ローランは親指で彼女の涙をふいた。夜のダイヤモンドのような涙を。「カトリーナ……いとしい人」彼はもう一度、嚙《か》みしめるようにいった。「いとしい人。きみにあげられるものは、愛しかない。それでも……きかせてくれ。ぼくと結婚してくれないか？」

おぼろげなランタンのあかりのなか、カトリーナの顔に、純粋なよろこびとおどろきが駆けぬけた。それから、ためらいと困惑の色が浮かんだ。

スローンのゆるしなしに、彼女に同意を求めるのは、悪いことだとわかっている。けれど、ローランはそんなことはもうどうでもかまわないと思った。カトリーナとふたりで生きてゆけるのか、どうしても今きかなければならなかった。

やがて、彼女は静かにこたえた。「ええ、ローラン、結婚します」

16 暗雲

その夜、雨が降りだした。

いくえにもふくらんだ雲がパランカー谷をおおい、山々に腕を広げてしがみつき、あたりはどんよりとした冷たい靄《もや》に包まれていた。ローランは雲がその中身を吐きだすのを、家のなかから見ていた。木々には灰色の雨の糸が打ちつけ、葉がしぶきを飛ばし、村の周囲に掘った壕《ごう》は泥水があふれ、屋根やひさしを容赦なくたたいている。なにもかもが豪雨にかすんでいる。

翌日の午前中には嵐のいきおいはおとろえたが、靄に濾過《ろか》されたような霧雨がたえまなく降り続いている。雨は、大通りの砦《とりで》の監視についたローランの髪や服を、たちまちずぶ濡れにした。立てた丸太のかげにしゃがみこみ、ローランはマントの雨をはらい、フードをできるだけ目深にかぶって、寒さを考えまいとした。

天気の悪さとは裏腹に、ローランの心は舞いあがっていた。カトリーナにいい返事をもらえたからだ。ぼくたちは婚約したんだ！　世の中の欠けていた一片がしっくりおさまったかのような、あるいは、自分が不死身の戦士としてみとめられたかのような心持ちだった。ふたりの愛にくらべれば、兵士もラーザックも帝国も、どれほどのものだ？　まだ燃えてもいない、ただの火口《ほくち》にすぎないじゃないか。

だが、幸福感にひたろうとしても、頭を占めるのは、自分のなかでにわかにもっと深刻な問題となったことだった。ガルバトリックスの怒りがカトリーナに降りかからないと、どうしていえるだろう？　寝ても覚めてもそのことしか考えられない。いちばん安心なのは、カトリーナをコーリーの農場へ避難させることだ。ローランはかすむ道に目をこらしながら思った。けれど、彼女はぜったいに行きたがらないだろう……スローンがそうしろと命じないかぎり。でも、ひょっとして、スローンを説得することはできるかもしれない。スローンだって、おれと同じぐらい、彼女を危険から遠ざけておきたいと思っているはずだ。

スローンに交渉する手立てを考えているうちに、雲がふたたび厚くなり、雨がまた強くなった。水たまりは雨粒にピシピシたたかれてたちまち息をふき返し、水しぶきはおどろいたバッタのように水面ではねている。

空腹を感じたローランは、監視をロリングの末息子ラーンにまかせ、昼食を求めて家々の軒づたいに駆けていった。角にさしかかったとき、家のポーチにいるアルブレックを見て、はたと足をとめた。何人かの男たちと激しく口論をしている。

リドリーがわめいた。「……おまえの目がおかしいんだよ――そのハコヤナギのかげにかくれて行けば、見つかるわけがない！　おまえがアホな道を通ったんだよ」

「じゃあ、自分でまず通ってみろよ」アルブレックがいい返す。

「おう、いいともさ！」

「あとで矢を射かけられた感想を聞かせてもらわないとな」

「おれたちはな」セインがいう。「おまえみたいなのろまじゃねえんだよ」

アルブレックは歯をむきだして食ってかかる。「おまえのいってることは、頭んなかと同じで腐ってる。見たこともない草のかげを歩かせるなんて、おれは家族にそんな危険なまねをさせるほどバカじゃない」

セインの目が見開き、顔はまだらに赤黒くなった。

「なんだよ？」アルブレックがあざけるようにいう。「おまえ、いい返せないんだろ?」

セインがウォーッとさけんで、アルブレックの頰を拳で殴りつけた。

アルブレックは「おまえの腕力は女と変わらんな」と笑い、セインの肩をつかんで、ポーチから地面へ投げ飛ばした。

セインは気絶して、ぬかるみで横たわった。

ローランは槍《やり》を竿《さお》のようにもって、アルブレックの横に飛びだし、リドリーやほかの男たちがかかってくるのをとめた。「もうやめろ」ローランはどなりつけた。「戦う相手がちがうだろう！　アルブレックとセインとどっちが罰金を払うべきかは、集会を開いて、仲裁人たちに決めてもらえばいい。でも、それまでは、内輪もめはやめておけ」

「おまえはいいさ」リドリーが吐きすてるようにいった。「女房こどもがいないから、そんなことがかんたんにいえる」リドリーはセインを立たせ、ほかの男たちと引きあげていった。

ローランはアルブレックと、右目の下に広がる青あざをじっとにらんだ。「原因はなんだ?」

「じつは――」アルブレックが顔をしかめ、あごを手でこする。「ダーメンといっしょに偵察に行ったんだ。ラーザックは、まわりの丘に何人か見張りを立たせてた。アノラ川と谷一帯を見わたせるところにいるんだ。おれたちひとりやふたりなら、うまくすれば気づかれずにすりぬけられるかもしれない。でも、こどもたちをコーリーの農場まで移動させるなんて、とても無理だ。兵士たちを殺さないかぎり。たとえそうしたにしろ、ラーザックに行き先を教えるも同然だ」

ローランは極度の不安が、毒のように全身にまわるのを感じた。どうすればいいんだ？　破滅の予感にむかつきを覚えながら、彼はアルブレックの肩を抱いた。「行こう。ガートルードに手当てしてもらわないと」

「いいんだ」アルブレックはローランの手をふりほどいた。「彼女のところには、もっと大変な患者がいる」彼は湖に飛びこむかのように思いきり息を吸い、どしゃぶりのなか鍛冶屋の作業場へ駆けていった。

ローランは彼のうしろ姿を見送り、かぶりをふって、家に入った。

エレインが何人かのこどもたちと床にすわりこみ、大量の槍《やり》の穂先を、やすりや砥《と》石《いし》でといでいた。

ローランは手をふってエレインをべつの部屋に呼び、アルブレックのことを話して聞かせた。

エレインは悪態をつき――彼女がそんな言葉を使うのを初めて聞いたので、ローランはおどろいた――彼にたずねた。「それで、セインは絶交を宣言してきそうなの？」

「かもしれない」ローランはみとめた。「おたがいにののしりあってたけど、アルブレックの言い方のほうがひどかった……先に手を出したのはセインだけど。でも、こっちから絶交を宣言することだってできるよ」

「バカげてるわ」エレインはきっぱりといって、肩にショールを巻きつけた。「そんな口論は、仲裁人が解決してくれる。罰金を払えっていうなら、そうするわ。血で血を洗う争いなんてまっぴらだもの」エレインはとぎおえた槍《やり》の穂先をもって、玄関を出ていった。

ローランは困惑したまま、キッチンでパンと肉を見つけて食べ、こどもたちの〝穂先とぎ〟の手伝いをはじめた。やがて母親のひとり、フェルダが来てくれたので、こどもたちの世話をまかせ、村の大通りへ引き返した。

泥のなかにうずくまっていると、雲間からふと一条の光がさしこんで、降りしきる雨を照らしだした。雨のひと粒ひと粒が、水晶のきらめきのように輝いている。ローランは畏敬の念に打たれ、顔に雨があたるのもかまわずその光景に見入った。雲の切れ間はしだいに広くなり、やがてパランカー谷の西の空四分の三ほどに巨大な入道雲が浮かび、反対側に真っ青な空が現れた。もくもくとわく雲と太陽の角度のせいで、雨に濡れる景色の片側だけがきらきら光り、もう片方の景色は濃い影に彩られている。畑も茂みも木々も川も山々も、異様なほどあざやかだった。まるで世の中のものすべてが、つやつやと光る金属の彫刻に変貌をとげたかのようだ。

そのとき、ローランの目がなにかの動きをとらえた。下を見ると、道ばたに兵士がひとり、鎖帷子《くさりかたびら》を氷のように光らせて立っている。兵士はカーヴァホールをとりまく要塞にしばしあぜんとして、きびすを返し、金色の靄《もや》のなかへ走り去っていった。

「兵士が来たぞ！」ローランはさけぶなり、立ちあがった。弓を引きたかったが、濡れないように家のなかに置いてある。唯一、希望がもてるのは、兵士たちも武器をかわかすのに苦労するだろうということだった。

男も女も家から飛びだし、かさなりあうマツの壁からむこうをすかし見ようと、壕《ごう》のふちに集まってきた。長い枝は雨のビーズでおおわれ、その透明な水の玉にいくつもの不安げな目が映っている。

気がつくと、スローンが横に立っていた。左手にフィスクのつくった即席の盾、右手に半月形に曲がった肉切り包丁をもち、腰のベルトには一ダースものナイフをぶらさげている。どれも大ぶりで、かみそりのようによくといである。

ローランとスローンは短くうなずきあい、兵士の消えた場所に目をもどした。

一分もたたないうちに、靄《もや》のなかから、姿なきラーザックの声が、ヘビのように這《は》いでてきた。「そうやって村を守るわけかあ。おまえらの返事はわかった。運命が決まったということだ。おまえらは死ぬ！」

ロリングがこたえた。「腰ぬけの、ガニ股の、ヘビの目の悪党め！　できるもんなら、そのウジのわいた顔を見せてみやがれ！　脳天をかち割って、中身をブタに食わしてやるわい！」

黒い影がひとつ宙を飛び、鈍い音とともに、ゲドリックの左腕すれすれの扉に槍《やり》がささった。

「盾にかくれろ！」前線の中央でホーストがさけんだ。ローランは盾のうしろにひざをつき、二枚の板の細いすきまからのぞき見た。間一髪だった。五、六本の槍が木の壁をつきぬけてきて、うずくまる村人たちのあいだにささった。

靄《もや》のどこかから、苦しげな悲鳴が聞こえてきた。

ローランの心臓がびくっとはね、痛いほどに打ちはじめた。身じろぎもせず、ゼーゼーと息をする。汗で手がひどくぬるぬるしている。

と、村の北のほうから、ガラスの割れるような音がかすかに聞こえてきて……次の瞬間、爆発音がとどろき、丸太の折れるすさまじい音が響きわたった。

ローランとスローンはふり返り、音のしたほうへ猛然と駆けていった。

行ってみると、六人の兵士たちが、折れた木を引きずって道をあけている。そのむこう、光る雨のなかに、黒い馬にまたがるラーザックが白く亡霊のように浮かびあがっている。

ローランは足をとめることなく、槍《やり》をかまえてひとりめの兵士に飛びかかった。二度の突きがかわされると、ローランは三度めに兵士の尻めがけて槍をつき立て、相手がよろけたすきにのどをぶちぬいた。

スローンが猛りくるう野獣のように肉切り包丁を投げつけ、兵士の兜《かぶと》が割れ、脳天を打ちくだいた。

べつの兵士がふたり、剣をぬいて飛びかかってくる。

スローンは笑い声をあげながら横っ飛びでよけ、盾で剣を受けた。

ひとりの兵士のいきおいがよすぎて、剣が盾につきささったままぬけなくなった。

スローンは男をぐいと引きよせ、小型ナイフをその目につき立てた。そして、二本めの肉切り包丁をぬき、狂気じみた笑みを浮かべながら次の敵を追いこんでいく。

「はらわたをくりぬいて、歩けなくしてやろうか？」スローンはおぞましいよろこびにひたり、小躍りしているかのようだ。

ローランは次のふたりとの打ちあいで槍《やり》を失い、相手の剣に足を切り裂かれる寸前、かろうじて槌《つち》を引っぱりだした。

ローランの手から槍をむしりとった兵士は今、その槍をローランの胸めがけて投げ返そうとしている。

ローランはとっさに槌を投げつけた。空中で槌とぶつかった槍は——仰天するふたりの目の前で——向きを変え、放った張本人の鎧《よろい》とあばら骨をつきやぶった。手もとに武器のなくなったローランは、残る兵士たちから後退せざるをえなくなった。死体につまずいてころんだすきに、ひとりがふくらはぎを切りつけてくる。ローランは地面をころがりながら両手で剣をにぎる敵をかわし、足首までぬかる泥を必死でかきまわした。

なんでもいい、なにか武器になるものはないか？　指になにかの柄《え》があたった。ローランはぬかるみからそれを引きはがし、剣をにぎった兵士の手にたたきつけ、親指を切り落とした。

男はぬめっと光る指の付け根を呆然《ぼうぜん》と見つめ、ひとことをもらした。「盾をもたなかった報いか……」

「そうだ」ローランはこたえ、男の首をはねた。

最後の兵士は恐慌をきたし、無表情な亡霊、ラーザックのほうへ逃げていく。

スローンはそのうしろ姿に、口ぎたないののしりの言葉の集中砲火を浴びせている。

兵士が光る雨のカーテンのむこうにたどりついたとき、馬に乗ったふたつの黒い影がその両側からかがみこんだ。ぞっとして見つめるローランの目前で、ラーザックのねじれた手が兵士の首筋にかかる。その指に容赦ない力がかかると、兵士はふりしぼるような悲鳴をあげ、痙攣《けいれん》し、ぐったりと動かなくなった。ラーザックはひとりの鞍《くら》のうしろに死体を乗せ、馬をまわし、去っていった。

ローランは身ぶるいをして、包丁をふくスローンを見た。「あんた、強かったな」

スローンが、これほどの凶暴性を内に秘めているとは思わなかった。

スローンは低い声でこたえた。「カトリーナを失うわけにはいかん。ぜったいにだ。たとえ、あいつら全員の皮をはぐことになっても、千のアーガルと、ついでに王と戦うことになってもだ。あの空を丸ごと引き裂いて、帝国をてめえの血の海で溺れさせてでも、カトリーナにはすり傷ひとつ負わせん」スローンはそれだけいうと、唇をぎゅっと結び、最後の包丁をベルトにおしこみ、折れた三本の木をつぎはじめた。

ローランはぬかるみのなか、兵士たちの死体を砦《とりで》からはなれたところまでころがしていった。これで五人殺したことになる。作業が完了して背中をのばすと、周囲を見まわし、首をかしげた。村に聞こえるのは雨音だけで、あとはあまりに静かだ。どうしてだれも助けに来なかったんだ？

胸さわぎを覚えながら、スローンといっしょに最初の攻撃があった場所へもどった。

雨に濡れる木の枝に、息のない兵士がふたりぶらさがっている。

しかし、彼の目をとらえたのはそれではなかった。ホーストやほかの村人たちが、小さな遺体をとりかこんでいる。ローランは息がつまった。デルウィンの息子、エルムンドだ。十歳の男の子のわき腹を、槍《やり》がつらぬいたのだ。両親はそのかたわら、泥のなかにうずくまっている。彼らの顔は石のように無表情だ。

なんとかしなければ。ローランはひざを落とし、槍によりかかって、強くそう思った。五歳や六歳まで生きられずに終わる子は多い。しかし今、十歳になり、あとはもうどんどん背が高くなり、たくましくなり、いつかかならず父親のあとを継ぐはずだった長男を失った——打ちのめされて当然だ。カトリーナ……そして、こどもたち……彼らをかならず守らなければ。

でも、どこで……？　どこで……？　どこで守ればいい？

17
空飛ぶヘビ

ターナグを出て一日め、エラゴンがしなければならないのは、ドワーフの族長ウンディンが護衛につけてくれた衛兵の名前を覚えることだった。アーマ、トリーガ、ヘディン、エクスヴァー、シュルグナイン——オオカミの心臓という意味らしいが、エラゴンにはとても発音できない——、ドゥースメール、それとドーヴだ。

どちらのいかだ舟も中央に屋根のあるところがあるが、エラゴンは舟のはしにすわり、流れていくビオアの景色をながめて過ごすのが好きだった。川面にはカワセミやコクマルガラスが飛びかい、ハシバミやブナ、ヤナギの枝葉からもれる光でまだらの絨毯《じゅうたん》がしかれた土手には、アオサギが竹馬に乗ったように立っている。ときおりシダの茂みから、ウシガエルの鳴き声が聞こえてくる。

「いい景色だね」エラゴンはとなりに来てすわったオリクにいった。

「まったくだ」ドワーフは静かにパイプに火をつけ、うしろにのけぞって煙を吐いた。

船尾では、トリーガが長いかいを使って舟をこいでいる。

エラゴンはその木のきしむ音や綱を引く音に耳をすませながらたずねた。「オリク、ブロムはどうしてヴァーデンに加わったんだろう？　ブロムのことは、ほとんど知らないんだ。ぼくが生まれてからずっと、彼はただの村の語り部でしかなかったから」

「ブロムはヴァーデンに加わってはいないさ。ヴァーデンの結成を手伝っただけだ」オリクは言葉を切り、パイプの灰をトントンと水に落とした。「ガルバトリックスが王になったあと、ブロムは〈裏切り者たち〉をのぞけば、たったひとりのライダーの生き残りだった」

「でも、そのころはもうライダーじゃなかったんでしょ。〝ドル・アリーバの戦い〟で、彼のドラゴンが殺されたから」

「いや、ライダーとして修行を受けた者ということだ。そもそもはブロムが最初に、追放されたライダーの仲間や味方だった者たちを、ひとつにまとめたんだ。ヴァーデンをファーザン・ドゥアーにかくまうようフロスガーを説得したのも、エルフの協力をたのんだのも彼だった」

ふたりはしばらくなにもいわなかった。

「なぜブロムは指導者にならなかったのかな？」エラゴンがたずねる。

オリクは苦笑した。「おそらく、なりたいと思わなかったんだろう。でもそれは、わしがフロスガーの部族に入れてもらう前のことだからな、トロンジヒームでブロムを見かけたことはほとんどないんだ……彼はいつも〈裏切り者たち〉と戦ったり、いろいろな計画にかかわったりで、飛びまわっていた」

「きみのご両親は亡くなったの？」

「ああ。わしがまだ若いころ、水疱にやられてね。フロスガーは寛容にも、わしを館に置いてくれたばかりか、自分にこどもがいないからといって、わしを跡とりにしてくれた」

エラゴンはインジータムの紋章のついた、自分の兜《かぶと》のことを思った。フロスガーはぼくにも寛容だった。

たそがれがおとずれると、ドワーフたちは舟の四すみに丸いランタンをつるした。

ランタンの色が赤いのは、暗視能力を失わないようにするためだと聞いている。

エラゴンはアーリアのそばに立ち、ランタンの微動だにしない、きよらかな光の深みを見つめた。「これがどうやってつくられるのか、知ってますか？」彼は問いかけた。

「遠い昔、わたくしたちはドワーフに呪文をさずけました。彼らはそれを使って、みごとな技術でこれをつくりあげた」

エラゴンがあごと頰をなでると、無精ひげがのびかけていた。「旅のあいだ、ぼくに魔法を教えてくれませんか？」

アーリアは彼に目をむけた。ゆれ動く舟の上で、みごとにバランスをたもっている。「わたくしの立場でそれはできません。教えるべき人があなたを待っています」

「じゃあ、これだけ教えてください」エラゴンはいった。「ぼくの剣の名前は、どういう意味なんですか？」

アーリアはとてもおだやかな声でいった。「〝苦痛〟です。あなたが使うようになるまでは、たしかにそのとおりでした」

エラゴンは嫌悪の目でザーロックを見た。いろいろなことを知れば知るほど、この剣が悪意に満ちたものに見えてくる。まるで、剣がみずからの意志で、不幸をまねきよせているかのようだ。モーザンがこの剣でライダーたちを殺したからというだけでない、ザーロックという名前そのものが邪悪なのだ。自分にこれをくれたのがブロムでなければ、あるいは、刃が欠けたり鈍くなったりしない魔力のある剣でなければ、エラゴンは今すぐにでも川にザーロックを投げすてていただろう。

日が完全に沈まないうちにと、エラゴンはサフィラのもとへ泳いでいった。トロンジヒームを出て以来初めて、ふたりは空を飛んだ。アズ・ラグニ川の上空高く舞いあがると、空気が薄くなり、眼下の川が紫の筋にしか見えなくなった。

鞍《くら》をつけていないので、かたい鱗《うろこ》が、初めて飛んだときの太ももの傷痕をこするのを感じながら、エラゴンはひざでしっかりサフィラをはさんだ。

サフィラが左へ体をかたむけ、上昇気流に乗ったとき、眼下の山肌から茶色の影が三つ飛び立ち、いきおいよく舞いあがってくるのが見えた。最初はハヤブサかと思ったが、近づいてくるうち、それが細長い尾と皮のような翼をもつ、体長六メートルもの生物であることがわかった。ドラゴンにも似ているが、サフィラよりずっと体が小さく、細く、ヘビのような感じだ。鱗には輝きがなく、緑と茶のまだら模様になっている。

エラゴンは興奮して、サフィラに呼びかけた。〔あれ、ドラゴンなのかな？〕

〔わからない〕サフィラはその場に浮かんだまま、螺旋《らせん》状にまわりを飛びかう新入りたちを、じっと観察している。生物たちは、サフィラの存在に困惑しているようだ。近くまできて、威嚇するような音を発し、頭上をさっとかすめて飛びすさっていく。

エラゴンはにやりと笑って意識を集中し、生物たちの思考に触れようとした。するとと彼らはびくっとして、甲高い悲鳴をあげ、腹をすかせたヘビのように大きく口をあけた。鋭い悲鳴は、意識と肉体の両方から発せられている。悲鳴は、エラゴンのなかを猛烈ないきおいで駆けぬけ、彼の力をうばいとろうとしていた。

サフィラも同じものを感じていた。拷問のような悲鳴を発しながら、三匹の生物は鋭い鉤爪《かぎづめ》でおそいかかってくる。

〔しっかりつかまって！〕サフィラはそう警告すると、左の翼をたたみ、半転して二匹をかわし、すばやく羽ばたいて、残る一匹の頭上へ翔《かけ》のぼった。

そのあいだじゅう、エラゴンは懸命に頭のなかに響く悲鳴をさえぎろうとしていた。意識が鮮明になるや、彼は魔法に手をのばした。

〔彼らを殺さないで〕サフィラがいった。〔わたしには経験が必要だから〕

生物たちはサフィラより俊敏だが、サフィラには大きさと力という武器がある。一匹が上から急襲をかけてきた。サフィラは逆さまになり、あおむけで降下しながら、そいつの胸をけりつけた。

傷ついた敵がしりぞくとともに、悲鳴がすこし弱くなった。

サフィラは翼をバッと広げ、弧を描いて右手へ上昇し、残る二匹とむきあった。サフィラがアーチの形に首をしならせたとき、エラゴンはそのあばらのあいだがゴロゴロとどろくのを聞いた。次の瞬間、轟音《ごうおん》とともに、サフィラの口が火炎を噴射した。見ると、頭の上に青いつやつやした光輪がかかり、全身の鱗《うろこ》を宝石のようにきらめかせている。まるで内側から光を放っているかのような、荘厳な輝きだった。

ドラゴンもどきの二匹の生物は、うろたえたようにガーガーと鳴き、方向転換して逃げていく。彼らが全速力で山腹へ沈んでいくと、意識の攻撃もおさまった。

〔おまえ、もうすこしでぼくをふり落とすところだったぞ〕サフィラの首に巻いた腕をゆるめ、エラゴンはうったえた。

サフィラがすました顔でふり返る。〔もうすこしで。でも、落としたわけではない〕

〔そのとおりだ〕エラゴンは笑いだした。

彼らは勝利に興奮し、意気揚々と川におりていった。サフィラがふたつの大きな水しぶきをあげて、そのあいだに着水すると、オリクが大声で呼びかけてきた。「ケガはなかったかね？」

「だいじょうぶ」エラゴンが声を返した。エラゴンの足に冷たい水をはねあげながら、サフィラは舟まで泳いでいった。「あれもビオア山脈の生物なの？」

オリクはエラゴンを舟に引きあげた。「わしらはファングハーと呼んでいる。ドラゴンほど賢くないし、火も吐かない。だが、あなどりがたい敵だぞ」

「それは思い知らされたよ」エラゴンはファングハーの攻撃の痛みをやわらげるため、こめかみをさすった。「サフィラの敵じゃなかったけどね」

〔当然〕サフィラが口をはさむ。

「連中は、ああやって狩りをするんだ」オリクが説明した。「意識を通して獲物を動けなくして、そのあいだにしとめる」

サフィラは尾をふって、エラゴンにしぶきをかけた。〔いいことを聞いた。こんど

の狩りのとき、わたしもためしてみよう〕

エラゴンはうなずいた。〔意識への攻撃か。戦うときにも、役に立ちそうだ〕

アーリアが舟のはしにやってきた。「ファングハーを殺さないでくれてなによりです。希少な生物ですから、三匹も失うと、大きな痛手になるところでした」

「連中は今でもわれら部族の家畜の群れを食いに来る」ドーヴがうなるようにいって、船室から出てきた。ドワーフはねじり編みにしたひげの下で、いらだたしげに歯ぎしりしながらエラゴンに近よってきた。「シェイドスレイヤー、ビオア山脈からぬけるまでは、飛ぶのをひかえていただきたい。空飛ぶ毒ヘビと戦わなかったとしても、そなたとドラゴンの身を守るのはじゅうぶん大変な仕事なんですからな」

「平原に出るまで下にじっとしてます」エラゴンはこたえた。

「そう願いたい」

夜になると、細い支流の合流点のそばで停泊することにし、ドワーフたちは岸のポプラの木に舟をつないだ。

アーマが火をおこし、エラゴンはエクスヴァーを手伝ってスノーファイアを岸にあげ、草地までひいていった。

ドーヴは部下たちを指揮して、六張りの大きなテントの設営にとりかかった。ヘディンは翌朝までの薪《まき》を集め、ドゥースメールは二艘《そう》めの舟から荷物をおろし、食事のしたくをはじめた。

アーリアは野営地のはしで見張りに立ち、じきに仕事が終わったエクスヴァー、アーマ、トリーガもそこに加わった。

エラゴンはなにもすることがなくなり、オリクとシュルグナインといっしょに火のそばにすわった。

シュルグナインは手袋をぬぎ、傷痕のある手を火にかざしている。

エラゴンはそのドワーフの親指以外の指関節から、五、六ミリほどのつやつやした鉄の鋲《びょう》がつきでているのに気づいた。

「それはなんなの？」

シュルグナインはオリクと顔を見あわせて笑った。「これはおれのアスクドガムリン……〝鉄拳〟さ」ドワーフがすわったまま、ポプラの幹に拳を打ちつけてねじると、樹皮に等間隔の四本の穴があいた。シュルグナインはまた笑った。「殴ったときに、便利だろ？」

　エラゴンのなかに、好奇心とうらやましい気持ちがわいてきた。「それは、どうやってつけるの？　というか、そんな釘《くぎ》をどうやって手に埋めこんだの？」

　シュルグナインは口ごもり、正しい言葉をさがそうとしている。「治療師がぐっすり眠らせてくれるんだ。痛みを感じないように。そのあいだに穴をあける――わかるかい？　関節に穴をあけ……」彼は言葉を切り、オリクにドワーフ語でぺらぺらとしゃべった。

「それぞれの穴に、金属の受け口が埋めこまれるんだと」オリクが説明した。「正しい位置に埋めこむのに魔法を使うんだ。戦士が完全に回復すれば、いろいろな寸法の釘をとりつけられる」

「そう。見ててみな」シュルグナインはにやりと笑った。左手の人さし指の根もとにささった釘をつかみ、注意深くねじって関節からはずし、エラゴンにさしだした。

　エラゴンは笑みを浮かべ、掌の上でとがった釘をころがしてみた。「ぼくも〝鉄拳〟をつけたいな」

「危険な手術だぞ」オリクがいましめる。「ヌーラ（ドワーフ）でも、アスクドガムリンをつけるやつはめったにいない。穴をすこしでも深くあけすぎたら、手の機能を失っちまうからだ」彼は自分の拳をあげ、エラゴンに見せた。「わしらの骨は、きみらのよりごついんだ。きっと人間には無理さ」

「覚えとくよ」エラゴンはそうこたえながらも、アスクドガムリンで戦う自分の姿を、想像せずにいられなかった。たとえば武装したアーガルでも、難なく殴りたおせてしまうのだろうか？　捨てがたい考えだと思った。

食事が終わり、エラゴンはテントに入った。焚《た》き火の光で、テントにそって横たわるサフィラの姿が影絵になって見える。黒い紙を切りとって、テントのキャンバスにはりつけたかのようだ。

エラゴンは足に毛布をかけ、ひざがしらを見つめてすわった。眠いけれど、まだ横になりたくない。ふと、故郷《ふるさと》に思いをはせた。ローランやホーストや、ほかのカーヴァホールの人たちはどうしているだろう？　パランカー谷は、農夫たちが植えつけをはじめられるくらい、暖かくなっただろうか？　急に、なつかしさと寂しさがこみあげてきた。

エラゴンは荷物から木の器を引っぱりだし、ふちすれすれまで革袋の水をそそいだ。そして、ローランの姿を頭に思いうかべ、つぶやいた。「ドラウマ・コパ（夢視）」

いつものように、まず水が暗くなってから、しだいに明るくなり、透視したいものが現れた――。

ローランがローソクのともる寝室で、ひとりすわっている。エラゴンにはそれがホーストの家だとわかった。ローランはセリンスフォードの仕事をあきらめたんだ、彼は思った。従兄は身を乗りだし、ひざの上で両手を組み、遠い壁を見つめている。その顔に浮かんでいるのは、なにかむずかしい問題にとりくんでいるときの表情だ。多少やつれた顔はしているもののローランは元気だった。エラゴンはそれだけでうれしかった。一分ほどして、魔法を解き、水の表面を透明にもどした。

エラゴンは安心して器の水を捨て、横になって毛布をあごまで引きあげた。目を閉じて、覚醒と睡眠のあいだの温かい暗がりに身を沈めた。そこは、思考という風に流されて、現実がゆれてたわむ場所。創造の産物が自由に解き放たれ、あらゆることが可能になる場所だ。

エラゴンはまもなく眠りに落ちた。ほとんどが平穏無事な眠りだったが、目が覚める直前、いつもの夢の幻影が消え、目覚めているときと同じくらい鮮明で強烈な映像が現れた。

彼が見ていたのは、黒と深紅の煙で染まるゆがんだ空だった。カラスやワシが旋回するその下には、弓矢が激しく飛びかう戦場がある。男がひとり、かたい土の上にあおむけにたおれている。兜《かぶと》はへこみ、鎖帷子《くさりかたびら》は血にまみれている——腕のかげになって、その顔は見えない。

武装した腕が視界に入ってくる。腕甲がまぢかにせまり、そのつやつやとした鉄が、映像の半分をおおいかくす。その腕の先の四本の指が、感情のない機械のようにしっかりと丸められ、運命そのものの権威をふるうように、人さし指がたおれた男をさす。

テントから這《は》いでたあとも、エラゴンの意識からその映像が消えなかった。野営地からすこしはなれたところで、毛のついた肉のかたまりをかじるサフィラの姿を見つけた。夢で見たことを話すと、サフィラはかぶりついたまま動きをとめ、ぐいと首をのばして肉を飲みこんだ。

〈前にそれを見たときは〉サフィラはいった。〈どこかで起きていることを本当にい

いあてていた。アラゲイジアのどこかで今、戦争が起きていると思うか？〕
エラゴンは地面の小枝をけった。〔わからない……ブロムがいうには、透視できるのは、自分が前に見た人や場所やものだけだってことだけど。あそこは見たこともない場所だった。それにティールムでアーリアを見たときも、彼女には会ったこともなかった〕
〔おそらくオシャト・チャトウェイ（嘆きの賢者）が、その理由を教えてくれるだろう〕
ターナグから距離がはなれたせいか、ドワーフたちはずいぶんくつろいだ様子で、ふたたび発つ準備をはじめた。アズ・ラグニ川にこぎだすと、スノーファイアを舟に乗せてくれたエクスヴァーが、低音のガラガラ声で歌をうたいだした。

ほとばしるキルフの血
流れ落ちる湖で
われらはうねる舟に乗る

家族のため、部族のため、栄誉のために
大桶《おおおけ》のごとく翼広げるワシのもと
氷オオカミの棲《す》む深い森をぬけ
われらは流血の舟に乗る
鉄のため、黄金のため、ダイヤのために

鐘鳴らしの男、あくびするひげ面男にわが地をまかせ
戦闘の葉に、わが石を守らせ
われらは父の館を去り
はるか遠き荒野をめざす

ほかのドワーフたちもエクスヴァーに加わり、いつのまにか歌はドワーフ語にかわっていた。彼らの低く脈打つような歌声を聞きながら、エラゴンはそろそろと船首へ歩いていった。そこにはアーリアがあぐらをかいてすわっていた。

「眠ってるとき……また映像を見たんです」エラゴンはいった。アーリアが興味をもったので、彼は夢で見た光景をくわしく説明した。「あれがもし透視なら——」

「透視ではありません」アーリアがいう。どんな誤解もあってはならないというように、エルフはゆっくりと言葉を選んで話しだした。「ギリエドの牢獄《ろうごく》にいるわたくしを見たというあなたの話を、ずっと考えてきました。それで確信しました。意識を失ってたおれているあいだ、わたくしの魂は、助けを求めてどこかへさまよいでていたのだと」

「でも、どうしてぼくのところへ？」

アーリアは、波打つように泳ぐサフィラに目をやり、うなずいた。「卵を守っていた十五年の歳月で、わたくしはサフィラの存在に慣れてしまっていたのです。慣れ親しんだなにかに接触しようとこころみて、あなたの夢に触れたのでしょう」

「ギリエドからティールムにいる人間に接触するなんて、あなたの力はそんなに強いんですか？　しかも薬を飲まされていたのに」

アーリアの唇にかすかな笑みが浮かぶ。「ヴローエンガードの果てからでも、今と同じように、ここにいるあなたとはっきり話すことができます」間を置いて続ける。

「あなたがティールムでしたことが透視でなければ、その新しい夢も透視ではないでしょう。予知かもしれない。予知は、知覚のある種族すべてに可能といわれています。でも、とくに魔法を使う者にその可能性が高い」

舟がかたむき、エラゴンは荷物にかぶせた網につかまった。「ぼくが見たものが本当に起こるんだとしたら、それを変えることはできないんですか？　自分の選択が未来を左右したりしないのかな？　たとえば、今ぼくが、ここから飛びおりて溺れ死んだとしたら？」

「でも、あなたは飛びこみはしません」アーリアは人さし指を川につけ、指先にのった、ゆれる水晶のような水滴を見つめた。「その昔、エルフのメルザーディは、戦のさなかに、わが息子をはからずも殺してしまうという予知をしました。生きてそれを見るくらいならと、彼はみずからの命を絶った。息子を救うため、そして、未来は定められていないと証明するために。しかし、みずから死ぬことをのぞけば、運命に手を加えることなどできないのです。どの選択をすれば、自分の予知した未来を左右するのか、わかっていないのですから」アーリアが手をふると、水滴がふたりのあいだでつぶれた。「わかっているのは、未来から情報を得てくることが可能だということ

——予言者はしばしば、人の未来がどのような道をたどるか、感知することができる。けれどそれも、予知したいものや、場所、時間を選べるというところまでには、達していない」

エラゴンは、情報が時間という漏斗《ろうと》を通るという概念そのものに、ひどく当惑させられた。

では、現実とはいったいなんなのか、あまりにも多くの疑問が生じてくる。運命や宿命が本当に存在するのかどうか知らないけど、ぼくができるのは、現在を有意義にまっとうに生きることだけなのか？

エラゴンはきかずにいられなかった。「じゃあ、自分の記憶を透視することはできないんでしょうか？　そのときはなにもかも見ていたはずだから……魔法でその映像を見ることができるはずだ」

アーリアの視線がエラゴンにつきささった。「自分の命が大切なら、そのようなこころみはしないことです。何年も前、わが種族の呪文使いの者たちが、時間の謎を解き明かすことに心血をそそぎました。それで、過去を呼びだそうとした結果、鏡にぼんやりとした情景が映しだされただけ。彼らは呪文にすべての力をうばわれ、死んでしまったのです。それ以降、エルフは二度とこのこころみをしていません。それなりの魔法使いが加われば、成功するのではないかという意見はあります。けれど、あえて危険をおかそうとする者はいない。この論理はいまだ証明されないままなのです。それに、たとえ過去を透視できたとしても、ごくかぎられたものしか見えないでしょうしね。未来の透視にかんしては、いつどこでなにが起こるのかを、正確に知っていなければならないから、結局、目的は果たせないのです。

それと、エルフの偉大な賢人たちもいまだ解けない謎は、睡眠中の予知です。どうして無意識下でそのようなことができるのか。予知能力は、魔法本来の姿や構造そのものと結びついているのかもしれないし……あるいは、ドラゴンの古代の記憶と同じように、機能するのかもしれない。わたくしたちにはわかりません。魔法には、まだ探険されていない道が多く残っているのです」アーリアは流れるような動作ですっと立ちあがった。「それらの道で迷うことのないよう、どうか気をつけて」

18

川の流れに乗って

午前中のうちに川幅はしだいに広くなり、いかだ舟の前方に、二連の山脈にはさまれた明るい裂け目のようなものが見えてきた。昼ごろ、視界が開けてくると、山かげから自分たちが見ているものは、北のはるかかなたへのびる、まぶしい大草原であることに気づいた。

さらに霜のはりつく岩だらけの流域をこえるころ、いつのまにか壁におおわれた世界は終わり、広大な空とまっ平らな地平線が現れた。空気はどんどん暖かくなってきた。片側に山すそ、片側に平原をのぞみながら、アズ・ラグニ川は徐々に東へ向きを変えた。

あたりが開けてきたせいか、ドワーフたちは心なしか不安そうだった。仲間どうしでつぶやきあったり、洞穴のような峡谷をなつかしげにふり返ったりしている。

エラゴンは太陽の光を浴びて、活気づいている自分に気づいた。一日の四分の三が夕暮れという世界で、目ざめていても、それが実感できなくなっていたのだ。舟のうしろでは、サフィラが水から飛びだし、大草原の上空へ翔《かけ》あがっていく。その姿はどんどん小さくなり、青い丸天井のかなたでしみほどの点になった。

〔なにが見える?〕エラゴンは問いかけた。

〔北と東にはガゼルの大群が見える。西はハダラク砂漠。それだけだ〕

〔人はいない?　アーガルとか奴隷商人とか遊牧民とか?〕

〔いるのは、わたしたちだけ〕

その夜、ドーヴは小さな洞穴を野営の場所に選んだ。

ドゥースメールが夕食をこしらえているあいだ、エラゴンはテントわきの地面をきれいにあけ、ザーロックをとりだすと、最初の稽古でブロムが教えてくれたとおり、剣をかまえて立った。エルフ族にくらべて人間の身体能力は大きく劣っている。だからこそエレズメーラに着く前にすこしは稽古しておきたかった。

エラゴンは慎重にザーロックをふりかぶり、敵の兜《かぶと》をたたき割るつもりで両手をふりおろした。ちょっとの間、そのままの姿勢をたもつ。動きをしっかりと制御しつつ、想像の敵をかわすように、ザーロックの切っ先をひねりながら、右へ旋回。そして腕を固定し、ぴたりととまる。

オリクとアーリアとドーヴが見ていることに、目のはしで気づいた。彼らのことは気にせず、手のなかのルビー色の刃《やいば》だけに集中した。その剣が今くねくねと動きだし、自分の腕にかみつこうとするヘビであるという気持ちでかまえた。

もう一度体をまわし、きたえられた軽やかさで、いくつかの動きを連続させていく。徐々に速さを増しながら、エラゴンは次々と型を決めていった。頭のなかで、彼は凶暴なアーガルとカルの一団にかこまれている。頭をひょいとさげ、剣をふり、相手をかわして、つき返し、横へ飛びすさって、ぐるぐるまわりながら、グサリとさす。エラゴンは今、〝ファーザン・ドゥアーの戦い〟のときと同じように、自分におそいかかる危険などかえりみず、想像の敵に突進し、たたき切り、みなぎる力のままに戦っていた。

ザーロックを一回転させようと――片方の掌からもう片方へ、柄《つか》を投げわたそうと――したとき、背中を二分するような激痛が走り、剣をとり落とした。エラゴンはよろめき、たおれた。頭上で、アーリアやドワーフたちがしゃべっているのが聞こえるが、見えるのは赤く光る星座だけ。まるで、世界が血のベールにおおわれてしまったようだ。痛み以外なんの感覚もない。思考も理性もすべて塗りつぶされ、残されたのは、「放せ！」と鳴きさけぶ野生の獣だけだった。

意識がもどると、エラゴンは自分がテントのなかで毛布にくるまっていることに気づいた。

アーリアがそばにすわり、サフィラが入り口から頭をつっこんでいる。

〔どれくらい気絶してた？〕エラゴンはきいた。

〔ずいぶん長く。最後にはすこし眠れたようだ。痛みを遮断するために、あなたをその体からわたしのなかに引きずってこようとしたが、気絶していたのであまりうまく行かなかった〕

エラゴンはうなずいて目を閉じた。全身がドクドク脈を打っている。深く息を吸い、アーリアに目をやった。「こんな状態で修行ができますか……？　戦ったり、魔法を使ったりできますか……？　ぼくはこわれた船も同じです」いうそばから、自分の顔が年老いてたるんでいるように思えてくる。

アーリアはただおだやかにこたえた。「じっとすわって見ることはできます。話を聞くことも読むことも、学ぶこともできます」しかしその声には、ためらいと恐れが感じられた。

エラゴンはアーリアと目をあわせないように、横むきにころがった。彼女の前で、こんなにも無力な姿でいる自分が恥ずかしい。「シェイドのやつ、ぼくにいったいなにをしたんでしょう?」

「それはこたえられません、エラゴン。わたくしはエルフでも、それほど賢くも、強くもありませんから。われわれはみな最善をつくしている。人は最善をつくしていることで、責められたりはしません。傷は時間が癒してくれるでしょう」アーリアは彼の額に指をおしあて、言葉をつぶやいた。「セ・モラノール・オノ・フィナ（安らぎがおとずれんことを）」そして、テントを出ていった。

エラゴンは身を起こし、顔をしかめて、こわばった背中の筋肉をのばした。なにを見るでもなく、ぼんやりと両手に目を落とす。「マータグの傷も、こんな痛み方をしたんだろうか」

〔わからない〕サフィラがこたえる。

完全な沈黙が続く。やがて――〔こわいんだ〕

〔なぜ?〕

〔なぜって……〕彼はためらった。〔こんど痛みがおそってきたとき、ぼくにはそれをさける方法がないから。いつ、どこで起こるかわからないけど、かならずおそってくるのはわかってる。だから、いつも予期している。なにか重いものをもちあげるとき、変なかっこうでのびをしてしまったとき、痛みがもどってくるんじゃないかって、いつも恐れてる。ぼく自身の体が、敵になってしまったんだ〕

サフィラののどの奥でブーンと低い音が響く。〔わたしにも答えが出せない。ただ、人生には痛みと楽しみの両方がある。もしこれが、あなたが楽しんだぶんだけ払うべき代償だとしたら、大きすぎるか?〕

〔大きすぎるよ〕エラゴンはぴしゃりというと、毛布をはがしてサフィラのむこうにおしやり、ふらふらとテントを出た。

野営地の中央では、アーリアやドワーフたちが火をかこんでいる。

「食べ物は残ってるかな?」エラゴンはたずねた。

ドゥースメールは無言で器に料理を盛り、エラゴンに手わたした。ドーヴがうやうやしい態度でたずねた。「具合はよくなられたかな、シェイドスレイヤー？」彼もほかのドワーフたちも、さっき目にした光景に畏怖を感じているようだ。

「よくなりました」

「そなたは重い荷を背負っておるようだ、シェイドスレイヤー」

エラゴンは顔をしかめ、なにもこたえず野営地のはしにうつって、ひとり暗がりのなかに腰をおろした。近くにサフィラの存在を感じたが、じゃまをしてはこない。エラゴンは口のなかで悪態をつき、もやもやした怒りを感じたまま、ドゥースメールのシチューをつついた。

ひと口飲みこんだとき、オリクが横から声をかけてきた。「彼らにあんな態度をとるべきじゃない」

エラゴンはオリクの暗くかげる顔をにらみつけた。「なんだよ」

「ドーヴたちは、きみとサフィラを守るためについてきた。必要なら、きみのために命をもかけるだろうし、それが神聖なる死だと信じている。それを忘れないことだ」

エラゴンは反論の言葉をぐっとのみこみ、心を落ちつけるために暗い川面に目をこらした――川面はつねにゆれ、けっしてじっとしていることがない。「きみのいうとおりだ。癇癪《かんしゃく》を起こさないようにしないとね」

暗がりのなか、オリクは歯を光らせて笑った。「上に立つものなら、だれでも覚えておかなきゃならないことなんだ。わしは兵士に長靴《ちょうか》を投げつけたとき、フロスガーにさんざんそれをたたきこまれた。そいつは、鉾槍《ほこやり》をそのへんに放り投げておいたんだ。だれかがふみつけてしまいそうな場所にね」

「その彼を殴ったの？」

「鼻を折ってしまった」オリクは愉快そうに笑った。

エラゴンも思わず笑ってしまった。「そんなことしないように気をつけるよ」シチューの器をすくうようにもって手を温める。

オリクがポーチからなにか、カチャカチャ音のするものをとりだした。「ほら」ドワーフはそういって、からみあう金色のかたまりをエラゴンの掌にのせた。「〝知恵の輪〟だ。知恵と手先の器用さをためすものさ。八個の輪がからみあってるけど、うまくやれば一個の指輪になる。自分がなにか問題をかかえたとき、これで気をまぎらわせばいいと気づいたんだ」

「ありがとう」エラゴンはもごもごとつぶやいた。金の輪の複雑さにもう魅せられている。

「やりたかったら、もっていていいよ」

テントにもどると、エラゴンは腹這《はらば》いになり、入り口からさしこむ焚《た》き火のほのかな灯《あか》りのもと、〝知恵の輪〟に目をこらした。四個の輪が重なって、べつの四個の輪のなかに通っている。それぞれの輪の下半分はなめらかで、上部はがたがたにねじれ、ほかの輪とからみあっている。

ためしはじめてすぐ、エラゴンは挫折しそうになった。八個の輪を全部平らに重ねることなどとても不可能に思える。夢中になっているうちに、さっきまで耐えていた苦悩が頭から消えていった。

翌朝、エラゴンは夜明け前に目が覚めた。寝ぼけまなこをこすりながらテントを出て、のびをした。ぴりっとした朝の空気のなか、吐く息が白く見える。火のそばで見張りをしていたシュルグナインに軽くうなずき、川っぷちに行って顔を洗い、水の冷たさにおどろいて、目をぱちくりさせた。

意識をさっと送ってサフィラの位置をつきとめると、ザーロックを腰につけ、アズ・ラグニ川ぞいのブナ林を、サフィラのいる方向をめざした。歩きだしたとたん、からみあうチョークチェリーの朝露で、手や顔がぬるぬるになった。網の目のような枝葉をどうにかかきわけ、静かな平原に出た。目の前にこんもりとした丘が現れた。その頂に、二体の古代の彫像のように、サフィラとアーリアが立っている。彼らが見ている東の空には、燃えたつような光がじわじわと現れ、草原を琥珀《こはく》色に輝かせはじめている。

真っ赤な光がふたりの姿を照らしつけたとき、エラゴンは、卵から孵《かえ》ってまだ数時間のころのサフィラが、ベッドの支柱の上で日の出を見ていたときのことを思い出した。骨ばった鼻梁《びりょう》と鋭く光る目、獰猛《どうもう》そうにつきだすアーチ形の首、全身にきざまれた細い筋肉の線、その姿はタカかハヤブサのように見えた。サフィラは野性の美しさをさずけられた狩りの女神なのだ。アーリアの鋭角的な顔だちと、ヒョウのような優美さが、となりのドラゴンにこれ以上ないほどぴったり調和している。曙光《しょこう》を浴びて立つふたりの姿に、不一致なものはひとつもない。

エラゴンは畏怖と大きなよろこびで、背中がぴりぴりするのを感じた。ぼくはここに属しているんだ――ライダーとして。アラゲイジアじゅうのだれでもない、自分がここにいられるのは、なんと幸運なことだろう。感嘆の思いがこみあげ、エラゴンの目に涙があふれ、晴れやかな笑みが浮かんだ。不安も疑問も、その純粋な感情にすべておし流されてしまった。

エラゴンは笑顔で丘にのぼり、サフィラの横に立って、ともに新しい一日のおとずれをながめた。

アーリアが彼を見た。彼女と目があったとき、エラゴンのなかで、とつぜん、なにかがぐらりとゆれた。わけもわからず頰が赤くなる。今ふいにアーリアとの結びつきを強く意識した。サフィラ以外で、自分をいちばん理解しているのはアーリアなのだ。エラゴンは自分の反応に当惑した。これまで、だれにもこんな感覚をもったことがなかった。

その日一日、エラゴンはこの一瞬を思い返しては笑みを浮かべ、そのたびに、体のなかで正体のわからない奇妙な感覚が渦まき、激しくゆれ動くのを感じた。エラゴンはほとんどの時間、船室にもたれてすわり、オリクの〝知恵の輪〟をしながら流れゆく景色をながめていた。

昼ごろ、舟が峡谷の出口にさしかかると、アズ・ラグニ川はもう一本の川と合流し、その大きさといきおいを増した。川幅は一キロ半もありそうだ。ドワーフたちは、舟が激流にのまれないようにするのが精いっぱいだった。今にもがらくたのように投げだされ、たまに流れていく丸太と同じにばらばらになってしまいそうだ。

アズ・ラグニ川は合流して一キロ半ほどで北へ折れ、頂に雲のかかる高い山を巻くようにのびている。ビオア山脈からひとつへだててそびえるその山は、寝ずの番で平原を見守る巨大な望楼のようだ。

ドワーフたちはそこを通るとき、山頂にむかい、兜《かぶと》をとって頭をさげた。オリクがエラゴンに説明する。「あれは〝誇り高きモルドゥン〟。この旅で出会う本物の山は、これで最後だ」

夜、いかだ舟がつながれたあと、オリクがなにやら包みをあけ、黒く細長い箱をとりだした。真珠やルビーがちりばめられ、銀線がきざまれた箱の留め金をはずし、フタをあけると、赤いビロードが現れ、なかに弦をはずした弓がおさまっていた。弓本体の色は漆黒で、そこにブドウの蔓《つる》や花、動物、ルーン文字などが金色で精巧に描かれている。あまりの豪華さに、エラゴンは、そんな贅沢な弓をよく使えるものだと思った。

オリクはその弓——長さはオリクの背丈ほどあるが、エラゴンを基準にすればこども用の弓にしか見えない——に弦を張り、箱をしまった。「新鮮な肉をとりに行ってくるよ。一時間ほどでもどる」彼はそういって、茂みのなかに消えていった。

ドーヴは反対なのか、不満そうにうなったが、とめはしなかった。

オリクは言葉どおり、首の長いつがいのガンをとってもどってきた。「群れがとまってる木を見つけたんだ」ドゥースメールに鳥を投げるようにわたしていう。

オリクはまた宝石のちりばめられた弓の箱をとりだした。

エラゴンがそれを見てたずねた。「それはなんの木でできてるの？」

「木？」オリクは頭をゆらしながら笑った。「こんなに短い弓を木でつくったんじゃ、二十メートルも飛ばせんよ。折れちまうか、何本か射ただけでたわんでしまう。ちがう、これはアーガルの角でできてるのさ！」

エラゴンは、からかわれているのだと思い、疑いの目でオリクを見た。「角みたいに弾力性のないものじゃ、弓はつくれないよ」

「ほう」オリクが得意げな顔をする。「そりゃあ、正しいあつかい方を知らんからだな。ドワーフは最初、フェルドノストの角でつくり方を学ぶんだ。だがアーガルの角でも同じさ。まず角を縦半分に切って、外側の巻いた部分は、ちょうどいい厚さにととのえておく。それを煮沸して平らにのばして、いい形になるまでやすりをかけるんだ。そして、魚の鱗《うろこ》とマスの上あごの粘膜でつくったにかわをぴったりはりつける。弓の裏は腱《けん》を何層もかさねて補強する——これで弾力が出るわけだ。最後は装飾だ。全部しあがるのに十年近くかかるな」

「そんなに手間をかけてつくる弓があるなんて、知らなかったよ」エラゴンはいった。自分の弓など、そのへんの枝を適当に折ってつくっただけのもののように思えてくる。「どれくらい飛ぶの？」

「自分でたしかめてみな」オリクはエラゴンに弓をさしだした。

彼は塗料をこすらないように、それを慎重に手にもった。

オリクは矢筒から矢を出して、エラゴンにわたした。「でも、矢はわしの貸しだぞ」

エラゴンは弦に矢をつがえ、アズ・ラグニ川にむかってかまえた。おどろいたのは、弦の長さは六十センチなのに、自分の弓よりはるかに引きが強いことだった。エラゴンの力で、ようやく引きしぼれるぐらいだ。放った矢は、ビュンと音をたてて消え、遠い川の上に姿を現した。エラゴンは、アズ・ラグニ川の中央に水しぶきをあげて矢が落ちるのを、目を丸くして見ていた。

彼はすぐに魔法の力を体に満たし、こうとなえた。「ガス・セム・オロ・ウン・ラム・イエト（矢をわが手に合体させよ）」数秒ののち、矢は宙を飛んでもどってきて、エラゴンの掌におさまった。「どうぞ。借りた矢を返すよ」

オリクは感動したように拳で自分の胸をたたくと、本当にうれしそうに弓と矢を抱きしめた。「よかった！　これでまた二ダースにもどった。ヘダースで補充するまで、もたないかと思ってたんだ」彼は手ぎわよく弦をはずし、弓を箱にしまって、大事そうにやわらかい布で包んだ。

エラゴンはアーリアが見ているのに気づいた。「エルフも角の弓を使うんですか？あなたたちは力が強いから、よほど丈夫な木でつくらないと、折れてしまうでしょう」

「エルフは成長しない木にうたって弓をつくります」彼女はそれだけいって、歩みさっていった。

それから何日か、いかだ舟は春の草原のなかをただよっていった。背後のビオア山脈はいつのまにか、ただのぼんやりとした白い壁になっている。川岸にはたびたびガゼルや小さなアカジカの大群が現れ、舟の上の彼らを澄んだ目で見つめた。

もうファングハーが現れる心配はないので、エラゴンは好きなだけサフィラと空を飛べるようになった。ギリエド以来、こんなに長い時間を空で過ごすのは初めてだ。ふたりとも空を飛びまわる自由を思うぞんぶん利用した。それにもうひとつ、エラゴンは狭苦しい舟から逃げられることにほっとしていた——アーリアが近くにいると、どこかぎくしゃくして、落ちつかない気持ちになるからだった。

19

尊き言葉

エラゴンとその一行のいかだ舟は、エッダ川との合流地点まで進んだ。アズ・ラグニ川はそこから東方の未知の世界へただよっていく。合流する川にはさまれて、ドワーフの交易地、ヘダースがある。彼らはその町で舟をロバに交換した。ドワーフは体が小さいので、馬は利用しないのだ。

アーリアはロバに乗ることをことわった。「祖先の住む国に、ロバの背に乗ってもどるわけにはまいりません」

ドーヴは顔をしかめた。「われわれのペースにどうやってあわせるんです?」

「走ります」じっさい、アーリアはスノーファイアよりもロバよりも速く走った。次の丘や林まで先に行って、そこですわって待っているのだ。だがそれだけの体力を使っても、夜、野営のときに疲れた様子はみじんも見せない。また、朝食と夕食のあいだに、せいぜいふたことみことしか言葉を発しなくなった。アーリアはエルフの国に一歩近づくごとに、緊張していくように見えた。

一行はヘダースから北へむかって進んだ。その先には、エッダ川の源泉、エルダー湖がある。

三日後にドゥ・ウェルデンヴァーデンが見えてきた。最初は地平線のかなたにかすむ靄《もや》でしかなかったが、それがみるみる広がって——オーク、ポプラ、カエデの木におおわれた太古の森の——エメラルド色の海となった。サフィラの背からながめると、森は北から西まで地平線上にとぎれなくのびている。エラゴンはそれが、さらに遠く、アラゲイジア全域に続いていることを知っていた。

眼下で弓なりに枝をのばす木々の影が、エラゴンには危険であると同時に、神秘的かつ魅力的なものに感じられた。そこにはエルフが住んでいる。ドゥ・ウェルデンヴァーデンの濃淡ある緑の奥のどこかに、彼が修行をするエレズメーラがあり、オサイロンがあり、ほかにもエルフの町がある。どれも、ライダー族が滅びて以来、外部の者がほとんど立ちいることのなかった町だ。エラゴンは、森は人間にとって危険な場所だと直感した。あきらかに、不可解な魔法や生き物で満ちている。

〔まるで別世界だ〕エラゴンはいった。二匹のチョウが暗い森の内側から舞いあがり、くるくる飛びまわっている。

〔エルフがどんな道を使うのか知らないが、あの木々のすきまに、わたしがおりられるだけの空間があってほしい。ずっと飛んでいるわけにはいかない〕サフィラがいった。

〔ライダーがいた時代から、ドラゴンのための道があるはずだよ〕

〔うーむ〕

その夜、エラゴンが毛布を出そうとしたとき、空気中に浮かびあがる亡霊のように、アーリアが背後に現れた。エラゴンはぎょっとして飛びあがった。どうしたらそこまでしのびやかに動けるのだろう。なんの用かとたずねるより早く、彼女が意識に触れてきた。〔できるだけ静かに、わたくしについてきて〕

その要求もさることながら、意識の接触におどろかされた。ファーザン・ドゥアーに逃げていくとき、彼女とは心のなかで会話をした。自己誘導の昏睡におちいっていた彼女とは、そうするしか会話の方法がなかったからだ。しかし、アーリアが回復してからは、意識の接触をこころみたことがない。それはきわめて私的な行為だ。エラゴンはいつも他人の意識に近づくとき、むきだしにした魂の表面で、相手のそれをこするような感覚にとらわれる。誘われることもなく、そうした私的接近をこころみるのは、ひどく無粋で失礼な気がするのだ。アーリアの——わずかばかりの——信頼を裏切ることになるかもしれない。それにエラゴンは、接触することによって、あらたにめばえた自分の複雑な感情を、アーリアに知られることを恐れていた。ぜったいにあざ笑われたりしたくない。

エラゴンはアーリアについてテントの輪をぬけ、最初の見張り番のトリーガの目を慎重にかわし、ドワーフたちに声が聞こえないところまで歩いていった。意識のなかで、サフィラがエラゴンにぴったりついてくる。必要なら、すぐに飛んでこられるように。

アーリアはエラゴンのほうを見ずに、コケの生えた丸太にすわり、両腕でひざを抱きよせた。「セリスやエレズメーラに着く前に、あなたは覚えておくべきことがあります。あなたの無知によって、ご自身とわたくしが恥をかかぬように」

「たとえば？」エラゴンは興味を引かれ、彼女の前にしゃがみこんだ。

アーリアはためらうように口を開いた。「イズランザディの使者をつとめているあいだ、わたくしは、人間とドワーフがきわめて似た種族であることに気づきました。あなたたちは、多くのことで共通の信念や感情をもっている。おたがいの文化を理解しあえるから、人間たちはドワーフのなかで居心地よく過ごせるのです。人間もドワーフも同じように愛や欲望をもち、憎しみ、争い、創造するでしょう。あなたのオリクとの友情や、ダーグライムスト・インジータムの申し出を受けたことが、それらのよい例です」

両者がそれほど似ているとは思えなかったが、エラゴンはうなずいた。

「しかし、エルフはあなたたちの種族とはちがいます」

「自分がエルフじゃないような言い方をするんですね」エラゴンは、ファーザン・ドゥアーでのアーリアの言葉をまねていった。

「ヴァーデンのなかで長く暮らすうちに、彼らの流儀に慣れたのです」アーリアは冷たい口調でいった。

「じゃ……つまりあなたは、エルフにはドワーフや人間みたいな感情がないといいたいんですか？　それはちょっと信じられないな。どんな生物にだって、基本的に同じ欲求や欲望があるはずだ」

「わたくしがいいたいのは、そのようなことではありません！」

エラゴンは一瞬たじろぎ、それから眉をひそめてアーリアを見つめた。ここまでぞんざいな態度をとるのは、彼女らしくない。

アーリアは目を閉じ、こめかみに指をあて、ゆっくり息を吸いこんだ。「長い歳月を生き続けるエルフ族は、礼儀こそ社交における最高の美徳と考えています。何十年、何百年と恨まれる可能性があるのだとしたら、相手をおこらせるわけにいかない。そうした悪意の蓄積をさけるには、礼儀が唯一の手段なのです。ですからわたくしたちはしきたりを厳格に守る。かならずしも好結果になるとはかぎりませんが、極端な結果をまねかずにすみます。それに、エルフは多産ではないので、内輪での争いは致命的になる。人間やドワーフと同じ割合でもめごとを起こしはじめたら、エルフはすぐに絶滅してしまいます。

セリスに着いたとき、衛兵に正しい方法であいさつしなくてはなりません。イズランザディ女王に謁見するさいも、守らねばならない特別な手順や形式があります。また、あらゆるエルフとかかわるたびに、百ものちがった作法がある。ただ無言でいるだけでは、すまされない場合もありますから」

「そういう習慣こそ」エラゴンはあえていった。「相手の気分を害するために、つくられたようにしか思えませんが」

アーリアの唇を笑みがよぎった。「そうかもしれません。あなたはご自分がきびしい目で評価されるだろうことはよく承知しているはずです。もしまちがったことをすれば、エルフたちはあなたがそれを故意にしたととるでしょう。しかし、無知から生じたものだとわかれば、今度はあなたの体面を汚すことになってしまいます。〝無礼で無能〟ととられるより、〝無礼で有能〟と思われたほうがいいに決まっています。無能と思われれば、ヘビのように呪文であやつられることになりかねません。

エルフの勢力争いは、とても長い周期で、わずかな人々のあいだで循環しているだけなのです。ある日、あるエルフがなにかしたとしても、千年にわたる長期的な方策のなかでは、ほんのかすかな動きにしか見えない。そのエルフが明日どんな行動をしようと、なにも影響がないかもしれない。それは、エルフがおこなっている、ほとんどルールのないゲームのようなものなのです。そして、あなたもそのゲームに参加しようとしている。

なぜエルフがほかの種族とちがうのか、あなたももうお気づきでしょう。ドワーフも長命ですが、彼らはずっと多産ですし、エルフのような抑制もなければ、策略好きでもない。そして人間は……」アーリアは声を落とし、如才なく口を休めた。

「人間は」エラゴンが引きとっていう。「あたえられた能力で、できるかぎりの努力をする」

「たとえそうでも――」

「どうしてオリクにも話さないんですか？　彼だってぼくと同じように、エレズメーラに滞在するのに」

アーリアの声に鋭さがしのびこむ。「彼はすでに、ある程度わたくしたちの作法に通じています。しかし、あなたはライダーとして、彼以上に教養ある者に見えなくてはならない」

エラゴンは彼女の叱責に反論しなかった。「なにを覚えなきゃならないんですか？」

アーリアはエラゴンと、彼を通してサフィラに、エルフ族の社交上の微妙な手順をくわしく説明した。まず、一対一で出会ったときは、たがいに立ちどまり、親指と人さし指を自分の唇にあてること。これは、「会話中、真実をゆがめることはない」ことをしめすためだという。続いて「アトラ・エステルニ・オノ・セルドゥイン（御身に幸運のあらんことを）」といい、それに対して相手が「アトラ・ドゥ・エヴァリンニャ・オノ・ヴァルダ（御身に星の守りのあらんことを）」という。

「そして」アーリアは続けた。「とくに正式な場面では、もうひとつのあいさつを用います。『ウン・アトラ・モラノル・リーファ・ウニン・ヒャールタ・オーノル』。意味は『そして御身の心の安らかならんことを』。これらの言葉は、エルフとドラゴンの協定が結ばれたとき、ドラゴンが表した祝福の言葉から引用されているのです。

アトラ・エステルニ・オノ・セルドゥイン。
モラノル・リーファ・ウニン・ヒャールタ・オーノル。
ウン・ドゥ・エヴァリンニャ・オノ・ヴァルダ。

「御身に幸運のあらんことを、御身の心の安らかならんことを、そして御身に星の守りのあらんことを、という意味です」

「どっちが先に言葉を発するかは、どうやってわかるんです？」

「自分より身分の高い者と会ったとき、あるいは相手に敬意を表したい場合は、先に言葉をかける。自分より身分の低い者と会うときは、あとに言葉を発する。身分がさだかでない場合は、相手に口を切る機会をあたえ、それでも無言のままなら、自分から先にあいさつする。これが決まりです」

「それは、わたしにもあてはまるのか？」サフィラがたずねた。

アーリアは地面からかわいた葉を引きぬき、指のあいだでつぶした。彼女のうしろで、野営地の焚《た》き火が消え、暗くなった。

ドワーフたちは、木炭やおきをあしたの朝までもたせるよう、土をかけている。

「わたくしたちの文化では、ドラゴンより高貴な者はありません。女王の権威でさえ、あなたにはおよばない。あなたは自分の思うとおりにふるまっていいのです。わたくしたちの法でドラゴンをしばることはありません」

次にアーリアがエラゴンに教えたのは、右手をねじって胸の上にのせる風変わりな仕草だった。「これは、イズランザディと謁見するときに使ってください。忠誠と服従をしめす動作です」

「これにも拘束力があるんですか？　ナスアダへの忠誠の誓いみたいに？」

「いいえ、ただの社交辞令です。深い意味はありません」

エラゴンはアーリアが教えてくれる多種多様のあいさつを、必死で頭にたたきこんだ。あいさつのしかたは身分や地位によってだけでなく、男から女へ、大人からこどもへ、男の子から女の子へ、と各場面でさまざまに異なっている。気が遠くなるような数だが、完璧に記憶しなければならないのだ。

エラゴンがひと通り暗記したところで、アーリアは立ちあがり、手の土をはらった。「これを忘れないかぎり、うまくやっていけるでしょう」彼女は背をむけて去ろうとした。

「待って」エラゴンは手をのばしてアーリアをとめ、そのあつかましさに気づかれないうちに、あわてて手を引っこめた。

彼女は黒い瞳に不審の色を浮かべ、肩ごしにふり返った。

胃がしめつけられるのを感じながら、エラゴンは自分の思いを告げるすべをさがした。さんざん考えたにもかかわらず、口にできたのはこうだった。「アーリア、だいじょうぶ……？　ヘダースを出てから、なんだかぼんやりとして、元気がないように見えるけど」

アーリアの顔が無表情な仮面のようにかたまるのを見て、エラゴンはひそかに眉をひそめた。接し方の選択をあやまったのがわかったからだ。しかし、自分の質問のなにが彼女をおこらせたのかは、はかり知ることができない。

「ドゥ・ウェルデンヴァーデンのなかでは」アーリアは彼に告げた。「わたくしにそのように親しげな口のきき方をしないでいただきたい。侮辱するおつもりでなければ」彼女は大股で歩みさっていく。

〔彼女を追いなさい！〕サフィラがさけんだ。

〔なんだって？〕

〔彼女をおこらせたままではいけない。あやまりに行きなさい〕

エラゴンにも自尊心というものがある。〔いやだ！　悪いのはぼくじゃない、アーリアだ〕

〔行ってあやまりなさい、エラゴン。さもないと、あなたのテントを腐肉でいっぱいにしてやる〕たんなる脅しではないようだ。

〔どうやって？〕

サフィラは一瞬考えてから、どうするかを伝えた。

エラゴンは口答えをやめ、飛びあがって走りだし、アーリアの目の前に立ちふさがった。

アーリアは高慢な顔つきでエラゴンを見つめ返した。

エラゴンは唇に指をあてていった。「アーリア・スヴィト・コナ」たった今習ったばかりの、エルフの女性を最高の賢者としてうやまうときの尊称だ。「口のきき方をまちがえました。心から謝罪いたします。サフィラとぼくは、あなたの幸福のことを考えていたんです。あなたはぼくらにいろいろなことをしてくれました。その恩返しとして、せめてなにかの力になれないかなと思って。あなたが必要とすれば、だけど」

アーリアはようやく表情をやわらげた。「お気づかいに感謝します。それに、わたくしも口のきき方をまちがえました」彼女は目を落とした。暗がりのなか、手足も胴体も、体の輪郭が痛々しいほどかたまって見える。「あなたはわたくしに、なにかこまっているのかときいているのですね、エラゴン？　本当に知りたいのなら、話します」アーリアの声は風にただようアザミの綿毛のようにやわらかい。「わたくしはこわいのです」

闇のなか、あぜんとしてこたえられずにいるエラゴンをぽつんと残し、アーリアは立ち去っていった。

20

セリス

四日めの朝、馬に乗っていると、横を行くシュルグナインがエラゴンに声をかけてきた。「ききたいことがあるんだが、人間って本当に足の指が十本なのかい？　じつをいって、今までドワーフの国から出たことがないもんでね」

「もちろん！　人間の足の指は十本さ」エラゴンはおどろいていった。スノーファイアの鞍《くら》の上に右足をもちあげ、長靴《ちょうか》と靴下をぬぐと、シュルグナインの大きく見開いた目の前で、ぶらぶらとふってみせた。「きみたちはちがうの？」

シュルグナインが首をふる。「ちがう。片足に七本ずつ。ヘルツヴォグがそうお創りになったんだ。五本じゃ少なすぎるし、六本じゃ数字がよくない。でも七本だと……七本がちょうどいいんだよ」ドワーフはもう一度エラゴンの足をちらっと見てから、ロバを駆りたててアーマとヘディンのところへ走っていった。なにやらうれしげに話したあと、アーマとヘディンが彼に銀のコインを数個わたしていた。

〔どうやらぼくは賭けの対象にされただけみたいだ〕エラゴンは長靴《ちょうか》をはきながらいった。なぜかサフィラはそれをやたらとおもしろがった。


夕暮れになって満月が見えはじめたころ、エッダ川がドゥ・ウェルデンヴァーデンにぐっと近づいた。一行は木々の生いしげる細い道を進んでいた。満開のハナミズキやバラが、夕方の空気にあまい香りをただよわせている。

エラゴンは暗い森に目をこらした。すでにエルフの領地に入り、セリスに近づいているのだと思うと、期待で胸がいっぱいになる。手綱を両手でしっかりと引き、スノーファイアの上で身を乗りだした。

サフィラも自分と同じくらい興奮している。はやる気持ちをおさえきれず、頭上で尾をふり動かしている。

〔現実じゃないみたいだ〕エラゴンは夢のなかに迷いこんだような気持ちだった。

〔まったく。古き時代の伝説が、いまだ地上に広がっている〕

一行は、川と森にはさまれた、せまい草地にたどりついた。

「ここでお待ちください」アーリアが低い声でいい、ひとり青々とした草地の真ん中に進みでて、古代語で呼ばわった。「同胞よ、どうか外へ！　恐れることはありません。わたくしはエレズメーラのアーリア。連れの者たちは友人、同志です。なんの害もありません」エラゴンの知らない言葉がいくつか続く。

背後の川音だけが響く数分がすぎ、足もとの動かない草の下から、エルフ語が響いてきた。だがあまりに早口で、エラゴンには聞きとれなかった。

アーリアが返事をする。「わかりました」

カサカサという音とともに森からふたりのエルフが現れ、さらにふたりが走りだしてきて、節くれだったオークの枝に軽やかに飛び乗った。地上のふたりは白刃の長《なが》槍《やり》、ほかのふたりは弓をもっている。全員がコケと樹皮の色のチュニックをまとい、肩のところを象牙のブローチでとめた、長いマントをはおっている。ひとりはアーリアと同じ漆黒の長い髪、あとの三人は星のように輝く髪をしている。

ふたりが木からおりると、エルフたちは澄んだ明るい笑い声を響かせ、アーリアに抱きついた。こどものように輪になって手をつなぎ、うれしそうに歌いながら草の上でくるくる踊っている。

エラゴンはあっけにとられてその様子を見守った。エルフが声をあげて笑うなど――いや、笑えるなど、アーリアからは想像できなかった。それはまるでフルートとハープがよろこびの歌を奏でているような、すばらしい笑い声だった。エラゴンは永遠に聞いていたいとさえ思った。

そのとき、サフィラが川の上へおりてきて、エラゴンの横に着地した。

エルフたちはおどろいて声をあげ、武器をサフィラにむけた。

アーリアがすぐさまなだめるようになにかいい、まずサフィラ、次にエラゴンを手でしめした。

エラゴンは右の手袋をぬぎ、ゲドウェイ・イグナジア（光る掌）が月明かりにあたるよう手をかたむけ、以前アーリアにいったのと同じ言葉を口にした。「エカ・フリケイ・アン・ジャートゥガル（わたしはライダーで、きみの仲間である）」そして、きのうの練習を思い出し、唇をさわっていった。「アトラ・エステルニ・オノ・セルドゥイン」

エルフたちは鋭角的な顔をうれしそうに輝かせ、武器をおろした。そしてそれぞれ唇に人さし指をあて、サフィラとエラゴンに頭をさげ、古代語で返礼のあいさつをとなえた。

顔をあげると、エルフたちはドワーフたちを指さして、内緒の冗談でもいうように笑いあった。それから、「いらっしゃい！　いらっしゃい！」と手をふりながら、軽やかに森のほうへ歩きだした。

エラゴンはサフィラとともにアーリアのあとを追った。

ドワーフたちはたがいにブツブツいいあいながらついてくる。

木々のなかに入ったとたん、頭上の天蓋がビロードの闇に変わった。木の葉の覆いのすきまから、月明かりが切れ切れにそそいでいる。エルフたちの姿は見えないが、エラゴンの耳には、彼らのささやき声や笑い声がずっと響いていた。エラゴンやドワーフたちが迷いそうになると、方向を教える声が響いてくる。前方の木々のすきまで炎が光り、妖精たちがかけっこをしているような影が、緑の地面に踊っていた。

光の半径に入ると、巨大なオークの根もとに、小さな丸太小屋が三つ、身をよせあうように建っているのが見えた。高いこずえには、川と森を監視するための屋根つきの見張り台がある。ふたつの小屋のあいだに竿《さお》がわたされ、そこに植物が干してある。

四人のエルフは小屋のなかに消え、果物や野菜を――肉はない――両手いっぱいにかかえて出てくると、客たちの食事の用意をはじめた。彼らは働きながら、気のむくままに、いろいろな旋律でハミングを奏でている。

オリクが名前をたずねると、黒髪のエルフがこたえた。「わたしはリルヴェナーの館のリフェイン。そして仲間たちは、エデューナ、セルディン、ナーリ」

エラゴンはサフィラのそばにすわり、エルフたちをながめた。エルフは四人とも男だが、薄い唇、細い鼻梁《びりょう》、眉の下で輝く、つりあがった大きな目など、みな顔はアーリアに似ている。肩はほっそりとして、手足は細長く、体型は均整がとれている。四人とも物腰がどこか異国的で、エラゴンの知っているどんな人間より美しく高貴に見える。

「ぼくがエルフの国に来るなんて、だれが予想できただろう？」エラゴンはひとりつぶやいた。丸太小屋の角によりかかると、ふと心がなごみ、炎の暖かさに眠気を誘われる。

頭上では、サフィラがくるくる踊る青い目で、エルフたちの姿をぴたりと追っている。

〔この種族には大きな魔力がある〕サフィラはやがて感想をいった。〔人間やドワーフには望みえないほどの魔力が。大地や石から生まれたのではなく、まったくべつの世界からやってきたかのようだ。半分は陰、半分は陽。水面に反射する光のように〕

〔本当に優雅だよなあ〕エラゴンはいった。

エルフたちの動きはなめらかでしなやかで、なにをするのも踊っているかのようだ。

ブロムの教えによると、ライダーのドラゴンに、許可なく意識で話しかけるのは無礼なこととされている。エルフたちはこのしきたりを守り、サフィラに声で話しかけている。

サフィラはそれに対し直接意識でこたえている——ふだんは人間やドワーフの意識にじかに接触することをひかえ、エラゴンに代弁させている。それは、人間やドワーフのほとんどが、自分の意識を遮断し、心の秘密を守る訓練を受けていないからだ。それに、ちょっとしたやりとりに、そこまで親密な接触をこころみるのは、おしつけがましいような気がする——しかしエルフには、そうした抑制がいらない。彼らはサフィラの意識を歓迎し、彼女の存在を大いによろこんでいる。

食事のしたくができ、彫り物をほどこした皿に料理が盛られた。皿はかたい骨のような手ざわりだが、花や蔓《つる》の模様のあいだには木目が走っている。エラゴンにはグズベリー酒がふるまわれた。ゴブレットも変わった材質でつくられ、グラスの脚には、巻きつくドラゴンが彫刻されている。

会食中、リフェインがアシ笛をもち出し、指をいくつもの穴にすべらせながら、流れるようなメロディをふきはじめた。ほどなく、いちばん背の高い銀色の髪のエルフ、ナーリがうたいだした。

おお！
日の終わりに星は輝き
木々の葉はひそやかに、月は真白に光る！
悲しみも仇《あだ》も笑い飛ばせ
今宵、メノアの若子はすこやかなり！

われらが失いし森の子よ
生を受けし森の娘よ！
恐れをのがれ　炎をのがれ
かの女、ライダーを暗き影より引きはがしけり！

竜、今ふたたび翼を広げ
われら受難の恨み晴らすとき！
強き剣と強き腕
今、とき満ちて、われら王を殺めん！

おお！

風やわらかく、川深く
木々は高く、鳥たちは眠る！

悲しみも仇《あだ》も笑い飛ばせよ
歓喜にあずかるとき来り！

ナーリの歌が終わると、エラゴンはとめていた息を吐いた。それは、いまだかつて耳にしたことのない歌声だった。まるでエルフが自分の本質を、魂そのものを、さらけだしているかのような声だ。

「美しい歌でした、ナーリ・ヴォーダー（ナーリどの）」

「荒けずりな歌だよ、アージェトラム」ナーリは謙遜した。「けれど、ほめていただいてありがとう」

ドーヴが太い声でいった。「じつにおじょうずだった、マスター・エルフ。しかしながら、われわれには、詩を吟じるより重大な問題がある。われわれはこの先まだ、エラゴンに同行することになるんだろうか？」

「いいえ」アーリアが即座にこたえ、ほかのエルフたちの視線を集めた。「あしたの朝には故郷へおもどりになってけっこうです。エラゴンはわたくしたちが、まちがいなくエレズメーラに送りとどけます」

ドーヴが軽く頭をさげた。「では、われわれの任務はこれで完了だ」

エルフたちが用意してくれた寝床に横になり、エラゴンは丸太小屋のどこかから響いてくるアーリアの声に耳をそばだてていた。なじみのない古代語も使われているが、ほかのエルフたちに、サフィラの卵を失ってからのできごとを説明しているのだと察しがつく。

アーリアが口を閉じ、しばしの静寂が流れてから、べつのエルフがいった。「あなたがもどってきてくれてよかった、アーリア・ドロットニング。あなたがとらえられ、卵が盗まれた――しかもアーガルから！――と知り、イズランザディ女王は悲しみに打ちひしがれておられた。今まだ、ひどく傷心でいらっしゃる」

「シーッ、エデューナ……シーッ」べつの声がたしなめる。「ヴェルガー（ドワーフ）は小さいが、鋭い耳をもっている。今の話はフロスガーに報告されるにちがいない」

彼らはそれから声を落とし、エラゴンにはただのつぶやきにしか聞こえなくなった。やがてそれも木の葉のさざめきのなかに溶けてゆき、エラゴンは眠りに落ちていった。夢のなかで、エルフの歌がたえまなくくり返されていた。

朝日の満ちるドゥ・ウェルデンヴァーデンで目覚めたとき、あたりには濃厚な花の香りが立ちこめていた。頭上には枝葉がレース状のアーチのようにかぶさり、太い幹が乾いた地面にしっかり身をうずめ、枝葉のアーチをささえている。一面に広がる緑の木かげには、コケや丈の低い草がかすかに生えているだけだ。下生えが少ないおかげで、節くれだった木々のあいだを、ずいぶん遠くまで見通すことができる。レースの天井の下を自由に歩きまわることもできる。

エラゴンがぶらぶら歩いていくと、ドーヴやほかの衛兵たちが荷物をまとめ、出発の準備をしていた。オリクのロバはエクスヴァーのロバのうしろにつながれている。エラゴンはドーヴに近づいて声をかけた。「みんな、本当にどうもありがとう。ぼくとサフィラを警護してくれて。ウンディンにも感謝の気持ちを伝えてください」

ドーヴは胸に拳をおしあてた。「かならず伝えよう」彼はすこしためらってから、丸太小屋をふり返っていった。「エルフは変わった種族だ。明と暗に包まれておる。朝にはいっしょに酒もりをしても、夜にはその相手をさし殺すこともある。背中はつねに壁にむけておられよ、シェイドスレイヤー。彼らは、気まぐれだからな」

「覚えておきます」

「うむ」ドーヴは川を指さした。「エルフたちは、エルダー湖を舟で進むつもりらしい。そなたの馬はどうされるかな？　われわれがターナグに連れ帰り、その後トロンジヒームに送っていくこともできるが」

「舟！」エラゴンはうろたえてさけんだ。スノーファイアは当然、エレズメーラまで連れていくつもりだった。サフィラが遠くにいるとき、サフィラの体にはせますぎる道を行くとき、馬がいたほうが都合がいいと思っていたのだ。エラゴンは無精ひげの生えたあごをこすった。「そうしてもらえるとありがたいです。でも、スノーファイアのこと、ちゃんとめんどうみてもらえますか？　あいつにもしものことがあったら、ぼくは耐えられない」

「それがしの名誉にかけて」ドーヴは誓った。「そなたが帰ってくるころには、よく肥えてつやつやとした馬になっておるよ」

エラゴンはスノーファイアをひいてきて、馬と鞍《くら》と手入れの道具をドーヴにたくした。そしてそれぞれの衛兵に別れを告げて、サフィラとオリクとともに、ドワーフたちを見送った。

小屋にもどると、エラゴンと残る一行は、エルフたちについてエッダ川のふちの低木林へ入っていった。川岸の丸石のあいだに係留されていたのは、両側に植物文様の彫刻がほどこされた、二艘《そう》の白いカヌーだった。

エラゴンは手前の舟に乗り、荷物を足の下におしこんだ。彼は舟の軽さにおどろいた。片手でもちあげられるくらい軽そうだ。さらにおどろいたのは、シラカンバの樹皮を使ったらしき船体の、どこにも継ぎ目が見られないことだった。エラゴンは気になって側面をさわってみた。樹皮はかたく、のばした羊皮紙のようにピンとはっており、水につかってひんやりしている。彼は拳でコツコツたたいてみた。繊維質の船体が、音のないドラムのように反響する。

「エルフの舟は、みんなこうやってつくるんですか?」エラゴンはたずねた。

「とくに大きい舟以外は」ナーリはこたえ、エラゴンの舟のへさきにすわった。「大きい舟をつくるときは、上質のシーダーとオークの木に詠唱するんだ」

エラゴンがくわしくたずねようとしたとき、オリクが同じカヌーに乗ってきた。

アーリアとリフェインは二艘めに乗っている。

アーリアは岸に立つエデューナとセルディンをふり返っていった。「だれも追ってくる者がないよう、見張りを続けてください。わたくしたちが来たことは、だれにも話さないで。いちばん先に知るのは、女王でなければなりません。シルスリムに着きしだい、ここにはかわりの衛兵を送ります」

「承知しました、アーリア・ドロットニング」

「あなたに星の守りのあらんことを！」アーリアはこたえた。

ナーリとリフェインが身を乗りだして、舟のなかから長さ三メートルの竿《さお》をとり、上流へむかって舟をこぎだした。

サフィラがそのうしろで水にすべりこみ、舟の横まで河床《かしょう》を歩いてくる。エラゴンが目をやると、サフィラはものうげにウインクして、いきなり水にもぐり、ぎざぎざの背中だけを川面から出した。エルフたちはそれを見て笑い、サフィラの体の大きさや力強さのことを、さかんにほめたてた。

一時間後、舟はさざ波立つエルダー湖に着いた。湖の西岸は林におおわれ、鳥や虫が群れている。東岸は、なだらかなのぼり坂が平原へと続き、何百ものシカがそぞろ歩いている。

舟が川への流れから完全にぬけると、ナーリとリフェインは竿《さお》をかたづけ、葉状の水かきのついたかいをとりだした。オリクとアーリアは舵《かじ》のとり方を知っているが、エラゴンにはナーリが説明しなければならなかった。「舟はかいを入れたほうにまがるんです。たとえばぼくが右舷でこぎ、オリクが左舷でこぐとしたら、先に片側、次にもう片側と、交互にかいを入れる。さもないと、舟は進路をそれてしまいますからね」陽光を浴びて、ナーリの髪が繊細な針金のようにきらめいている。髪の一本一本が、燃えているかのようだ。

エラゴンはすぐにこぎ方を覚えた。慣れてくると、心は自由な空想へただよっていく。冷たい湖上を進みながら、彼はまぶたに浮かぶ幻想の世界に思いをはせた。休憩中は、ベルトからオリクの〝知恵の輪〟をとりだし、その攻略に没頭した。

ナーリが気づいて声をかけてきた。「その輪、見せてもらえるかい？」

エラゴンが金の輪をわたすと、ナーリは受けとって背をむけた。ナーリがからみあう輪にとりくむあいだ、オリクとエラゴンがふたりで舵をとることにした。が、いくらもたたないうちに、ナーリは歓声とともに手をつきあげた。中指には、完成した一個の輪が光っている。「おもしろいパズルだった」ナーリは指から輪をはずし、ふってもとの形にもどしてからエラゴンに返した。

「どうやってやったの？」エラゴンはせがむようにたずねた。ナーリがこれほどかんたんに〝知恵の輪〟を解いたことに肝をつぶし、嫉妬も感じた。「待って……いわないで。やっぱり自分で解きたいから」

「そのほうがいい」ナーリは笑顔でいった。

（ドラゴンライダー5に続く）

本書は
単行本二〇一一年十二月　静山社刊
を四分冊にした1です。

ドラゴンライダー④
エルデスト 宿命の赤き翼　1
2018年7月11日　第1刷

作者　クリストファー・パオリーニ
訳者　大嶌双恵

発行者　松岡佑子
発行所　株式会社静山社
〒102-0073　東京都千代田区九段北1-15-15
TEL 03(5210)7221
https://www.sayzansha.com
印刷・製本　中央精版印刷株式会社

ISBN 978-4-86389-436-5　printed in Japan